J’AIME

CAMILLE YOLAINE

J'AIME

roman

ALBIN MICHEL

Les personnages et situations de cet ouvrage sont le fruit de l'imagination de l'autrice. Toute ressemblance avec des faits réels et des personnes existantes ou ayant existé serait purement fortuite.

Sur la table de nuit, sa vieille édition de *Belle de jour* n'a pas bougé depuis un an, cornée au tiers du livre. Son canapé en lin rose se réinvente au fil des saisons, l'hiver dernier il était en velours ocre. Le mur à côté de la table à manger est recouvert de tableaux de toutes les tailles et toutes les époques sans aucun rapport logique, les paysages de montagne côtoient les pseudo-Cézanne. Le lustre de la cuisine a perdu deux pampilles lors du dernier déménagement. Dans sa bibliothèque, les livres sont classés par couleur, et non par titre ou par auteur. *Notre-Dame de Paris* sert de piédestal à un vase en opaline. Sur le balcon, le cendrier estampillé « Café de Flore » est systématiquement plein, elle l'a chapardé une nuit en rentrant de soirée. Un piano trône dans sa chambre alors qu'elle n'en joue pas.

Ses parents possèdent un chalet en plein centre de Megève. Elle a essayé de se mettre au Pilates dans un studio en vogue mais a abandonné au bout de cinq cours.

En avril dernier, elle est partie à Ischia au Mezzatorre et a mangé des *linguine alle vongole* trois soirs de suite.

Son grand frère Philippe est un pianiste de renommée mondiale, spécialiste de Schubert. Elle préfère Michel Berger et France Gall. Elle admet que ce n'est pas très sexy mais son plat favori est la choucroute de la mer, si possible chez Bofinger, où elle se rend de façon quasi hebdomadaire.

Elle prend son café allongé sans sucre, court deux fois par semaine au Luxembourg (qu'elle appelle « Luco »), choisit le bourgogne plutôt que le bordeaux, est née sous le signe des Gémeaux, peut sortir sans mascara mais pas sans rouge à lèvres. Son appartement rue Madame donne sur les toits, son chien s'appelle Demy (comme Jacques), et elle achète un bouquet toutes les semaines chez le fleuriste en bas de chez elle, quelle que soit la saison. Ses fleurs de prédilection sont les hortensias, bleu pâle ou rose tendre, mais elle les aime encore plus séchés.

Elle mesure un mètre soixante-sept, porte du 36, ne met jamais de soutien-gorge ni de talons de moins de cinq centimètres, a des taches de rousseur mais les cheveux blonds.

Sur Instagram, elle est suivie par sept cent trente mille personnes. Dont moi.

Je connaissais Lou par cœur – et pourtant je ne l'avais jamais rencontrée.

Je l'avais « croisée » trois fois en tout. Je mets des guillemets comme un bouclier d'innocence feinte, des faux papiers d'ingénuité. En réalité, il n'y avait que moi pour être surprise de la voir alors que j'avais tout fait pour. Une araignée tissant sa toile et s'exclamant : « Oh, vous ici ? » devant la mouche implorante.

La première fois, j'avais patienté à la terrasse d'un café rue de Rochechouart, rue dans laquelle je savais qu'elle se rendait régulièrement pour affaires. Mon infusion détox s'était déjà transformée en thé glacé depuis bien deux heures quand la musique de deux petites mules couleur mandarine avait claqué sur le pavé au loin, accompagnée d'un timbre claironnant – déjà entendu en interview et plutôt reconnaissable –, en train de vociférer des ordres au téléphone. Jean droit effiloché, T-shirt blanc effronté, c'était bien elle. Elle était passée comme un éclair à côté de ma table, un éclair à la vanille et au tabac peut-être, elle était infidèle en parfums et les collectionnait sur l'étagère de sa salle de bains. Elle s'était éloignée et j'avais avec impudence pris le risque de me retourner pour mieux la détailler et rentabiliser mon attente. Je l'avais trouvée plus petite que ce à quoi je m'attendais. On grandit toujours ceux qu'on admire. Ses cheveux gonflés au mouvement habituellement si parfait tenaient plus du sac de nœuds à l'arrière de son crâne. Son arrière-train moulé en cœur et siglé d'une étiquette rouge m'avait paru d'autant plus joli qu'il n'était pas dimensionné selon les conventions taille 0 des magazines. Somme toute, elle s'avérait aussi fascinante qu'accessible. Une déesse tombée de l'Olympe. Elle était à ma portée. L'entreprise n'était pas vaine.

La deuxième fois avait été plus inattendue. Je me trouvais dans son quartier, sans même l'avoir fait exprès, cette fois – même si je m'enorgueillissais d'avoir réussi à cerner ledit quartier quelques jours auparavant. La spontanéité de Lou avait été ma meilleure alliée pour mieux la traquer. En recoupant les interviews de ses recommandations d'adresses de quartier (« Le Flore ou Les Deux Magots, non merci, je préfère Le Bonaparte, sa terrasse est beaucoup plus jolie et ils me connaissent par cœur ! »), les photos de son balcon et la vue depuis sa chambre, j'avais réussi à établir un périmètre assez restreint dans le VIe arrondissement. C'est en sortant du Bon Marché un dimanche après-midi que je m'étais stoppée net, comme sidérée, devant un dalmatien reconnaissable entre mille qui traversait la rue, suivi de près par des bottines familières. Un bouquet de mimosa lui cachait le visage et égrenait derrière elle des petites boules d'or. Cela m'amusa. Sa vraie vie n'était finalement pas si loin de la mise en scène qu'elle orchestrait sur son profil, avec ses brassées de fleurs fraîches et son chien capricieux. Je la suivis un moment à distance raisonnable, pressée de savoir si mes déductions avaient été justes, me maudissant intérieurement de n'avoir pas, petite, assez regardé de films de filature. Elle cabotait de ruelle en ruelle, s'arrêtant de temps à autre devant les étals des primeurs pour filmer l'arc-en-ciel des fruits au soleil. Je souriais de la voir peiner à photographier en marchant son mimosa dont elle savait parfaitement évaluer le potentiel de « j'aime ». Demy remuant au bout de la laisse dans la main droite, le bouquet de plus en plus disloqué dans la gauche, elle fit quelques tentatives qui ne durent pas la convaincre car elle se ravisa et reprit son chemin. Quelques minutes plus tard, je la vis farfouiller dans son panier, sortir des clés, et s'arrêter devant la lourde porte cochère d'un immeuble de la rue Madame dans lequel elle s'engouffra. Je levai les yeux le long de la façade digne d'une photo de Doisneau jusqu'au balcon du dernier étage, où je reconnus instantanément l'olivier chétif, les géraniums et les guirlandes guinguette. Ce soir-là, Lou posta un carrousel de photos : son mimosa qui avait repris du poil de la bête trônant sur sa table basse, les fruits et les légumes de sa promenade, une vidéo de Demy trottinant, un selfie conventionnel dans le miroir de son hall d'entrée avec la tenue qu'elle portait ce matin-là. Heureusement qu'elle n'avait pas réussi à le faire dans la rue. On aurait pu m'apercevoir en arrière-plan.

La troisième fois, je jouais carrément avec le feu. Son frère Philippe donnait un concert à la Salle Gaveau. Je savais qu'elle serait là. Elle assistait toujours à la première des récitals de son frère, à Londres comme à Tokyo. Impatiente, curieuse, je m'étais mise sur ce que je pensais être mon trente et un. J'étais dans le hall en plein numéro de « Je regarde mon portable d'un air très concentré pour me donner une contenance et dissimuler le fait que personne ne m'accompagne », lorsqu'elle me héla.

« Excusez-moi, c'est par où, le côté impair ? »

La sanction était sans appel : malgré mon effort vestimentaire (petite robe noire, petits talons, gros trait d'eye-liner), j'avais à ses yeux l'allure d'une ouvreuse. Face à elle, sanglée dans une longue robe bleu nuit en velours qui soulignait sa taille, je me sentais presque rapetisser. Je l'avais vue en vrai deux fois et des centaines sur Instagram, mais lui parler me retourna le bide. Ce fut comme un ravissement teinté d'amertume, une attente presque déçue d'être enfin comblée. Je ne l'avais jamais approchée d'aussi près. Je remarquais sa constellation de taches de rousseur, son rouge à lèvres parfait, sa peau à l'aspect de pêche sans aucun filtre flouteur. Un diamant discret mais néanmoins bien présent scintillait à son cou. Je lui désignai mollement une direction sur ma droite, et elle s'y précipita dans un froufrou.

Son frère brilla particulièrement ce soir-là. C'était son premier concert en France après une longue tournée à l'étranger. Paris n'avait pas voulu de lui cinq ans auparavant, l'Asie était à ses pieds. Il en revenait chargé d'une assurance presque balzacienne. Il avait peaufiné son image d'artiste français faussement nonchalant : cheveux auburn foutraques, profil de statue, cicatrice mystérieuse sur la tempe, chemise trop ouverte d'un bouton. Des rumeurs murmuraient qu'il serait le prochain visage d'une grande campagne pour un parfum. Dans la famille Réussite, je demande le frère et la sœur.

Lou avait pour manie de toujours s'asseoir en plein milieu du premier rang des concerts de Philippe (elle aimait être littéralement au centre de l'attention), et j'avais donc payé ma place une petite fortune simplement pour avoir le privilège d'être au deuxième rang, derrière elle. Je passai le concert à regarder le duvet hérissé par l'émotion sur la nuque de Lou où s'entortillaient ses cheveux blond vénitien. Les salles de spectacle sont le lieu idéal pour un crime presque parfait : tout le monde a les yeux rivés sur l'artiste. Et les miens étaient sur elle.

Au moment des applaudissements, elle monta sur scène pour lui remettre un énorme bouquet derrière lequel elle disparaissait presque. Elle l'avait bien choisi, les hortensias bleu profond s'associaient à merveille avec sa robe. Ce fut du plus bel effet le lendemain lorsqu'elle posta la vidéo sur son compte : des centaines de milliers de vues saluèrent cette pseudo-coïncidence colorimétrique. Lou composait son petit monde comme un tableau dont elle maîtrisait les ambiances et les nuances. Je rêvais d'en faire partie.

Le véritable hasard dans toute cette histoire fut celui que je n'avais vraiment pas vu venir : mon amie Cléo connaissait Lou. Cléo partagea un jour une photo d'elles deux en terrasse (que Lou ne reposta pas car son sourire moins maîtrisé que d'habitude lui déformait les joues) et je dus m'y prendre à deux fois avant de me rendre compte que c'était bien elle. « Ça bosse dur », avait écrit Cléo comme légende, précisant au passage la localisation de son cours de théâtre. J'en déduisis qu'elles étaient toutes les deux élèves là-bas (une des rares choses que j'ignorais alors sur Lou), et mon sang ne fit qu'un tour.

Cléo était une comédienne que j'avais rencontrée deux ans plus tôt. Blonde diaphane, courbes botticelliennes, des yeux couleur de nuages, et un rire étrange qui la rendait paradoxalement encore plus séduisante. Je l'avais prise en photo au début de ses ambitions théâtrales et nous étions restées bonnes amies. Je suivais sa carrière naissante avec intérêt, nous nous voyions souvent pour mettre à jour son book artistique avec quelques portraits et partager un café, moment pendant lequel je suivais avec amusement les plissures de son nez lorsqu'elle riait de ses frasques d'actrice en herbe.

Je voyais très bien ce qui chez elle pouvait attiser la curiosité et l'intérêt de Lou. Sa nonchalance, sa particule, son visage de madone, ses parents propriétaires d'un restaurant galerie Vivienne, son prénom Nouvelle Vague. Et son potentiel, évidemment. Pour Lou, c'était forcément très intéressant de faire partie du cercle intime d'un possible futur Espoir féminin. Lou voyait toujours sur le long terme. L'avenir ne ferait que me le confirmer. Même si hélas pour elle, me concernant, elle n'avait manifestement pas vu assez loin.

Règle numéro un : ne jamais réagir immédiatement, pour ne pas éveiller les soupçons. Je laissai donc le flot quotidien des milliers de publications Instagram recouvrir cette information clé, et j'attendis patiemment quelques jours avant d'écrire à Cléo, l'air de rien. Le lien avec Lou était ainsi impossible à faire. Règle numéro deux : flatter son interlocuteur. Je félicitai Cléo pour le dernier clip dans lequel elle jouait, pris de ses nouvelles, lui parlai d'une envie de faire un peu de théâtre, pour confronter mon désir à la réalité des choses et voir si ce n'était qu'une lubie. J'évoquai l'ambition de passer derrière la caméra, de me mettre à la place des acteurs pour mieux les comprendre, typiquement le genre de discours qui plaît aux comédiens. Cléo étant Cléo, spontanée et généreuse, elle me répondit aussitôt que je n'avais qu'à passer la voir à son cours de théâtre d'ici quelques semaines, lors des dernières séances de l'année, « pour me faire une idée ».

C'était surtout, servie sur un plateau d'argent, une occasion en or de rencontrer Lou.

Mai

L'adresse est celle d'un local sans prétention au beau milieu d'une rue qui s'échappe du boulevard. Fenêtres façon studio d'artiste, peinture qui s'écaille (pour le prix de l'inscription à l'année, ils pourraient se permettre un ravalement de façade), « Alex je t'<3 » gravé au stylo Bic en bas à droite, lourde porte en fer forgé, pas de code et tant mieux, je ne le connais pas.

Je me glisse timidement dans la salle sous le feu de mes joues et les regards intrigués des autres élèves. Cléo me lance un salut énergique depuis l'autre bout de la salle. Coup d'œil las et intrigué du prof, qui m'invite à m'asseoir d'un signe de tête. Je m'exécute, naviguant parmi les jambes croisées. Deuxième rang (pour ne pas faire fayote), contre le mur (pour me faire oublier).

La salle sent le parquet qui a vécu et le café froid.

Éparpillés sur des chaises en plastique beigeasse, face à la scène immensément vide, les élèves attendent. Je les ai croisés en train de fumer sur le trottoir en arrivant, guettant en vain Cléo qui manquait à l'appel. Leur adresse un sourire avenant. Ne récolte qu'un silence gênant.

« Deuxième rang contre le mur » n'a jamais été la place des gens « cool ». C'est le repaire des intellos qui ne s'assument pas. Des filles qui traversent toutes leurs années lycée en misant sur leurs notes, pas sur leur physique. Qui vont quand même s'échiner à coucher avec un mec rapidement pour tenter de gagner en popularité, puis regrettent. Moi, quoi.

Le prof se lève d'un bond, et le grincement strident de sa chaise provoque une salve de grognements mécontents. Il frappe dans ses mains, se racle la gorge, invite tout le monde à le suivre sur scène. Je suis le mouvement, mais il me fait comprendre que je dois me rasseoir. Je ne fais pas partie de leur petit cercle. Pas encore.

Les élèves se tiennent debout dans une ronde désordonnée, doivent chercher leur ancrage, s'imaginer tirés vers le plafond par un fil invisible, puis relâchent tout, d'un coup, bras ballants et muscles mous. La salle résonne d'inspirations, de soupirs et de souffles exagérés. Les voilà qui tournent, qui s'arrêtent, qui se toisent, qui s'alpaguent. Ils dansent, ondulent, hésitent, se jaugent du regard et font jouer leurs corps. Puis c'est un concert de sons. Des voyelles qui jaillissent, des « ou » qui suscitent presque des éclats de rire, des « rrr » et « fff » qui postillonnent malgré eux. Ça dissone, ça s'entrechoque, ça ne s'arrête pas, ça fout les poils et donne envie de pouffer. Ou de pleurer, tiens. Jamais je ne pourrais faire comme eux sans mourir de honte.

Mais je ne suis pas là pour ça.

L'échauffement terminé, ils retournent à leur place, la tête haute, les membres déliés. Les chaises raclent, le parquet geint, les portables s'éteignent, les murmures s'évanouissent. Soudain, le silence.

C'est à ce moment que Lou arrive – enfin.

J'avais beau savoir qu'elle serait là (je suis venue pour ça, après tout), le choc n'en est pas moins grand.

La voir ouvrir la porte à la volée, s'excuser en un sourire, remettre une mèche derrière son oreille, puis se diriger tant bien que mal jusqu'au milieu du deuxième rang dans un tintement de créoles et un sillage de rose, d'amande et de fruits rouges (Rose Chérie, Guerlain).

Elle se laisse tomber sur sa chaise, embrasse son audience du regard, sort un vieux poudrier doré de son sac et fait gonfler ses cheveux de la même couleur. Nos yeux se croisent. Elle bute un instant sur mon visage inconnu, puis replonge la main dans son sac et en tire des feuilles A4 criblées de Stabilo.

« Lou, puisque tu aimes tant te faire remarquer, en scène ! Et ce doit être la cinquième fois que je te rappelle qu'on est censé venir ici dans une tenue confortable… », lance le prof de l'air de quelqu'un qui en a vu d'autres.

Elle soupire si fort qu'elle fait voleter les mèches de son front. Elle se lève néanmoins de bonne grâce et la salle s'emplit de la musique de ses pas comme des entrechats vers la scène. Ce court mais calculé moment pour s'installer laisse à tout le monde le loisir d'admirer sa jupe cintrée qui souligne sa taille fine (mais il ne doit en effet pas lui rester beaucoup de place pour respirer) et son cardigan faussement sage qui laisse entrevoir la naissance de ses seins. Lou sur scène est une statue sur son piédestal. Elle envoie valdinguer ses sandales (Carel, 390 euros) à l'autre bout de la salle sous le regard insistant du professeur. Son partenaire la rejoint, un bref sourire et c'est la métamorphose.

Fini l'air emprunté, la démarche désinvolte, le regard blasé. Lorsqu'elle relève la tête de son texte qu'elle a rebalayé une dernière fois, elle est habitée. Je n'oublierai jamais la tirade qu'elle déclama ce jour-là, tempêtant sur le vieux plancher de ce studio de théâtre désuet, dardant du regard un Armand Duval de pacotille qui en restait pantois, ébloui : « Nous ne nous appartenons plus. Nous ne sommes plus des êtres, mais des choses. Nous sommes les premières dans leur amour-propre, les dernières dans leur estime. »

C'était écrit.

À la fin du cours je la repère assez vite en sortant dans la rue. Elle est adossée à une barrière, son vélo grenadine dans une main et une cigarette dans l'autre, entourée de Cléo et de son partenaire. L'occasion est trop belle. Je fonce droit vers eux.

« Je vous présente Diane, une amie qui voulait venir voir nos cours. Ça t'a plu ? me demande Cléo en m'enlaçant. Tu ne m'as même pas vue jouer, c'est nul.

– La prochaine fois. Vous auriez une cigarette ? »

Lou hausse un sourcil, en tire une de son sac. J'ai du mal à l'allumer, mes mains tremblent, je ne fume même pas, qu'est-ce qui m'a pris. J'essaie d'afficher un air léger en m'adressant à elle alors qu'intérieurement je frôle la crise de tachycardie.

« C'était vraiment super, votre scène, on dirait que vous avez joué ensemble toute votre vie. C'est drôle de voir *La Dame aux camélias* en pièce, c'était mon livre de chevet quand j'étais en troisième… »

Je m'arrête, atterrée. Comment ai-je pu, en l'espace de quelques secondes, me rendre aussi peu désirable ?

D'abord, je lui taxe une clope que je suis incapable de griller, puis je me liquéfie en compliments effarants de niaiserie avant d'évoquer des souvenirs de collège. Personne n'a envie de repenser à son année de troisième. Enfin, certainement pas moi.

Elle ne semble pas tiquer plus que cela.

« J'ai rejoint le cours en janvier de cette année. Je n'avais jamais fait de théâtre avant, mais j'ai toujours voulu être comédienne, alors… », me dit-elle en écrabouillant son mégot signé de carmin du bout de sa sandale.

C'est un « alors… » qui pourrait vouloir dire « alors c'est normal que je sois naturellement douée » comme « alors j'ai tout donné pour en arriver là ».

« Ça se sent. Enfin, je veux dire, tu t'en sors vraiment bien pour une débutante, ça se voit que tu aimes ça. Tu t'appelles comment, au fait ? Le prof l'a dit mais j'ai oublié… »

Cette petite pointe de machiavélisme m'aide à reprendre contenance.

« Lou. Et merci. »

Elle le sait. Bien sûr qu'elle le sait. Elle n'a pas de temps à perdre en fausse modestie.

« Tu comptes revenir la semaine prochaine ? » me demande le type (Colin, je crois. Ou Ludo. Un nom sympathique en deux syllabes en tout cas, qui va très bien avec sa gueule d'ange).

Je dis que je ne sais pas encore, pour essayer de me donner un air détaché et mystérieux.

« Tu devrais, me conseille Cléo avec un sourire. C'est un bon cours. Olivier te pousse vraiment à t'améliorer, même quand tu es à la traîne. »

Colin ricane.

« Dixit la meuf qui est devenue la star du cours au bout de dix minutes. Non non, je n'ai jamais fait de théâtre, hihi, mais non, promiiiis, oh, arrêtez, Olivier, vous me faites rougir ! singe-t-il en papillonnant des cils.

– Tu n'étais pas censé rejoindre des potes, Colin ? persifle Lou.

– Merde. Allez, à la prochaine ! Peut-être », finit-il en me regardant.

Sa fossette me fait flancher. *Chut, pas maintenant.*

Il enfile son casque et fait pétarader son scooter avant de disparaître au coin de la rue. Cléo est noyée dans l'écran de son téléphone. Lou me regarde. Elle semble réfléchir un moment.

« Vous avez un truc à faire, les filles ? J'ai rendez-vous dans une heure juste à côté, mais j'ai la flemme de me taper un aller-retour chez moi. »

J'acquiesce en masquant mon enthousiasme, Cléo se dérobe, elle a un texte à apprendre. Je m'étais donné jusqu'au cinquième cours pour en arriver là et je viens de griller quatre étapes. Erreur du timing en votre faveur.

Magnanime, Lou pose d'emblée son paquet de cigarettes sur la table lorsque nous nous installons en terrasse au café du coin de la rue.

« Sers-toi, hein. J'essaie de réduire, alors plus tu en fumes, plus tu m'éloignes du cancer du poumon. »

Lou commande deux allongés (« Ça te va ? ») avant de me toiser en dégainant son briquet.

Au fil des années, j'ai appris à reconnaître ce regard parisien. En cinq secondes montre en main, ma valeur est fixée. La marque de mon sac à main, la teinte de mon rouge à lèvres, mes trois kilos en trop : je suis disséquée. Enfin, elle se pose les deux questions par lesquelles son logiciel interne filtre chaque nouvelle tête : « Est-elle plus jolie que moi ? Puis-je acceptablement être vue en sa compagnie ? »

Depuis notre bref échange au concert de son frère, j'ai compris la leçon. Ces deux années passées à shooter des mannequins et à me confronter au petit monde de la mode m'ont fait prendre du galon. Sac Céline vintage, cheveux froissés selon sa propre technique (j'ai regardé son tuto Vogue au moins vingt fois), pull Courrèges « emprunté » sur un tournage : je dois passer le test avec succès, car son sourire ne s'efface pas.

« Bon, alors. C'est quoi, cette envie subite de découvrir le théâtre à un mois de la fin des cours ? »

Je me ratatine légèrement sur ma chaise sans me laisser démonter.

« C'est stratégique. En mai, tu peux vraiment savoir si c'est un bon cours ou non. Si tous les élèves sont encore des empotés à ce stade, ça ne sert à rien de claquer autant d'argent pour rien. »

Une lueur amusée et approbatrice passe dans son regard avant de disparaître dans un nuage de fumée.

« Et toi ? Pourquoi as-tu attendu d'avoir quasiment vingt-sept ans pour t'y mettre ? »

Un ange passe.

« C'est très précis ça, “quasiment vingt-sept ans”. D'autant plus que c'est juste. »

Sa voix est blanche. Je suis catastrophée par ma gaffe, mais je n'en laisse rien paraître.

« J'ai dit ça au pif… »

Lou casse le morceau de sucre de son café en mille morceaux sur la table. Les cristaux s'éparpillent comme du sable au retour de la plage. Une moto rugit au loin. Le vent léger emmêle ses cheveux, un pendentif doré se balance sur son décolleté, attrapant la lumière. Elle a un minuscule grain de beauté au coin de l'œil gauche. Tiens, ça, je ne le savais pas. A-t-elle conscience d'être un tableau ? Un arrêt sur image absolument parfait à chaque instant ?

« Une envie, je crois. Une envie de prouver que je ne suis pas qu'une jolie fille, que je sais faire des trucs et que je ne passe pas mon temps à profiter de ce qu'on m'offre et à vivre aux frais de la princesse. Un peu comme une parenthèse, quelque chose de vrai dans ma vie qui… »

Elle s'interrompt, m'interroge du regard. Suis-je au courant de qui elle est ? A-t-elle réellement besoin de se présenter ?

« Ça va faire super bizarre de dire ça, mais tu m'as peut-être reconnue ? Je me suis posé la question, au début du cours, tu m'as regardée de façon étrange, comme si tu me connaissais déjà. »

Je décide de jouer la carte de l'ingénue.

« Non, pas du tout, pourquoi je t'aurais reconnue ? »

Elle se mord la lèvre.

« Ah… Pardon, c'est un peu dur à gérer, tout ça. On ne sait jamais. Comment dire ? Disons que je suis assez connue. Enfin, laisse tomber. »

Je feins la surprise, devinant qu'elle n'a pas tant envie que ça que je laisse tomber.

« Connue ? Genre célèbre ? »

Elle cherche ses mots et rit bêtement pour se donner une contenance.

« Oui, on peut dire ça. J'ai un compte Instagram

qui marche pas mal. Je ne suis pas Isabelle Adjani non plus, mais je suis un peu "connue", oui.

– Ah ouais ? Attends, c'est énorme. C'est quoi, ton compte ? »

Et le César du meilleur espoir féminin est attribué à Diane Briat, pour *Le Mensonge*.

« Lou Trenet. Tout attaché. Trenet comme Charles Trenet. Mais aucun lien de parenté, hélas. »

Elle m'épelle son nom de famille, et je m'abonne à son profil. Que j'avais évidemment pris soin de ne plus suivre avant cette hypothétique rencontre. Je lâche un sifflement admiratif.

« Quasiment huit cent mille followers, quand même. Je n'avais jamais rencontré d'influenceuse en vrai. »

Je la vois grimacer à ce mot.

« Je n'aime pas trop le mot "influenceuse". C'est très présomptueux. Clamer de but en blanc : "J'influence les gens", je trouve ça détestable. Et puis "influenceuse" ou pire, "instagrameuse", ça te met tout de suite dans le même panier que toutes ces filles à la bouche siliconée qui postent trente codes promo et jeux-concours par jour, ce que je respecte, hein, mais ce n'est vraiment pas mon truc.

– Bien noté. Mais comment en es-tu arrivée à faire ce métier ?

– Par hasard. J'ai été repérée par un agent quand

j'étais en dernière année de prépa, un soir, en boîte... Mon profil a plu, je crois, et je me suis retrouvée dans des magazines, sur des pubs, un peu partout. On se prend vite au jeu... Donc j'ai continué à poster, à montrer ma vie, mon appart, mon chien, mes potes, même mon petit déj, et ça n'a jamais arrêté de marcher.

– Et tu ne fais que ça depuis la prépa ?

– Oui, enfin... "Que" ça... Ça prend beaucoup de temps, quand même. Organiser des shootings, construire sa carrière, rencontrer des marques... C'est aussi pour cette raison que je me suis mise au théâtre. Déjà, pour essayer de décrocher des rôles au cinéma, et puis aussi pour faire une pause une fois par semaine et oublier tout ce bordel incessant et ces soirées auxquelles j'ai la flemme d'aller.

– T'as raison, ça a l'air hyper dur, comme vie », je commente en la narguant, sourire en coin.

J'ai lu dans *L'Officiel* qu'elle ne respecte que les gens qui lui tiennent tête.

Lou ne pipe mot, hèle la serveuse et commande deux verres de bourgogne « léger, hein, mais pas trop non plus, genre un côtes-de-beaune », sans me demander mon avis.

« Je ne suis pas à plaindre. Et je ne vais certainement pas cracher dans la soupe, je sais que beaucoup de personnes m'envient. Bien sûr, c'est cool, je gagne bien ma vie, je suis propriétaire à vingt-six ans, je voyage tout le temps gratuitement... Enfin bon. Je vous envie, au fond, vous, les... (elle hésite, ne veut sûrement pas paraître pédante en me traitant de vulgaire anonyme, même si c'est ce que je suis) les gens non suivis, quoi. Je crois que la célébrité, on ne la fantasme que quand on la voit de loin. Une fois qu'on est dedans, on rêve de passer inaperçu. Et attends, t'imagines, je dis ça, mais je ne suis même pas une vraie star ! Ça doit être tellement prise de tête. Monica Bellucci, la pauvre, tu te rends compte ? Je suis sûre qu'elle doit se faire livrer chez elle sa baguette de pain tous les matins pour éviter l'émeute à la boulangerie.

– Je pense que sa baguette de pain est le cadet des soucis de Monica Bellucci, mais si tu le dis... »

Nos verres de vin se vident et nos cigarettes se consument. Elle jette un œil à son portable, glisse sous le cendrier un billet de vingt. Je lui dis que je suis gênée, qu'elle n'a pas à m'inviter.

« Ça arrive si rarement que je doive payer un truc, que quand je peux, je le fais de bon cœur. »

C'est dit sans prétention aucune, juste une pointe d'ironie.

Je sens la douceur de ses cheveux contre ma joue quand elle me fait la bise pour me dire au revoir, le moelleux de son pull en mohair quand elle m'étreint.

Je me demande si elle n'est pas un peu pompette pour se laisser aller à de telles familiarités avec une quasi-inconnue, mais je comprends qu'elle fait les choses comme ça, spontanément, de façon entière et irréfléchie. Comme quelqu'un qui ne pose pas de questions, qui dit « oups » après, si besoin, mais ne s'excuse jamais avant d'agir. « Un acteur ne réfléchit pas, il agit, martelait le prof pendant le cours. Sinon, c'est un penseur, pas un acteur. Alors agissez, bordel. » Rien que pour cela, je ne pourrai jamais être comédienne. Lou en revanche a ça dans le sang. Elle est mouvement, elle est action.

« C'était cool de te rencontrer. On s'écrit sur Insta, d'accord ? »

Elle fourre son sac dans le panier de son vélo, se met en selle, pouffe en vacillant dangereusement, agite la main à mon intention de façon presque enfantine, et je regarde sa silhouette gracieuse s'éloigner.

Le piège est tendu.

« Quand vous repensez à cette première rencontre, qu'est-ce que vous ressentez exactement ? Avec du recul ?

– De la fierté, je dirais. J'étais contente d'avoir réussi aussi vite à me lier d'amitié avec elle.

– Vous pensez qu'on peut déjà parler d'amitié à ce stade ?

– Non, bien sûr, c'était trop tôt… Mais bon, on s'était bien entendues.

– Elle ne vous a pourtant pas du tout posé de questions sur qui vous étiez, vous. Vous n'avez parlé que d'elle, pendant quasiment une heure. Ça ne vous a pas marquée ?

– Non, ça m'arrangeait. Je n'avais pas du tout envie de parler de moi. Elle avait l'air d'avoir tant de choses à raconter, et puis elle était fidèle à elle-même, ça m'a plu, je ne voulais pas l'interrompre et paraître égoïste.

– Fidèle à elle-même… Vous voulez dire qu'elle

correspondait à la projection que vous aviez d'elle à ce moment-là ?

– Oui, voilà, je suppose.

– Est-ce que ce ne serait donc pas le fait qu'elle ait soudain cessé de correspondre à l'idée que vous aviez d'elle, le fantasme de Lou en quelque sorte, qui vous a poussée à faire ce que vous avez fait ?

– Je ne sais pas.

– Vous savez, Diane, depuis qu'on parle, vous et moi, vous passez votre temps à botter en touche et à vous cacher derrière les "Je ne sais pas". Je pense que vous savez pertinemment. Vous êtes brillante, redoutablement observatrice. Mais pour une raison ou pour une autre, vous n'avez pas envie de faire face à vos sentiments réels. C'est de la peur ? de la honte ? de la colère ?

– Un peu des trois…

– Si vous pouviez lui parler, qu'est-ce que vous diriez à Lou aujourd'hui ?

– … Que je suis désolée. Que je n'aurais jamais dû aller aussi loin.

– Mais pourtant vous l'avez fait. Alors tâchons de comprendre pourquoi, vous voulez bien ?»

La semaine qui me sépare du cours de théâtre suivant passe aussi lentement que celle qui précédait Noël quand j'avais huit ans. Au début, le temps me paraît long, interminable même, le vide de mon agenda me terrifie. Les quelques shootings que je dois enchaîner pour des clients sont trop mineurs pour me distraire réellement de la hâte d'être au jeudi. Au beau milieu d'une session de retouches noyée de café et de muesli, je reçois un message de Cléo sur Instagram, adressé à moi et à Lou. Je crois à une erreur.

« Hello les filles ! Vous faites quelque chose à 13 heures ? On peut déj ensemble si vous voulez. »

Elle nous donne rendez-vous quarante-cinq minutes plus tard, je n'ai pas intérêt à traîner.

Barbès à l'heure du déjeuner a des airs de fourmilière dans laquelle on n'a pas du tout envie de fourrer son pied. Ça piaille, ça court et l'angoisse monte vite.

J'ai habité à quelques pas d'ici il y a quatre ans, chez une amie d'amie de ma mère qui me faisait payer quatre cents euros par mois pour dormir sur un canapé-lit devant la salle de bains, avec ma grosse valise comme seule armoire. Le bon plan, quoi. La nuit, j'entendais les souris fureter dans mes culottes.

Je n'en garde pas un bon souvenir. J'attirais toutes les railleries des gens attroupés en bas de l'immeuble, au petit matin comme tard le soir. Un type bourré m'a même suivie dans le hall une fois, et je me souviens du réflexe stupide de tenir mon sac tout contre moi et mes fesses bien planquées, au cas où.

Lou, elle, n'a pas peur. Je la repère depuis le métro aérien lorsqu'il arrive à la station. Elle est postée sur le perron du restaurant, cabas scandaleusement ouvert calé dans son coude, décolleté franchement offert dans sa robe coquelicot qui fait écho à sa crinière blonde, vermillon sur les lèvres, iPhone dernier cri dans une main, cigarette au bec. Elle n'a pas l'air de remarquer que les gens la dévisagent. Moi y compris.

En me dirigeant vers elle, j'essaie de me faire remarquer le plus tard possible. J'apprécie ces quelques secondes où mon visage se fond dans la foule, ce petit laps de temps où je peux l'observer à ma guise, noter ses faits et gestes, m'inspirer de son attitude. Sa dégaine, la cambrure de son dos, ses doigts vernis qui pianotent sur son portable. À quelques mètres, deux types la matent outrageusement. C'est également mon cas, ceci dit, mais au moins pour moi cela n'a rien de sexuel.

J'avais découvert Lou quatre ans auparavant. C'était au détour d'une page « Portrait » du *Elle* (numéro de mars 2017, page 24) que j'étais en train de feuilleter au bord de la piscine d'une amie qui m'avait invitée à passer le mois d'août dans le Sud, chez ses parents. Ensemble, nous parlions beauté (« Viens bronzer un peu, espèce de cachet d'aspirine »), gastronomie (« Mange du melon, ça donne un beau teint »), sport (« Allez, dix longueurs, c'est bon pour notre cul ») et littérature (« Il est pas mal, Joël Dicker, non ? »).

Bref, nous étions obsédées par l'apparence. Nous avions vingt-trois ans et pourtant absolument rien d'adultes, même si nous étions persuadées d'en avoir l'air. D'un commun accord, nous avions décidé que notre été se résumerait à un seul et unique but : préparer le terrain pour une rentrée professionnelle où tout nous sourirait. Et pour deux jeunes femmes biberonnées aux magazines féminins, aux romans de gare et aux téléfilms avec Ingrid Chauvin, le plan était limpide : en étant jolies et bronzées, le bonheur nous tomberait vite dessus.

J'étais donc en train de m'appliquer à glaner tous

les conseils qui m'aideraient précieusement dans cette entreprise lorsque j'étais tombée sur une photo en pied de Lou. Jean flatteur, caraco sexy mais pas trop, cheveux en chamaille, taches de rousseur, blondeur candide, air mutin. J'appris qu'au même âge que moi, elle était en passe de conquérir tout Paris avec sa bouille bravache et sa silhouette parfaite, quoique petite pour un mannequin.

Elle se disait « reconnaissante, étonnée, et surtout fière de [s]on succès inattendu qui durait depuis trois ans déjà », que « les projets s'accumulaient », que cela lui faisait « peur » mais qu'elle était « bien entourée ». Elle parlait de son grand frère, du fait qu'à présent les rôles s'inversaient et que c'était elle qui était plus connue que lui, ce qui « le faisait bisquer et lui avait presque donné envie de se mettre à Instagram lui aussi », ce qu'elle imaginait « assez mal (rires) ». Elle racontait qu'elle venait d'adopter un chien, un dalmatien, que ses amies lui avaient dit que c'était irresponsable dans un appartement parisien mais qu'elle-même n'y voyait pas d'inconvénient, qu'elle en avait toujours rêvé parce qu'elle ne s'était « jamais remise du film de Disney », que cela la forçait à sortir le promener et lui faisait son sport de la journée puisqu'elle avait « la malchance d'avoir un ascenseur » et qu'elle ne pouvait donc pas compter sur les six étages à gravir.

Elle énumérait ses inspirations, entre films de Truffaut et poèmes d'Aragon ; elle avait fait une prépa littéraire rien que pour cela, par amour des mots ; « écrire des histoires en images » titillait sa fibre artistique, laquelle n'était jamais bien loin, elle avait même un projet de roman qu'elle avait dû « abandonner faute de temps, mais un jour peut-être, qui sait ? ». Elle disait qu'elle adorait flâner dans Paris au début de l'automne, « quand on peut encore porter des robes à fleurs mais aussi ressortir ses vestes en laine du placard », ce qui convenait parfaitement à son style vestimentaire qu'elle qualifiait de « schizophrène ».

J'étais fascinée. Je m'étais sentie irrésistiblement attirée par elle. Elle était tout ce que je n'étais pas, sans paraître inaccessible pour autant. Elle habitait un duplex au cœur de Paris et moi un studio à Convention, ce qui nous faisait évoluer dans des quartiers radicalement différents. Mais elle avait ce petit je-ne-sais-quoi qui m'avait saisie au fil des pages, quelque chose entre la supériorité et la proximité. Un côté *girl next door* sur lequel elle avait d'ailleurs fondé toute sa carrière.

C'était mince, mais suffisant pour que j'aie envie d'en savoir plus.

J'avais dégainé mon portable, m'étais mise à la suivre sur Instagram, m'étais plongée dans son profil comme dans un roman.

Il y avait de ça dans l'approche que Lou avait de son compte : on sentait que derrière chaque photo, son intention était de partager un chapitre de son conte de fées fantasmé. Ses tenues vintage étaient des mots, ses rouges à lèvres des points-virgules, Paris la page blanche sur laquelle elle s'épanchait. Je me doutais bien que ses prétendues tranches de vie spontanées étaient en fait savamment mises en scène, mais j'étais vautrée dans cette augmentation de la réalité avec joie. Les cafés en terrasse été comme hiver, les portraits flatteurs au retour de vacances, les positions ridicules de Demy pendant sa sieste, les couvertures des livres qu'elle lisait, les apéros sur les quais, ses dernières trouvailles déco, ses escapades tous frais payés aux quatre coins du monde, les bouquets de fleurs sous la lumière du matin. Son copain toujours très beau qui changeait tous les six mois environ, ses hivers dans les Alpes, ses étés à l'île de Ré, les photos qu'elle prenait avec un vieil appareil hérité de son père. Tout était naturel et pourtant si parfait.

J'avais parcouru la photothèque de mon portable, cherchant en vain un cliché intéressant à poster moi aussi, dans je ne sais quelle intention – l'illusion stupide que peut-être, en voyant que je la suivais, Lou irait regarder mon profil et souhaiterait elle aussi instantanément se lier d'amitié avec moi ?

Ce jour-là, les vacances avaient pris un tournant

décisif. À la rentrée, j'allais débarquer dans un monde où tout s'écrit en typo sans empattement et en anglais, une jeune start-up en plein boom où j'étais embauchée en tant que junior creative director. Autant dire que j'étais attendue au tournant, et rien ne me donnait plus de force que d'endosser un rôle de fille pleine de confiance en elle avec des choses à raconter. Le genre de fille qui, dès la première semaine, ferait rire tout le monde à la machine à café et fantasmer les mecs de l'informatique, puis serait invitée d'emblée à toutes les soirées en dehors du boulot. Une fille avec un vrai univers. Et pour cela, j'avais trouvé mon modèle.

« Diane ! »

Lou agite la main avec enthousiasme en me voyant de l'autre côté du passage piéton. Elle est lumineuse, comme dans une scène de film, pile-poil dans un rayon de soleil, se détachant parmi la foule.

Je lui fais la bise une fois arrivée à sa hauteur. Elle sent le savon de Marseille à l'amande douce.

« Merde », fait-elle en rigolant et en sortant un mouchoir de son sac toujours grand ouvert. Elle m'essuie la joue avec vigueur. « Je t'ai mis une grosse trace de rouge à lèvres, quelle cruche. Remarque, ça te fait comme du blush, dommage que ce ne soit que d'un côté. »

« Bah fais-moi la même chose de l'autre, alors. »

Elle éclate de rire et s'exécute. Le bisou claque sur ma joue. Ça me rend fière, de la faire rire. Elle dégaine le poudrier qu'elle avait sorti au début du cours de théâtre, me laisse admirer le résultat (brouillon, mais parfaitement dans son style), et pousse la porte du restaurant comme si elle entrait en scène. Elle me demande si je suis déjà venue, me parle avant même de s'installer à table du poulet-frites dont elle « ne peut pas se passer, même si le ceviche n'est pas mal non plus, quand tu es au régime ».

Elle n'y prête pas attention mais les têtes se tournent sur son passage. Est-ce à cause de ses grands gestes, de son joli minois, de ses hanches qui se balancent ou tout simplement parce qu'elle est Lou Trenet ? Je baisse la tête et essaie de me faire oublier. Les yeux que l'assistance pose sur moi comme un point d'interrogation me rappellent ces moments de solitude lorsque le prof de maths m'appelait au tableau.

Nous nous asseyons à une table près de la fenêtre.

« Ça va ? » me demande-t-elle sans réellement attendre de réponse en se plongeant dans le menu.

Je pourrais lui dire que j'ai regardé pour la cinquième fois sur Netflix la demande en mariage de Chandler et Monica, que les projets s'amenuisent et que ça détruit ma confiance en mon propre talent, que je sors du lit à treize heures et me nourris de BN vanille. Mais ce n'est certainement pas ce qu'elle a envie d'entendre. Et je veux tellement la séduire.

« Oui, j'ai pas mal de trucs en ce moment. Mais c'est bien, ça relance la créativité, je n'ai pas le temps de laisser le soufflé retomber.

– Ah oui ? Tu fais quoi, toi, au fait ? »

C'est vrai qu'après avoir déjà partagé un café pendant plus d'une heure, il était temps pour elle de me poser la question.

« Je suis photographe.

– La chance. J'aurais tellement voulu être une artiste. »

On pense toutes les deux à la chanson, ça nous fait sourire. Tu ne peux pas tout avoir, ai-je envie de rétorquer, mais je me retiens.

« Et ça marche bien ? Tu fais quoi comme style de photos ?

– Je shoote à l'argentique, principalement. »

Une lueur intéressée s'allume instantanément dans ses yeux. C'est pile le genre de photographies qu'elle aime, je le sais bien. Mais je ne peux décemment pas lui avouer qu'elle est dans tous mes moodboards. Lou me demande ce que j'ai fait pour en arriver là, je lui parle de mon arrivée à Paris après mon bac, de mon bref parcours aux Beaux-Arts, de mes années dans une minuscule chambre de bonne entourée de toiles et de pinceaux, de mon passage de la peinture à la photo, de l'expo que j'ai faite l'année dernière dans une galerie qui vient à peine de franchir le cap des 1 000 followers, de Cocteau, de Matisse, des remontrances de ma famille à cause du manque de stabilité de mon métier alors qu'il y a des artistes sur toutes les branches de l'arbre généalogique. De leur soulagement quand j'ai décroché récemment deux shootings pour le magazine du *Monde* et *L'Officiel*, comme si cela légitimait enfin mon travail. J'omets évidemment de mentionner ma fausse route en start-up, où mon pic de créativité se résumait à l'invention d'un week-end palpitant tous les lundis matin à la machine à café.

En lui parlant, j'ai à nouveau l'impression de donner une représentation ou de passer un entretien d'embauche. L'enjeu est grand. Si j'ai le malheur d'être chiante, je n'aurai peut-être plus jamais l'occasion de lui parler comme ça. Elle file voir mon portfolio sur mon site, que je lui épelle, me complimente sans que j'arrive à savoir si c'est pour me faire plaisir ou non.

Nos deux téléphones vibrent soudain à l'unisson. C'est Cléo. Coincée en casting, elle doit annuler et nous souhaite un bon déjeuner.

« Bon, ben heureusement qu'on s'entend bien… », ironise Lou.

Son fameux poulet-frites à peine posé devant elle, je tente de renverser le dialogue.

« Ça ne te change pas trop de la rive gauche, de venir déjeuner ici ? »

Lou asperge généreusement ses frites de mayonnaise. Un léger sourire naît sur ses lèvres.

« Tu m'as stalkée ? dit-elle.

– Quoi ?

– Tu as remonté mon profil, c'est ça ? »

Sa voix est dénuée de tout ton accusateur. Elle semble amusée. Presque flattée. Je bredouille.

« Oui, j'ai un peu regardé, mais…

– C'est pas grave, tu sais. Je te lâche de but en blanc que j'ai huit cent mille followers, forcément ça intrigue. Donc le soir même, tu t'ennuies devant la télé, et puis l'idée germe : "Tiens, et si je me renseignais sur cette nana que j'ai rencontrée au théâtre ? Oh, non, ça ne se fait pas, on se connaît à peine… Oh et puis si, allez", et deux heures plus tard, tu n'as aucune idée d'avec qui finit Sylvain l'ostréiculteur dans *L'amour est dans le pré* mais par contre tu sais que mes parents ont un chalet à Megève, que j'ai un grand frère, un chien, trois amies d'enfance que je vois quasiment toutes les semaines et au moins quinze mecs différents au compteur. »

Ma gorge se noue, les haricots verts en salade ont du mal à descendre. Je la remercie *a posteriori* de m'avoir mis du rouge aux joues, qui, je l'espère, masque en ce moment même mon teint livide.

« Ça va, détends-toi, je te taquine, fait-elle en élargissant son sourire et en me tapant sur le bras. Je ne te juge pas. J'ai l'habitude. Ça fait partie du jeu. Si je n'aimais pas que des inconnus sachent tout de ma vie, je ne ferais pas ce métier. Et pour te répondre, j'ai beau avoir une vie "de rêve", ça fait plaisir aussi parfois de sortir de ce cercle très fermé de personnes qui me fréquentent dans la vraie vie, pour le coup, mais qui se sentent obligés de faire une story quand on passe du temps ensemble pour se faire mousser. »

Elle picore ses frites et s'essuie la bouche. L'empreinte du rouge à lèvres fait comme une trace de sang sur l'épaisse serviette blanche.

« Et je ne suis pas en train de dire que mes potes se servent de moi, je fais toujours très attention à mes fréquentations. Mais au bout d'un moment, on accepte qu'on n'est plus "juste" Lou Trenet, la fille avec qui on a partagé sa première clope à quatorze ans dans le dos des parents en vacances, mais Lou Trenet, mini-célébrité du monde parisien. Quant à mon agent, je l'adore, elle me connaît par cœur, seulement parfois j'ai aussi envie de déjeuner sans parler des prochaines actus que je vais balancer à *Vogue*, du fait que je dois suçoter des feuilles de salade pendant une petite dizaine de jours pour un shooting maillot de bain, des commentaires pas sympas d'un connard que je devrais supprimer… C'est rafraîchissant en fait, de se confronter à la banalité de temps en temps. Ça me fait me retrouver dans ma vie, d'avant... tout ça. »

Une sincérité que je ne lui connais pas s'étire sur son visage.

« Et puis maintenant que je t'ai stalkée moi aussi, nous voilà quittes. De ce que j'en ai vu, j'aime beaucoup tes photos. Je cherche toujours de nouveaux photographes avec qui shooter. Si ça te dit, on peut essayer de faire quelques portraits ensemble un de ces jours, voir ce que ça donne. »

Elle s'assombrit d'un coup.

« Enfin, jusqu'à ce que tu décides que ça ne te suffit plus et que tu veux aussi ta part de célébrité. »

Je sais pertinemment qui elle vise en disant ça, j'ai suffisamment épluché sa biographie en long, en large et en travers. Elsa, Louise, Ophélie. Respectivement devenues mannequin, créatrice de mode et chanteuse, toutes trois avec succès dans les deux ans qui ont suivi l'ascension de Lou, comme par hasard.

« T'inquiète, je réponds, mon truc à moi, ça a toujours été les coulisses, pas le devant de la scène. Je m'en suis bien rendu compte lors de votre cours de jeudi dernier... Tu me raconteras tes défilés avec tout le beau linge parisien, et moi je m'engage à te faire redescendre sur terre en te shootant dans mon studio improvisé de neuf mètres carrés.

– Arrête, tu me fiches le blues. Je fais une soirée chez moi samedi pour mon anniversaire, tu veux venir ? On sera une vingtaine, rien de fou, mais si ça peut te détourner d'une barquette de macaronis réchauffés… Ça me fait plaisir. »

Je sens poindre en moi un sentiment de panique. Que chacune conserve son gratin respectif (mondain pour elle, Picard pour moi) et les vaches seront bien gardées.

« Mais je ne connais personne… »

Ce qui n'est pas tout à fait vrai. J'imagine qu'il y aura lesdites Elsa et Louise, Ophélie si elle est rentrée de Los Angeles, son ami Horace, Cléo, peut-être Aurélien, le mec qu'elle a l'air de fréquenter en ce moment…

Bref éclair de lucidité : je me fais flipper.

Lou hausse les épaules.

« Cléo sera là. Et Colin, que tu as croisé l'autre jour. Tu sais, après deux Spritz et trois verres de vin, tout le monde connaît tout le monde. Tu n'auras qu'à débarquer un peu plus tard pour que ce ne soit pas trop gênant. Et puis comme ça, tu pourras confirmer aux autres que oui, je me suis bien mise au théâtre et que non, ce n'est pas une nouvelle lubie. Ils ne me croient pas du tout quand je leur en parle, et Cléo me vole souvent la vedette sur ce terrain puisqu'elle tourne vraiment, elle. »

Ce jeu de pouvoir dans notre début de relation me semble plutôt équilibré. Je suis son appareil photo (il ne tient qu'à moi d'éviter qu'il soit jetable), elle est ma poupée. De grandes amitiés se sont construites à la maternelle pour moins que ça. J'ai l'impression de survoler un contrat en omettant sciemment les phrases en petits caractères au bas de la page. « Attention, le présent compromis peut entraîner : fascination malsaine, abus de confiance, déséquilibre des parties engagées. » Je signe quand même. Sans hésiter.

Et je pousse le vice jusqu'à faire mine d'accepter de venir à sa soirée à contrecœur, appréciant sadiquement le fait que ce soit moi qui aie besoin de me faire prier.

« Cela ne vous a jamais traversé l'esprit, à ce moment-là, que peut-être que le rapport de force que vous pensiez avoir instauré était en fait complètement inversé ?

– C'est-à-dire ?

– Eh bien, de ce que je comprends, vous étiez relativement satisfaite d'avoir réussi à "piéger" Lou, comme vous dites. Vous vouliez vous rapprocher d'elle, faire partie de son monde, et vous vous étiez imaginé tout cela comme un défi énorme, une montagne à gravir, quelque chose de presque inatteignable – or elle vous offre très vite sur un plateau sa confiance et son… amitié, si je puis dire. Vous n'avez jamais trouvé ça étrange ?

– Non. Il y avait cette espèce d'accord tacite entre nous. Elle m'utilisait aussi, dans un sens. Je prenais toutes les photos qu'elle voulait, et j'étais son faire-

valoir. Moi, je profitais de chaque moment qu'elle daignait m'accorder.

– Et ça ne vous gênait pas, d'être instrumentalisée ?

– Non, ça me donnait une raison d'exister. Exister aux yeux de Lou, même comme une personne inférieure qui jetterait toujours sur elle un regard émerveillé, c'était génial.

– Donc elle aurait vu en vous l'opportunité de continuer à exercer son charme ?

– Je pense que Lou était très bien entourée, mais au fond démesurément seule. Je ne suis pas sûre qu'en cas de coup dur ou de chute soudaine de popularité, ses "amis" seraient restés à ses côtés. Pour les avoir rencontrés à plusieurs reprises, ils m'ont fait l'impression de personnes charmantes, mais extrêmement malléables et changeantes. Lou était la lumière et eux les papillons qui venaient s'abreuver de son aura, mais si une lumière plus intense s'était allumée ailleurs ou si la sienne s'était éteinte, beaucoup l'auraient laissée tomber.

– Y compris vous ? »

Je réfléchis longuement, triture les petites peaux autour de mes ongles déjà bien amochés.

« Moi, je m'étais déjà brûlée contre son feu. Je n'avais plus rien à perdre. »

Il ne reste que trente minutes avant l'heure fixée par Lou pour mon arrivée à sa fête. J'ai passé un temps infini à essayer l'intégralité du contenu de mes étagères, ne trouvant que des vêtements froissés dans lesquels je me sens engoncée et invisible. J'aurais aimé, comme Lou, pouvoir simplement « enfiler un vieux jean, un sac mignon et le premier pull qui me passe sous la main quand je manque d'inspiration » (*Elle*, numéro d'octobre, page 82) et être néanmoins certaine de mon petit effet.

J'opte pour un pantalon et une veste d'homme, me peinturlure les lèvres d'un rouge brique qui détournera l'attention de mes cernes d'outre-tombe.

« Coucou, ma belle, tu viens toujours ce soir ? Voici les infos », m'a-t-elle envoyé ce matin avec une flopée d'émojis bisou.

« Ma belle » fait presque office de ponctuation dans le monde parisien, mais le fait qu'elle me le dise à moi me donne l'impression d'avoir été adoubée par ma souveraine, à qui je jure fidélité jusqu'à la mort.

Lou habite toujours rue Madame. Depuis la rue, je vois son balcon fleuri nimbé de fumée de cigarette. Je pianote le code, entre dans le hall que j'ai l'impression de connaître pour l'avoir tant de fois vu en photos. Idem pour l'ascenseur grinçant en velours rouge, lieu des selfies-miroir récurrents de Lou (150K « j'aime » pour celui avec l'ensemble en tweed rose avant le défilé Chanel). La musique et les éclats de rire se rapprochent au fur et à mesure que défilent les étages. La porte de chez elle est ouverte, je m'y faufile en évitant d'attirer l'attention et me sens ridicule d'avoir apporté un bouquet de fleurs au diamètre plutôt conséquent. Je le pose fissa sur un guéridon comme s'il me brûlait les mains. Dans ce genre de soirée avec ce genre d'invités, on arrive les bras chargés de sa seule présence. Apporter un cadeau ? C'est à moitié avouer qu'on ne mérite pas d'être convié.

Chez elle, la décoration est minutieusement travaillée. Une baignoire dans sa salle de bains à l'étage, aucune plante verte mais seize bouquets de fleurs (dix-sept, avec celui que je lui apporte), au moins deux cents livres, dont la moitié qu'elle a sûrement achetés uniquement pour leur couverture, six miroirs piqués, et, détail amusant, une boîte d'allumettes dans quasiment chaque pièce. Même dans les toilettes, mais la pudeur m'empêche de réfléchir au pourquoi du comment. Un Demy qui en a vu d'autres roupille sous la vieille table de ferme encombrée de bouteilles vides, de baguettes éviscérées, de croûtes de fromage et de cendriers fumants.

Je fais un tour, un verre de rouge à la main, m'éloignant du brouhaha du salon, naviguant dans cet endroit que je n'avais fait qu'imaginer, un peu comme une maquette mentale, à partir des photos que Lou avait postées. Je réalise donc avec amusement que l'angle mort qu'on ne voit jamais à gauche de son canapé cache en fait un foutoir infâme de vieux magazines et de plaids roulés en boule, que le papier peint de sa salle de bains qu'elle affiche sans cesse est en fait vraiment miteux en dehors du cadre de ses photos, et que son panier à linge sale déborde carrément. Quant au dressing où je pensais naïvement déposer ma veste, il s'agit en fait d'un amoncellement chaotique de cartons éventrés et de plis de coursiers estampillés Gucci, Dior, Sisley, Lancel… Je zieute, farfouille dans le papier crépon. Parfums de luxe, crèmes hors de prix même pas entamées, assiettes en porcelaine fine, sacs à main avec étiquette, macarons, pulls en cachemire jamais portés, housses de coussin : il y en a pour une fortune là-dedans. Je n'ose même pas imaginer depuis combien de temps ça traîne là.

« Tu t'es perdue ? »

Je sursaute. Lou m'enlace par la taille, légèrement titubante. Je ne sais pas si ce sont ses hauts talons ou son taux d'alcoolémie qui la font vaciller, mais mon petit doigt me fait plutôt pencher vers la seconde option.

« Non, je regarde juste.

– Je regarde juste... Tu me parles comme si j'étais une vendeuse relou dans une boutique, pouffe-t-elle dans un souffle senteur bordeaux. Bienvenue dans la mienne, d'ailleurs. Le placard des miracles. Sers-toi, hein. J'en reçois tous les jours, je ne sais plus quoi en faire, ma femme de ménage fomente un assassinat. Mais pioche dans la pile de gauche seulement, je dois encore prendre les autres en photo. »

Elle pose dangereusement son verre au-dessus d'un écrin à moitié ouvert contenant un foulard Hermès et fait défiler les cadeaux comme une vendeuse de télé-achat en roue libre. « Crème La Mer ? Tu devrais, elle est pas mal, mais j'en ai déjà deux d'ouvertes et je dois tester un autre truc pour un partenariat... Bougies Diptyque ? J'en ai des tonnes. Rose, Figue, Noisette, Pomander, tu veux quoi ? C'est quoi, "Pomander", d'ailleurs ?! Ah ça, c'est pas mal, calendrier de l'Avent Dammann Frères... Je ne sais même plus depuis combien de temps il est là. Novembre dernier, sûrement. Mais le thé, ça se périme jamais, non ? Oh ! Jean Acne Studios, tout neuf avec étiquette. Il risque d'être un peu petit pour toi... Book Tote Dior en toile de Jouy, hyper beau... Ah, mais il y a marqué "Lou" dessus... Sinon j'ai un panier de plage Céline. Ça te dit ? » Elle fourre au passage deux crèmes de jour, une bougie, une boîte de thé, un collier et deux parfums dedans et me tend sa hotte du Père Noël avec un large sourire. Il y en a pour deux mille euros au bas mot.

« Bon, maintenant tu poses ça quelque part et tu viens avec nous. On ne mord pas, tu sais. »

Les amis de Lou ne mordent certes pas, mais leurs regards brûlent. Je meurs de chaud (à quoi pensais-je ? De la laine en plein mois de mai, vraiment ?) et je n'ai pas envie de supporter leurs airs mannequinesques quand ils se demanderont sérieusement où Lou a pu dégoter une fille aussi navrante.

Banale +, c'était mon surnom au lycée. J'en ai gardé cette intime conviction d'être à deux doigts d'être pas si mal mais de trébucher lamentablement juste avant l'arrivée.

Je promets à Lou que j'arrive, que je vais aux toilettes et que je les rejoins. Elle s'éloigne en dansant déjà, lâchant un grand « Wouhouuuuuu ! » repris en chœur quand elle se met à se déhancher entre la table basse et le canapé sur du Clara Luciani.

Je m'enferme à double tour et scrute longuement mon visage dans le miroir en rotin. J'ai les cheveux qui frisottent et l'anticerne mal mis. Je ne sais pas du tout ce que je fais là. Je connais Lou depuis à peine plus d'une semaine et tout va trop vite. Beaucoup trop vite. Je n'ai aucune idée d'où je vais, de ce que cette pseudo-amitié veut dire. Est-ce moi qui me joue d'elle ou elle qui joue avec moi ?

Je me frappe les joues pour me ressaisir et me donner un peu de couleur sur les pommettes. Je furète dans les bacs de rangement en osier et déniche un de ses rouges à lèvres pour retoucher le mien. Me pince le visage, en remonte exagérément les contours avec mes doigts pour le faire paraître plus fin. Ma vie serait sûrement bien moins étrange si j'avais confiance en moi. Si je n'avais pas besoin de vivre à travers l'approbation d'autres personnes.

J'ai toujours été comme ça, si loin que je me souvienne. En primaire, je rêvais d'être comme Diana, une fille qui portait le même prénom que moi avec un changement de voyelle finale qui le rendait plus princier, et qui avait sûrement inconsciemment décidé de se comporter en conséquence comme un membre de la famille royale. Elle était d'origine russe, toujours bien apprêtée, les cheveux roux lisses et brillants, la peau comme du lait, de grands yeux verts aux longs cils noirs, un visage de poupée et la garde-robe qui allait avec. Du haut de ses huit ans, elle avait même des ballerines à petits talons et ça me fascinait. J'avais supplié ma mère de m'acheter les mêmes, mais elle m'avait répondu, outrée, qu'il était hors de question que je mette des talons en CE2, fussent-ils de deux centimètres. Je m'étais sentie entravée dans ma féminité balbutiante, trahie, voyant bien que tous les regards se tournaient vers Diana pendant la récré et à la sortie de l'école. Tous les garçons voulaient lui faire un bisou, et les mamans tombaient en pâmoison en la voyant trottiner vers sa mère avec grâce à seize heures trente. Moi, je n'étais que la petite Diane en baskets à scratches et pantalon de velours côtelé, un peu boulotte, pas assez sportive pour être choisie en premier pendant la constitution des équipes en handball et pas assez mignonne pour être embêtée par Valentin et Grégoire. Au fur et à mesure, j'avais fini par me dire que même si je ne pouvais pas ressembler physiquement ou vestimentairement à Diana, je pouvais la copier dans ce qu'elle dégageait. Ce n'était pas aussi clair que ça dans mon intuition féminine alors en plein calibrage, mais j'avais compris que son charme résidait aussi dans son attitude. Son petit rire cristallin, son nez retroussé, qu'elle plissait quand quelque chose la contrariait ou l'amusait, cette mèche de cheveux qu'elle entortillait rêveusement autour de son doigt… En classe, quand nous avions un contrôle, je m'empressais de le finir le plus vite possible pour l'observer à loisir. J'avais même voulu devenir gauchère comme elle (sans grand succès) et je m'entraînais le soir devant le miroir à prendre les mêmes intonations de voix qu'elle.

Bien sûr, cela n'avait pas du tout changé ma cote de popularité auprès de Grégoire et de Valentin, et la boulangère ne m'avait jamais offert de bonbons bonus avec un sourire attendri.

Au collège, j'avais visé bien plus haut : ma nouvelle source de fascination était ma prof de français qui, en plus d'être brillante, était absolument radieuse. Grande, brune, avec des yeux bleus comme la Méditerranée, ou du moins l'idée que je m'en faisais. Deux mèches rousses encadraient son visage et j'avais tenté chez moi de me teindre les cheveux de la même façon. Ce fut un échec cuisant. Le produit provoqua une réaction allergique, j'écopai d'un petit séjour à l'hôpital pour vérifier que le gonflement n'était pas si grave et d'un sermon légendaire de ma mère, qui me fit promettre de ne plus jamais toucher à la couleur de mes cheveux. « Tu es bien comme tu es », m'avait-elle dit.

Mais je ne voulais pas être « bien ». J'aspirais à plus. Je voulais qu'on me vénère, qu'on m'envie, qu'on me trouve irrésistible, qu'on m'écrive des poèmes. Je voulais être une Diana et bien plus encore. Toute ma vie je rêverais d'être quelqu'un d'admiré, quitte à jouer avec les feux des projecteurs.

On tambourine à la porte. J'entends une voix avinée beugler de l'autre côté : « Bon, tu sors ?! »

J'ouvre à la volée. J'aimerais passer devant l'inconnue avec prestance, inatteignable, mais je me confonds en excuses. En suivant le volume de la musique je débarque dans le salon, où Lou danse sur la table. Sa petite robe noire souligne ses courbes parfaitement placées. Elle fait valser ses chaussures et improvise un mambo, cheveux déchaînés et cuisses à découvert. On dirait Bardot dans *Et Dieu… créa la femme*. Tous la dévorent du regard. Ils n'ont d'yeux que pour elle.

« Sacrée nana, hein ? dit une voix que je reconnais à côté de moi.

– Je croyais qu'on avait arrêté de dire "nana" depuis la fin des années 70 », je rétorque.

Colin sourit.

« En même temps, je mets aussi toujours un point d'honneur à dire "auto" comme dans les films de Truffaut, alors… Ta petite pique tient plus du compliment à mes yeux, ma très chère Diane. »

Peut-être est-ce l'alcool, ses yeux sombres qui me narguent, le vent du soir ou le fait que l'on soit sous les toits, mais son « ma très chère Diane » me donne très chaud.

« Tu vas revenir au théâtre ? » me demande-t-il en me tendant une cigarette.

Lou met décidément mes poumons à rude épreuve. Je n'ai jamais autant fumé que depuis ces derniers jours. Certains essaient d'arrêter, moi j'essaie de m'y mettre.

« Oui, je pense. Histoire de voir votre filage de fin d'année, et de me faire une idée. Pour une photographe, c'est assez inspirant de côtoyer les acteurs. Il se passe plein de choses sur votre visage, bien plus que sur ceux des mannequins avec qui je travaille.

– Tu es photographe ?

– Oui.

– Tu me trouves comment, alors ? »

Beau. Des grains de beauté qui donnent envie de suivre leur chemin sur ta peau. Des cheveux sans aucune logique mais dans lesquels je passerais bien ma main. Une mâchoire particulière que j'aimerais entre mes cuisses.

« Pas mal. Mais pas mon genre. »

Il éclate de rire.

« Je veux dire sur scène. »

Je rougis violemment. Heureusement qu'il fait noir et que la seule lampe allumée est derrière moi…

« Mais je parlais bien de ta performance sur scène, petit prétentieux. Tu fais un piètre Armand, je te verrais plus en comte de Varville.

– Oh, pitié. Tout mais pas ça.

– Il a du charme, ce comte. Je te trouve bien dur envers lui.

– Aucun homme ne veut "avoir du charme". Avoir du charme, c'est comme dire à une fille qu'elle a de beaux cheveux. Ça veut dire qu'elle est moche.

– Référence à Tchekhov ?

– *Oncle Vania*, dialogue entre Elena et Sonia. Bien joué. Je pensais t'impressionner.

– Tu *voulais* m'impressionner ?

– Peut-être bien », répond-il.

Je finis mon verre d'un trait et me découvre une audace que je ne me connaissais pas. Je savoure cette intimité suspendue. Je ne sais pas si Colin a pour habitude d'être taquin comme ça avec tout le monde, mais j'apprécie beaucoup qu'il joue avec moi.

Lou déboule en dansant comme un feu follet, attrape Colin par le bras.

« Colin, mon Armand d'amour, viens danser avec moi. Fais-moi tourner, très très très vite. »

Comment résister ? En haussant les épaules, il me tend sa bouteille de bière entamée, pour que je la lui garde, et ils se dirigent bras dessus bras dessous vers le milieu du salon. Il la fait tournoyer. Lou se laisse porter comme une jolie poupée de chiffon. Tout le monde les applaudit. Je ne lui connaissais pas d'histoire avec Colin. Aux dernières nouvelles, elle sortait avec un peintre en vogue dont elle poste souvent les toiles. Je ne peux pas m'empêcher de ressentir une pointe de jalousie me serrer la gorge. Quand ils virevoltent si vite qu'il lui est impossible de me voir, je bois au goulot de sa bouteille. C'est peut-être le plus proche de ses lèvres que je ne serai jamais.

Une main manucurée tape sur mon épaule. C'est Elsa, cheveux courts sur nuque de cygne.

« Alors c'est toi, la nouvelle trouvaille de Lou ?

– On peut dire ça comme ça, oui. Diane, enchantée.

– Elle me fait rire quand elle fait ce genre de trucs. Elle est suivie par des milliers de personnes mais elle a désespérément besoin de se raccrocher à la normalité.

– Très flatteur, merci. »

Je ne peux même pas lui en vouloir : son constat est juste.

« Tu n'es pas dupe. Tu sais bien que c'est pour ça qu'elle t'a invitée. Je me demande si ça ne la rassure pas un peu. Quand on est aussi visible, on a besoin d'un faire-valoir. »

J'encaisse ce deuxième coup avec un sourire comme rempart. Elle me détaille de haut en bas.

« Il te plaît, Colin, non ?

– Je le connais à peine.

– Tu le bouffes des yeux. Fais attention, Lou a des vues sur lui depuis deux mois. Je dis ça… »

Un dernier regard et la voilà partie. Un voile rouge passe sur mes yeux. Les petits pieds de Lou qui volent sur le parquet, ses ongles framboise et ses chevilles si fines qu'on les croirait ailées. Sa bouche en cœur, de laquelle s'échappent des rires et de la fumée qui monte en volutes. Je lui en veux, soudain. Je lui en veux d'avoir tout ce qu'elle désire sans aucun effort. De ne pas savoir ce que c'est que de se regarder dans le miroir et de n'y voir qu'une trahison du réel envers ses ambitions. J'en veux à son petit cul si parfait qui se tortille sous la soie froissée, son rire stupide, ce rose qui éclôt sur ses joues avec l'ivresse et la danse. Ce soir, si elle le souhaite, elle glissera son doigt le long du torse de Colin et lui soufflera des mots dans ses boucles d'une voix traînante, et elle n'aura qu'à le guider vers sa chambre au couvre-lit en vichy, elle l'aura tout à elle pour cette nuit et de nombreuses autres. Je l'imagine allongée, lascive, sa robe relevée. Je l'ai déjà vue poser quasi nue pour un photographe de renom, et je sais qu'il faudrait être insensé pour se refuser à elle.

Un incendie s'embrase dans mon ventre. Je décide de partir pour épargner mon amour-propre, et personne ne me retient. Pas même Cléo, décidément toujours en retard, que je croise tout essoufflée et déjà passablement pompette dans les escaliers.

« Vous ne vous êtes jamais posé la question d'une quelconque attirance sexuelle envers Lou ?

– Pardon ?

– Vous parlez d'elle en des termes très… élogieux.

– Honnêtement ?

– Diane, l'honnêteté est le principe même d'un suivi psychothérapeutique.

– Très drôle. Figurez-vous que j'y ai pensé plusieurs fois. Mais non. J'ai tenté de me confronter à cette éventualité en rêve, en fantasme, en essayant d'analyser ce que cela me ferait, mais… Rien. Je crois qu'elle exerçait juste sur moi ce pouvoir de fascination qu'ont les œuvres d'art. Je la détaillais comme j'aurais analysé un tableau de Van Gogh. La courbe de ses seins comme une nuance de bleu dans le ciel, la finesse de ses jambes comme un absolu artistique. Un peu comme l'idéal féminin de Maxence dans Les Demoiselles de Rochefort, *vous voyez ?*

– Non.

– Vous devriez. Elle était si parfaite à mes yeux, l'incarnation de ce que je rêvais d'être après avoir été élevée par les magazines féminins. Je suis photographe, je passe mon temps à photographier des filles soi-disant parfaites, mais elle, elle avait un petit quelque chose en plus. Elle était ce que je ne serai jamais.

– Rien à voir avec un fantasme, donc ?

– Non. D'ailleurs nous nous sommes embrassées un soir, complètement ivres, et ça ne m'a rien fait. Ça m'a même déçue.

– Déçue ?

– Ça l'a rendue humaine, si bassement humaine. Son haleine puait l'alcool et la cigarette. Je suis rentrée assez vite ce soir-là. Je ne pouvais pas supporter l'idée qu'elle s'était abaissée à faire ça. Elle avait trahi mon absolu. J'étais furieuse.

– Contre elle ou contre vous-même ?

– …

– Diane ?

– Revenons en arrière. En fait, j'étais surtout immensément flattée. Mais c'est ce sentiment vain qui m'a rendue furieuse. Je savais que cela ne voulait rien dire pour elle, et ça m'a fait vriller.

– Donc vous ressentiez bien quelque chose pour elle.

– Peut-être, mais ce n'était ni amoureux ni sexuel. C'était comme si j'avais été élue. Et ce soir-là, ça me

blessait de me dire qu'à ses yeux je n'étais qu'un amusement.

– Parce qu'elle a pris l'ascendant sur vous alors que jusque-là vous étiez certaine de maîtriser la situation. D'un coup elle a voulu jouer un peu trop, en osant un acte très concret et charnel.

– Vous parlez beaucoup pour un psy. Vous n'êtes pas censé juste faire "hum hum" en hochant la tête et en notant des trucs dans votre carnet ? »

Juin

J'ai désormais pour habitude de les rejoindre directement à la sortie du cours de théâtre. Ne pouvant décemment pas m'incruster à chaque fois, je les cueille encore tout chargés de leurs émotions, le corps délié et l'œil alerte.

De café en café, de bourgogne en bourgogne, Lou m'accorde sa confiance et des sourires de plus en plus francs. J'ai parfois l'impression d'être la bouffonne de la reine, à la divertir avec mes histoires navrantes de clients qui me paient en retard. Ce à quoi elle répond à chaque fois, dégainant presque illico son chéquier : « Tu veux de l'argent ? Je t'en prête si tu veux. »

Je vois de moins en moins mes amis à moi. Introvertie de nature, je n'ai jamais été très douée sur le plan relationnel, butinant à droite à gauche, et ces dernières semaines ont mis à mal mon assiduité amicale déjà fragile.

Nous sommes un soir en train de dîner en terrasse (je soupçonne Lou de m'utiliser comme bouche-trou avant un événement de marque à quelques pas) lorsqu'une voix sort soudain de nulle part, tout comme la main qui agrippe le blouson de Lou.

« Lou ? Lou Trenet, c'est toi ?! »

C'est une gamine de vingt ans à peine, teint cireux sur robe à fleurs. Une mauvaise copie de celles que porte Lou tous les jours d'été que Dieu fait, achetée chez un grossiste du Sentier sans doute. Le décolleté bâille, la taille replète est hélas soulignée d'un lien censé mettre les formes en valeur. Lou se fend d'un sourire feint jusqu'aux oreilles.

« Euh, oui. »

La fille a les yeux qui sautillent de joie, elle n'arrive pas à y croire, elle bredouille. Les mots se bousculent dans sa bouche peinturlurée maladroitement et aucun n'est bon.

« Je m'appelle Adèle, je te suis sur Instagram… depuis le début, je crois. J'adorais même ton Skyblog, je copiais toutes tes tenues… »

On sent les points de suspension dans sa façon de parler comme dans un roman de gare de bas étage. Je devine à la barre en plein milieu du front de Lou que celle-ci n'a aucune envie qu'on ressuscite son Skyblog (www.joliemome75.skyblog.com) sur la place publique. C'est tout juste si Adèle ne s'épanche pas en faisant des courbettes. On dirait une parodie. Une scène d'impro comme celles que je les vois jouer au cours de théâtre : « Adèle, tu joues la malade mentale, Lou, tu feras son idole, allez. »

« J'ai toujours rêvé de te rencontrer… Désolée, j'espère que je n'ai pas l'air complètement folle, mais je n'arrive pas à y croire… On peut prendre une photo toutes les deux ? »

Lou me lance un regard dont le sous-texte évident est : « Fais-nous une photo vite fait bien fait, qu'on en finisse, mon plat va refroidir. »

La main de la fille tremble presque quand elle me tend son iPhone, dont la coque a le même motif vichy que celle de Lou. Je les mitraille, passablement amusée du décalage d'enthousiasme entre les deux visages face à moi. On aurait demandé Adèle en mariage à l'instant qu'elle n'aurait pas eu l'air moins ravie. Des larmes perlent à ses yeux. Lou en revanche esquisse un sourire crispé.

Le trophée récupéré, Adèle n'ose pas décoller, comme vissée au sol dans ses escarpins étriqués. Elle crève sûrement d'envie que Lou lui propose de se joindre à nous.

« Bon, ben j'y vais… Merci. »

Elle s'éloigne et je m'attends presque à la voir exécuter un pas de danse guilleret façon Gene Kelly, mais elle ne fait que se retourner plusieurs fois pour s'assurer de ne pas avoir rêvé.

« Ça va ? Pas trop saoulée ? je tente, pour la faire parler.

– Non. Ça fait partie du job.

– T'es sûre ? »

J'insiste. Un picotement à la surface de ma peau me pousse à la faire éructer. Je crève d'envie qu'elle partage son agacement évident, qu'on crache toutes les deux sur cette pauvre fanatique, qu'elle me prouve que j'ai enfin franchi la barrière invisible entre les deux mondes de Lou : son cercle intime et « les autres ».

Son portable vibre.

« Pfff, elle m'a déjà taguée sur sa story. Je suis horrible. »

Son sourire narquois s'enfuit soudain, son joli hâle d'été pâlit. Elle parcourt des yeux quelque chose sur son portable, puis me dévisage, sidérée.

« Non mais lis ça. »

Le message vient d'Adèle.

« Cool de t'avoir croisée. En revanche, je trouve que tu gagnerais en sympathie si tu étais un peu plus souriante. Dommage de véhiculer une image fraîche et solaire sur les réseaux et d'être aussi froide et distante dans la vraie vie… J'aurais adoré pouvoir dire à toutes mes copines que je t'ai croisée et que tu es exactement comme sur tes photos, belle et accessible. Je te donne juste ça comme conseil. »

Lou a tendance à abuser de l'adjectif « lunaire », et je le vois aussitôt poindre à la surface de sa mine incrédule. Elle hésite un instant, ses doigts en apesanteur comme un rapace en vol stationnaire au-dessus d'un champ, prêts à dégainer une des tirades persiflantes dont elle a le secret, mais elle finit par reposer le téléphone, écran contre la table. Elle se rabat sur mon paquet de cigarettes – toutes ces émotions lui ont fait finir le sien.

« Tu ne vas rien répondre ?!

– Oh, crois-moi, j'adorerais. Mais un seul mot de travers et ça peut vite partir en bad buzz. Une petite capture d'écran hors contexte suffit à me faire potentiellement passer instantanément pour l'influenceuse pimbêche qui méprise ses followers.

– C'est dur pour toi, quand même… »

Lou hausse les épaules.

« C'est rageant, mais ça reste mesuré. J'ai déjà eu pire, tu sais. Des gens qui demandaient en commentaire d'une vidéo YouTube avec qui je couchais pour pouvoir me payer un tel appartement. Ou comment c'était possible d'avoir des mollets aussi gros avec un visage aussi angélique. Ou encore qu'on lisait sur ma tête que j'étais complètement écervelée. J'ai voulu répliquer un truc un peu spirituel et marrant, une fois. Je me suis fait descendre en flammes. Mon agent m'a fait promettre de ne jamais répondre aux critiques. Ça apporte de l'eau à leur moulin, apparemment.

– Donc tu es censée laisser les gens t'insulter ?

– C'est ça. Ou en tout cas, ne pas y accorder trop d'importance. C'était très difficile pour moi, au début. J'ai toujours tout fait dans ma vie pour satisfaire les autres. Le syndrome de la bonne élève, vingt sur vingt avec félicitations du jury. Le premier commentaire négatif que j'ai reçu, je n'en ai pas dormi, j'ai fait une crise d'urticaire de stress… Mais bon, il faut simplement lâcher du lest. Quand tu deviens un personnage public, les autres estiment que tu leur appartiens un peu, parce qu'ils ont construit ton succès. Alors ils se permettent tout et n'importe quoi. Je ne sais même pas si je m'appartiens encore, pour être honnête. J'ai l'impression d'avoir huit cent mille paires d'yeux rivées sur moi en permanence. Heureusement que j'ai mon cercle proche. Ça m'évite de partir en vrille. Je leur dois beaucoup. »

J'enfourne une grosse fourchette de lasagnes pour masquer la blessure d'ego. Je ne fais pas encore partie de ses amis, mais je ne me décourage pas. Un jour viendra où je serai anoblie moi aussi.

« Ça ne vous a pas traversé l'esprit que vous étiez similaire à cette inconnue ?

– Euh, non.

– L'adoration, la copie du style vestimentaire, les attentes envers elle… Cela ne résonne pas en vous ?

– Non.

– Ah.

– Elle était complètement tarée, cette fille. Absolument rien à voir avec moi. »

Un jour, enfin, ma patience paie. Lou me propose de prendre quelques photos ensemble, pour qu'elle puisse voir « ce que j'ai dans le ventre ». Oh, crois-moi, Lou, tu ne veux pas savoir… Fixer une date s'avère une tannée insoupçonnable, mais nous finissons par trouver un créneau entre un gala de charité, une vidéo pour *Harper's Bazaar* et un séjour à la Bastide de Gordes.

Quand je lui donne mon adresse, je sens qu'elle tique. Habiter dans le XVe arrondissement sans que cela ne soit justifié par des enfants en bas âge ou une profonde dépression relève pour elle de l'hérésie parisienne.

Je passe mon appartement au crible en essayant de me mettre à la place de Lou. Quels livres dois-je négligemment disposer un peu partout ? Mon canapé sera-t-il mal vu parce qu'il n'est pas en lin lavé ? Où sont passés mes DVD de Truffaut, que je les mette bien en évidence ? Et ces magnets ridicules en forme de chats sur le frigo, que va-t-elle en penser ? Atrocement ringard ou délicieusement second degré ?

Je file chercher un bouquet d'hortensias hors de prix car je sais qu'elle les aime, j'achète du thé Mariage Frères rien que pour le marqueur social que représente la boîte, lance un vinyle de Michel Legrand. Je suis prête.

Quand elle sonne à ma porte, elle a des coquelicots qui battent sur ses joues et une fine pellicule de sueur qui sur elle donne juste l'illusion d'un maquillage lumineux de magazine.

« J'avais oublié ce que ça fait que de monter sept étages !

– La lumière se mérite. »

Elle me tend une brassée d'hortensias bien plus beaux que les miens.

« Oh ! Mais tu en as déjà…

– Oui, toujours. Mais je les adore, je n'en ai jamais trop. »

C'est faux. Ça me rappelle une colonie de vacances déprimante au fin fond du Finistère. Mais égrener çà et là des faux points communs fait désormais partie de mes habitudes. Elle fait (rapidement) le tour de mon petit studio, et je sens qu'elle est en train d'inspecter mon logis avec son regard au vitriol.

« C'est très... mignon. Ça fait longtemps que tu habites là ?

– Depuis deux ans environ. Avant, j'étais à Levallois. »

La simple mention de la banlieue semble la faire frissonner.

« Tu shootes toujours ici ? »

Elle a l'habitude des grands studios baignés de lumière à trois mille euros la journée, de l'essaim de make-up artists, de coiffeurs et de stylistes qui s'échinent à la rendre plus que parfaite, aux plateaux sur lesquels se relaient photographes et vidéastes.

« Pour les portraits, oui, c'est plus intime. »

Il y a soudain entre nous une tension presque imperceptible. Je devrais m'en inquiéter mais pour une fois, c'est moi qui ai l'ascendant. Elle est chez moi, va se soumettre à mon objectif et n'a pas de moyen de se dérober sans perdre de sa superbe. Elle frotte nerveusement les mains sur son jean et prend une cigarette comme pour se donner une contenance. « Je peux, d'ailleurs ? » me demande-t-elle alors qu'elle l'a déjà à moitié consumée.

« Mets-toi là », je lui ordonne, la plaçant à côté de la fenêtre où la lumière est plus douce à cette heure de la journée. « Regarde-moi, et continue à me parler.

– Et je te raconte quoi ?

– Je ne sais pas, ta vie. Ce que tu vas faire demain, par exemple.

– Mais je ne serai pas moche sur les photos si tu me shootes pendant que je parle ? J'ai la bouche un peu tordue parfois, j'ai peur que...

– Lou, tu veux être comédienne ou non ? Tu ne vas pas aller dire à Téchiné que tu exiges qu'il ne te filme que du côté gauche parce que c'est ton bon profil, non ? »

Silence. Je la vois se redresser, relever la mâchoire, un air de défiance dans le regard. J'ai visé juste, et même si je l'ai bousculée, je viens de monter dans son estime. C'est fou comme un appareil photo permet parfois d'inverser les rapports de force. Ce n'est pas pour rien qu'on dit à propos d'un modèle qu'on le *mitraille* en *rafales*. Je le vois souvent dans le regard des filles qui posent pour moi un mélange de peur, de vulnérabilité et d'envie de bien faire. Les mannequins biberonnées à Instagram ont souvent parfaitement en tête les angles exacts qu'on attend d'elles, les moues qui récoltent les « j'aime », les poses qui leur affinent les jambes et leur creusent la taille.

Lou, elle, a pris mon défi au pied de la lettre. Elle me regarde droit dans l'objectif et se met à me parler de ses parents, qui ont selon elle toujours préféré son frère. Son frère est un artiste, son frère est un poète, son frère est beau et ressemble à Gaspard Ulliel. Son succès à elle a été soudain, mais elle a dû leur prouver que ce qu'elle faisait n'était pas futile, qu'elle savait où elle allait, et qu'être suivie par autant de monde méritait au moins la même reconnaissance que de sortir un disque. Elle pouvait me l'avouer à présent, faire du théâtre est aussi et surtout peut-être un moyen de regagner leur respect. Au fil de ses mots, je saisis de brefs éclairs de mélancolie, de colère, de tristesse sur son visage. Je la découvre comme je ne l'avais jamais vue, avec des rides d'amertume aux coins des lèvres, ou des sourcils un peu trop froncés. Je ne dis rien, et mon attitude la pousse paradoxalement à aller chercher encore plus loin en elle-même. Elle se livre sans interruption pendant vingt minutes, le temps que la pellicule soit finie.

« Merci, Lou, c'était super. Je dépose les photos au labo et je te les envoie dès que j'ai fini de les retoucher. »

Elle se lève, se dirige vers la porte. Au dernier moment, elle se retourne vers moi.

« Tu sais, tout ce que je t'ai dit là était complètement faux, alors pas la peine de t'en souvenir. C'était un exercice d'impro. »

Elle dévale les escaliers à la hâte.

Deux jours plus tard, je lui transmets comme promis les trente-six poses de notre séance. Sa réponse ne se fait pas attendre.

« Bravo. »

Venant de Lou qui se perd d'habitude en mots parfois inutiles, ce texto lapidaire est le meilleur des compliments. Je viens enfin de trouver grâce à ses yeux.

À la suite de cette séance, je commence peu à peu à faire ma place dans le petit monde de Lou. Un soir, je suis même récompensée d'une photo de nous deux en terrasse. Je porte un 501 et un top en soie qu'elle m'arrache presque lorsqu'elle le voit. Je suppose que cette tenue profondément « louesque » était mon ticket d'entrée au panthéon des moments qu'elle jugeait bon d'immortaliser.

Je la vois recadrer la photo, ajuster la lumière et le contraste, ajouter un léger grain (« Les gens adorent quand c'est un peu vintage »), faire la moue pour juger de l'effet obtenu. J'ose remarquer que cela manque d'une touche de couleur vive pour rehausser un peu l'ensemble. « Merci. Tu vois, c'est exactement pour ça que j'ai besoin d'une DA comme toi dans ma vie. » Elle ouvre son panier de plage (dont elle ne se défait jamais alors que les sacs de créateur s'entassent chez elle, mais elle se plaît à les utiliser comme déco), sort son rouge à lèvres, fait une rapide retouche, demande au serveur de nous reprendre en photo en lui livrant au passage un petit tutoriel. Non, plus bas, pour allonger les jambes. Pas trop en contre-plongée, sinon ça grossit. Taper à tel endroit de l'écran tactile pour attraper la lumière flatteuse. Et surtout les prendre en mode rafale, pour qu'elle puisse choisir l'exacte seconde où elle est parfaite. Il s'exécute, amusé et séduit. Elle fait défiler les clichés avec ses yeux comme des snipers, traquant la plus petite imperfection, le moindre pli de jean disgracieux, la plus innocente mèche mal placée, me demande même mon avis (reconnaissance ultime). Lorsque enfin elle se décide à choisir l'heureuse élue et à la poster, son téléphone semble pris d'une crise d'épilepsie. Il se met à vibrer frénétiquement sur la table, affichant des centaines de notifications qui s'enchaînent et défilent sans jamais sembler s'arrêter. Nous assistons toutes les deux au phénomène, les yeux rivés sur l'écran. Je suis médusée. Lou, elle, est presque blasée.

« Tu fais combien de "j'aime" par minute en moyenne ?

– Trois cents, je dirais. Si je ne fais pas minimum cent, c'est un flop assuré.

– Et c'est quoi, un flop, pour toi ?

– Vingt mille "j'aime", c'est vraiment la honte. En tout cas pour les photos où je suis dessus. »

Un rire nerveux m'échappe. Elle ouvre l'application, rapide regard au score affiché. Lou a l'air satisfaite. Deux mille « j'aime » en même pas trois minutes, et déjà quatre-vingt-deux commentaires.

« Ça ne m'étonne pas. Terrasse parisienne, petit panier, ma communauté asiatique a dû s'enflammer. Les gens adorent le spontané.

– Oui, enfin, le spontané… Parles-en au serveur, je me risque à lui faire remarquer.

– Mais, Diane, c'est ça, Instagram ! Rien n'est jamais spontané, tout est une vitrine. Tu imagines, si tu voyais des fils dépasser des vestes Chanel rue Cambon, ou les Chinois qui fabriquent à la chaîne leurs sacs qui coûtent trois mois de loyer ? Tout le monde sait qu'il y a des coutures et un envers du décor, mais qui veut vraiment les voir ? C'est comme ceux qui me disent parfois que j'ai un métier inutile. Je ne suis pas d'accord. Je donne une petite part de rêve parisien à ceux qui me suivent, et si ça leur fait du bien, alors à moi aussi.

– Ça m'hallucine.

– Moi aussi. Mais c'est le jeu. Et quand une vague de cette taille-là déferle vers toi à toute vitesse, tu as le choix : la prendre ou la laisser passer. Moi je l'ai prise, et je ne l'ai jamais regretté.

– Et tu n'as pas peur d'un jour te faire submerger ?

– Bravo, Diane, tu files à merveille la métaphore nautique, raille-t-elle. Bien sûr qu'il y a un risque de *se noyer* (regard entendu) parfois, mais il faut simplement *tenir le cap*. »

Je ris.

« Blague à part, je compare souvent ma situation à celle d'Ulysse sur son navire quand il doit affronter les sirènes. Tout est tellement tentant, tout le temps : les campagnes de fast fashion payées une fortune, les voyages de presse à l'autre bout du monde, les tutos maquillage qui me rembourseraient mes mensualités pour mon appart. Mais un pas de travers ou un partenariat un peu trop femme-sandwich, et ma communauté peut se sentir trahie et me faire tomber dans l'oubli. L'important, c'est d'être suffisamment bien ligotée au mât pour éviter de sombrer. »

Comparer Instagram à l'*Odyssée*, il fallait oser.

« Et puis ça permet aussi de donner de la visibilité au travail de mes amis. Regarde Aurélien. Comment penses-tu qu'il a pu décrocher sa collaboration avec Le Bon Marché, à ton avis ? Il était complètement dans l'ombre il y a encore un an… »

Elle prend une gorgée de son jus de citron. Elle en abuse à longueur de journée pour couper la faim et réduire les calories.

« Toi aussi, ça va t'aider. Je t'ai taguée sur ma photo, faisons l'expérience : tu verras bien combien de followers tu as gagnés demain et si ça t'apporte des opportunités. Entre ça et nos portraits que je compte publier la semaine prochaine… On en reparle dans dix jours, d'accord ? Précise bien que tu es directrice artistique et photographe dans ta bio. Si *Vogue* t'appelle, tu me remercieras. »

Son arrogance m'irrite sur le moment mais force est de constater qu'elle avait raison. Je me retrouve suivie du jour au lendemain par plus de quatre mille personnes, dont quelques photographes et médias dont j'admire le travail, ainsi que des fouineurs virtuels qui m'assaillent de « *Hi, do you know Lou ? How is she in real life ?* » en messages privés.

« Pffff, bloque-les, ce sont des tarés. Obsédés par les coulisses, comme si j'avais un pied-bot à cacher dans la vraie vie, me conseille-t-elle. Ces mecs-là, ils sont fascinés par le fait que mon apparente perfection puisse exploser en vol. Ils attendent le pas de côté et là, ils se feront un plaisir de me détruire. »

Je n'ose pas lui dire qu'au début moi aussi j'espérais secrètement qu'elle me déçoive « dans la vraie vie ». Que je lui en ai presque voulu d'avoir cette peau aussi parfaite et ces cils aussi noirs lorsque je l'ai enfin eue en face de moi après le cours de théâtre. Elle m'avait paru immatérielle, ce jour-là.

C'est donc aussi rassurant qu'inquiétant pour moi de voir au fil du temps cette perfection se disloquer. Je connais désormais la vraie Lou, celle des mauvais jours, celle qui n'a pas eu le temps de parfaire son maquillage, celle qui complexe sur ses jambes, celle qui a parfois un bouton sur le menton ou qui dézippe allègrement son jean après un déjeuner trop copieux. Ses imperfections me sautent de plus en plus souvent au visage, comme si le brouillard de la fascination initiale se dissipait. Mais au lieu de me faire redescendre de mon obsession, cette vérité m'y entraîne encore plus. Qu'elle me captive en étant extraordinaire et inatteignable, soit. Mais qu'elle resplendisse toujours plus à mes yeux, même à travers le prisme de la banalité, voilà qui est vraiment dangereux.

« Vraiment ?

– Quoi ? Vous pensez que j'attendais qu'elle fasse un pas de côté pour que je puisse la détruire ?

– C'est vous qui le dites.

– Eh bien, c'est faux.

– Diane… Ce n'est pas ce que vous avez fait ?

– Je vous l'ai déjà dit. Mon intention n'était pas de la détruire.

– Permettez-moi d'en douter.

– On peut faire une pause ?

– Je ne pense pas que ce soit judicieux, au contraire.

– Je n'ai pas voulu…

– C'était peut-être inconscient, Diane, mais c'est tout mon travail que d'analyser ce qu'il y a derrière un acte comme le vôtre.

– Je voulais la faire payer.

– Elle ou vous ?

– Je ne comprends pas…

– Vous ne vouliez pas vous punir vous ?

– Ce qui est sûr, c'est que je voulais qu'on soit deux dans cette chute. Si elle tombait, moi aussi. »

Lou marche en se déhanchant dans les allées du Picard. Sac Dior (reçu en avant-première en amont du défilé croisière), mules Repetto (elle s'est fait payer dix mille euros pour les porter sur une photo), bronzage impeccable (après un week-end tous frais payés à Santorin, où elle n'a semble-t-il pas vraiment bougé de la piscine privée sur sa terrasse). Elle est actrice de sa propre vie. C'est comme si à chaque moment, n'importe quand, elle devait être au meilleur d'elle-même. Sa bouche fait un cœur alors qu'elle hésite entre les mini-burgers et les canapés au saumon.

« Tu vois, je crois que j'adorerais être le genre de fille qui débarque à une soirée avec une quiche faite maison. C'est terriblement sexy, les quiches faites maison. Tu ne trouves pas ?

– Ça dépend de la quiche. »

Son rire carillonne à travers les rayons.

« Au fait, Colin m'a dit que tu lui avais demandé son numéro. »

Un frisson me parcourt la nuque et ce n'est pas à cause des bacs à surgelés qu'elle néglige de refermer au fur et à mesure de sa déambulation.

« Tu l'aimes bien ?

– Oui.

– Tu sais que moi aussi, non ? Elsa m'a dit qu'elle t'avait prévenue. »

Son pas est léger et ses doigts dansent sur les vitrines mais je sens que derrière cette désinvolture jouée elle me menace, l'air de rien. Je réalise à quel point l'apparent équilibre de notre relation est factice. Une seule erreur et me voilà balayée d'un revers de main. J'hésite un instant sur la meilleure stratégie à adopter. Tirer ma révérence et abandonner ? Ou relever la tête et assumer ?

« Oui, je sais. »

Elle s'arrête un instant dans l'analyse minutieuse des informations nutritionnelles d'une pizza à la roquette, ses yeux pétillent. Lou se nourrit de ces gamineries. De la comparaison perpétuelle, de la compétition qui fait rage dans son milieu. Qui a le plus d'abonnés ? Qui a la communauté la plus engagée ? Qui se fait payer le plus pour un partenariat et qui va gratuitement dans l'hôtel le plus luxueux ? Elle applique parfois cette logique à notre relation, et ça ne m'étonne guère. Qui arrivera à séduire Colin ?

« OK, Diane. Ça va être marrant. »

Un voile de colère passe momentanément sur mes yeux. Brusque revers de mon amour-propre.

Oh oui, Lou, ça va être marrant.

Juillet

À l'approche de l'été, quand les marques ne savent plus quoi faire de tout l'argent qu'elles n'ont pas dépensé plus tôt par orgueil mal placé ou radinerie profonde (c'est selon), elles le claquent.

Un dernier sprint pour l'incitation à la consommation. L'idée étant bien entendu de le faire avant les soldes, dont la seule mention est capable de faire frémir de dégoût un attaché de presse couture. Lou me raconte avec détachement que les grandes enseignes de luxe des Champs-Élysées préfèrent brûler leurs pièces invendues plutôt que de les brader. Des centaines de milliers d'euros partis en fumée, ça vaut toujours mieux que d'enlever un zéro au prix d'un sac. «Je m'en fous, j'ai eu le mien aux ventes presse», précise-t-elle en peignant son dernier orteil en rose bonbon.

Commence alors un bal ahurissant d'invitations à des déjeuners, des soirées, des petits déjeuners aux couleurs de la marque, où personne ne mange jamais rien mais prend scrupuleusement tout en photo. C'est le concours de celui qui aura l'idée la plus « délicieusement originâââàle », à prononcer avec une patate chaude dans la bouche (c'est sans gluten, parfait pour le public concerné), sauf qu'à force de les écumer avec Lou, le constat est sans appel : ces événements finissent par tous se ressembler.

D'abord flattée de son invitation à un cocktail chez Loulou, le restaurant italien où l'on paie une fortune plus pour la vue que pour les pâtes, je comprends vite ce que je fais là : ma présence est requise pour lui tenir compagnie, certes, mais aussi son iPhone, son verre, sa pochette à mille deux cents euros – et la jambe, aussi, tant qu'on y est, quand elle a besoin de faire diversion pour éviter quelqu'un. Un DJ se débat mollement avec ses platines dans un coin, vaguement convaincu lui-même par une musique que personne n'écoute. Sur une table, une fleuriste très en vue compose des bouquets de saison destinés à être partagés sur les réseaux, avant d'aller pourrir par terre à côté des affaires abandonnées là par leurs propriétaires qui préfèrent avoir les mains libres pour une coupe de champagne gratuite. On dirait un drôle d'autel funéraire comme on en voit lorsqu'une personnalité meurt. Ci-gît la décence, sûrement.

L'absurdité du monde de Lou m'a déjà heurtée plusieurs fois ces derniers temps. Tandis qu'en cette saison certains élaborent des discussions WhatsApp poussives pour voir ce qu'on peut se permettre comme location de vacances en fonction des budgets serrés de chacun, nous voguons quant à nous de soirée à cinquante mille euros en brunch-cours-de-yoga-atelier-lithothérapie sur un rooftop privatisé.

Le rôle de + 1 est certes ingrat mais il a l'avantage de me rendre invisible. Je n'ai même pas de nom sur le listing, juste « Lou Trenet, + 1 ». Les hôtesses me dévisagent, Lou m'adoube devant elles, et je la suis comme un toutou pour asseoir ma légitimité. Çà et là, je la prends en photo ou en vidéo selon son bon vouloir, et m'amuse toujours de la rapidité avec laquelle son masque de théâtre tombe en dehors des prises de vues. Je prends un certain plaisir pervers à faire durer les vidéos alors que je sais qu'elle déteste ça. Dans sa photothèque, elle a donc une sacrée compilation de faux sourires enjoués ou d'actions gracieuses (croquer dans un canapé à la truffe qu'elle recrachera aussitôt, se retourner en faisant voler ses cheveux avec un sourire radieux) immédiatement suivis d'une grimace agacée et d'un « C'est bon, tu l'as ? » glacial qui n'est ni plus ni moins que sa version à elle de « Coupez ! ».

Sur les tables, les buffets rivalisent d'esthétisme et d'originalité. C'est à celui qui aura la plus belle scénographie, n'oubliez pas les hashtags surtout, mais personne ne les met jamais, on n'est plus en 2007. Pour une marque de cosmétiques, composition autour des couleurs : savant camaïeu de teintes de saison, le carpaccio de tomates ananas s'associe aux tournesols, les gâteaux se parent d'un glaçage de la même couleur que la nouvelle crème visage. Pour une enseigne de grands magasins, on donne dans le gigantisme, avec une tarte aux framboises dont le diamètre fait la largeur de mon studio. Une marque de maroquinerie a mis les petits plats dans les grands pour s'excuser d'avoir fait déplacer tout Paris à l'hippodrome éponyme : le champagne coule à flots et des petits-fours au caviar circulent.

C'est pendant ces soirées que je réalise que Lou est munie d'un interrupteur social. Le directeur artistique d'une maison en vogue passe près d'elle ? *On*. Plexus solaire au beau fixe, port de tête de ballerine, voix enjôleuse, même si ses chaussures lui scient les pieds. Personne ne la regarde ? *Off*. Soupir excédé, barre entre les sourcils (contre laquelle elle envisage déjà le Botox), « Putain fait chier » marmonné entre deux gorgées de Spritz.

Lou sait ce qu'elle veut : l'argent, la reconnaissance, qu'on lui fasse des courbettes. Voilà pourquoi elle déteste tant ces événements où elle a affaire à des plus gros poissons qu'elle, et où c'est donc à elle de se plier en quatre et d'obéir sagement. Une soirée afterwork (dudit « work » il n'est jamais réellement question dans ce milieu) à l'autre bout de Paris dans une tenue imposée qu'elle vendra sur Vinted deux jours plus tard ? « Bien sûr, je serai là avec plaisir. »

Je me fais parfois la réflexion que ces « événements » (qui ne le sont de fait pour personne, à part les invités, et encore) sont un héritage dévoyé des fêtes fastueuses données à Versailles. Mon jeu préféré est d'arriver à cerner qui est le roi ou la reine de la soirée. Souvent, cette position découle d'un nombre de followers stratosphérique, de parents célèbres ou d'une particule. Il suffit de suivre les regards, les messes basses et les photos prises discrètement. « Tu ne devineras JA-MAIS qui j'ai vu chez Jacquemus hier soir », feront miroiter les participants le lendemain.

Je m'amuse aussi de voir à quel point TikTok a changé les règles de ce petit monde au nez pincé d'Instagram et des vieux de la vieille. Voir des ados en survêtement qui n'en ont manifestement rien à foutre se faire lécher les bottes à contrecœur par des responsables presse quinquagénaires parce qu'« il faut absolument les avoir à notre soirée, TikTok c'est l'avenir, même si ça ne te ravit pas, Catherine, il faut vivre avec son temps », ça me fait me bidonner en douce.

Le parcours est toujours le même : Lou se fait cribler par les flashes devant le photocall, Lou fonce s'agripper à une coupe de champagne comme à une bouée de sauvetage, Lou salue tout le monde à droite à gauche, Lou se plie à l'exercice des selfies crispés avec des gens qui « adôôôôrent » ce qu'elle fait, Lou se fait sermonner par son agent parce qu'elle arrive toujours en retard, Lou prend des photos de tout tout le temps, Lou m'ordonne de la prendre en photo partout tout le temps, Lou est légèrement pétée parce qu'elle refuse de se gaver de petits-fours (l'été approche, que diable), Lou fait la faux-cul auprès d'autres influenceuses qu'elle n'a aucune envie de croiser, Lou rafle les cadeaux en partant enfin (en moyenne trois sacs généreusement garnis qui finiront dans un dépôt-vente ou dans sa fameuse pièce à *gifting*), puis Lou disparaît dans un taxi après s'être assurée que je vais bien rentrer de mon côté, généralement en métro. Je m'engouffre sous terre, cachant tant bien que mal entre mes jambes les sacs griffés au nom de l'enseigne qui organisait la soirée. Il ne manquerait plus que je me fasse agresser dans un couloir de la 12 parce qu'on m'aura prise pour ce que je ne suis pas.

Un jour pourtant, la façade lisse et enjouée de Lou se zébra. À l'occasion d'un de ces petits déjeuners où les marques se montrent généreuses en produits pour mieux soutirer l'allégeance des convives, elle m'avait donné rendez-vous de bon matin (« Habille-toi bien, hein, c'est une grande maison de couture ») et fait miroiter un tote bag rempli de cadeaux pour me faire sortir du lit et lui tenir compagnie.

L'air est moite au-dessus des pavés de la rue des Francs-Bourgeois qui luisent comme des mirages. Lou arrive pile à l'heure, sortant comme une fleur de son taxi van réservé rien que pour elle. En croisant son regard, je sens que quelque chose ne va pas. Yeux bouffis, odeur de cigarette alors qu'elle n'entame son paquet de Vogue quotidien qu'après le déjeuner, cheveux froissés sans que ce soit un effet de style. Je n'ai pas besoin de lui demander quoi que ce soit.

« Aurélien m'a larguée. »

Le contraste entre cette information et le sourire plaqué sur son visage dès le vestiaire me fait soupçonner un éventuel début de schizophrénie. Il y a cette blessure d'ego évidente (qui *oserait* lâcher Lou Trenet ?!) et ses pas légers, ses éclats de rire presque sincères, ses courbettes et ses « Oh, merci beaucoup, monsieur, c'est adorable » en sirotant son jus détox servi sur un petit plateau. En progressant dans le décor immersif visant à recréer l'illusion d'une plage tropicale dans un hangar du Marais (avec succès je dois dire, ce qui n'est pas si étonnant quand on sait que la marque organisatrice est cotée au CAC 40), Lou papillonne de droite à gauche comme si de rien n'était, allant du stand de composition de bouquets à l'atelier vanity idéal pour l'été. La responsable presse se met soudain à la pourchasser à pas de loup sur ses talons aiguilles, zigzaguant entre les parasols. « Lou, si tu le souhaites, tu peux aller poser au photocall un peu plus loin pour ta vidéo. Si jamais tu veux la reposter sur ton compte ensuite, on te l'enverra dès ce soir », ose-t-elle enfin lui dire à la première occasion.

L'approche est suffisamment pernicieuse pour que le contrat soit établi d'emblée. Il y a de fait, dans ce milieu, une frontière assez floue et sans cesse piétinée entre le « vouloir » et le « devoir ». En langage presse, « Si tu veux poster » veut en réalité dire : « Tu serais bien gentille de le faire car tu es invitée pour ça ». Les « si jamais » sont somme toute plutôt des ordres, et Lou s'exécute donc docilement après avoir furtivement levé les yeux au ciel à mon intention. En plein chagrin d'amour, tout relatif soit-il, elle se pavane vaille que vaille entre deux palmiers synthétiques en enchaînant les poses, parfaitement consciente de ses bons angles, toutes dents dehors et toutes fesses derrière pour affiner ses cuisses par illusion d'optique.

« Tu veux voir ce que ça donne ? » dit le photographe.

Et c'est alors que je suis témoin de ce que je ne pensais pas voir un jour de la part de ma muse. Les larmes sont discrètes, d'abord, suffisamment pour qu'on se demande si ce n'est pas juste une photosensibilité due aux spots. Et puis non. Il y a un premier hoquet, puis deux, et une fois le rôle de composition lâché, le barrage s'écroule entièrement. Lou s'effondre, tout simplement. Son numéro pétillant et enjoué fond comme neige au soleil sur le sable artificiel du photocall.

« Pardon, dit-elle entre deux sanglots. Ce n'est pas de votre faute, vous faites un travail merveilleux, mais je me trouve horrible. »

Ce n'était manifestement jamais arrivé aux équipes sur place. On n'apprend pas la situation de crise « craquage d'une influenceuse » aux responsables presse, qui ont éventuellement bûché le chapitre « caprice de star », mais celui-là… On lui propose maladroitement un verre d'eau, un atelier make-up « pour se remonter le moral », mais Lou n'en a pas grand-chose à faire, de tester le dernier gloss teinté à la mode, elle veut seulement de l'air, et continue de s'excuser en mettant tout son orgueil de côté.

Je me risque à l'emmener dans un coin et à la prendre dans mes bras. Elle laisse dégouliner son mascara sur mon épaule un moment, prend une grande inspiration, puis retourne voir les équipes une fois ses larmes séchées. Quelques sourires gênés plus tard, nous sommes en train de faire graver nos noms sur des étuis à rouge à lèvres comme si de rien n'était. De sa rupture elle ne fait plus mention une seule fois. Pas plus que de sa crise de nerfs, évidemment. Mais elle enchaîne ce jour-là cinq événements similaires en tous points. Et le soir même, elle poste bien sagement les images. Comme on le lui avait demandé.

« Tu fais quoi du 16 au 23 juillet ? »

Cléo m'appelle de nulle part. « De nulle part » semble d'ailleurs être la ligne de conduite de sa vie. Dernièrement, elle a passé les derniers castings pour un film avec Catherine Deneuve, « de nulle part » aussi.

« Rien, pourquoi ?

– Trop bien. »

Elle a également une fâcheuse tendance à dire « trop » à tort et à travers. Je me dis que la démesure fait partie de son métier de comédienne.

« Pourquoi ?

– Tu ne devineras jamais. »

L'art de maintenir le suspense aussi, visiblement.

« Bon, j'étais censée faire ce stage trop cool sur l'île de Ré cet été. Un prof de théâtre trop stylé qui a une baraque là-bas, aux Portes je crois, un truc de dingue, huit comédiens seulement. Ça existe depuis trois ans à peine mais en trois promotions, chaque année, soixante-dix pour cent des participants finissent avec un film incroyable dans l'année. Le mec a un carnet de contacts à faire pâlir Élisabeth Tanner. »

Je ricane.

« Et tu étais "censée" faire ce stage ?

– Oui, je viens d'avoir la réponse pour le Ozon et ils veulent qu'on aille tous ensemble sur le lieu de tournage pour se familiariser avec les autres acteurs, le texte, l'équipe, tu vois le truc. »

Je la félicite avec l'enthousiasme de rigueur. Je concède même un « trop cool ». Je la sens rougir à l'autre bout du fil.

« Bref, toujours est-il que ma place est libre, et bon, comme tu t'intéressais au théâtre… J'en ai parlé à Denis, le prof, et il se disait justement qu'il avait peut-être envie d'engager une photographe de plateau pour la semaine, pour pouvoir ensuite faire la promotion de son stage.

– C'est gentil, mais…

– Colin et Lou le font aussi, tu ne seras pas toute seule. Comme tu les as vus quelquefois et que ça a l'air de bien coller entre vous trois… »

Arrêt sur image.

« Ah.

– J'ai demandé à Margaux et à Louise, mais elles n'étaient pas dispo. Alors j'ai pensé à toi. »

Je ravale ma fierté et tente de prendre mon ton le plus détaché possible.

« Écoute, pourquoi pas.

– Trop bien. Je t'envoie toutes les infos. »

J'appelle Denis, qui me propose de m'offrir la semaine en échange d'une centaine de photos. « Tu verras, c'est bonne franquette, hein, mais la chambre est dispo dans tous les cas, alors… » J'ai hâte de voir ce que « bonne franquette » veut dire dans le jargon d'un type qui a une villa de dix couchages sur l'île de Ré.

Trente minutes plus tard, je suis donc inscrite. Trente-cinq minutes plus tard, montre en main, un message de Lou s'affiche sur mon écran :

« Coucou, ma belle, Cléo m'a dit. Très contente que tu viennes ! Si tu veux on partage la chambre, à moins que tu n'aies envie de dormir avec Colin ;) Bisous. »

Si elle savait.

Notre trio impossible a des airs de Nouvelle Vague. Le matin se lève sur le pull vert de Colin, pelotonné sur son siège à l'imprimé typique SNCF. Lou bouquine un Romain Gary, vieille édition évidemment, c'est plus joli. Demy roupille à ses pieds. Je me penche discrètement pour déchiffrer le titre de son livre. *La Promesse de l'aube*. De la part d'une esthète comme elle, qui programme les coïncidences, je sais qu'elle a dû faire exprès en choisissant sa lecture avant le trajet. Je la vois d'ici. « Oh, lire *La Promesse de l'aube* dans un train à cinq heures du matin, ce sera si picturesque. » J'enclenche secrètement un compte à rebours mental avant qu'elle me demande de la prendre en photo.

Lou part en terrain conquis. Chaque année, elle se rend sur l'île une semaine à La Flotte-en-Ré, seule, « en pèlerinage avec elle-même », « pour se retrouver et faire le point ». Elle a donc naturellement suggéré que nous y allions tous les trois quelques jours en amont du stage afin de profiter de « vraies vacances avant de se mettre au travail ». Il y a de cela, certes, mais je devine ses intentions réelles : profiter de mon temps libre pour être prise en photo devant les volets verts si photogéniques, bronzer un peu afin de faire ressortir ses taches de rousseur, prendre de l'avance dans son jeu de séduction avec Colin en emportant ses plus beaux maillots pour parader à la plage. Sur ce point, elle sait que j'ai un net désavantage, la fourbe.

Je suis peu partie en vacances jusque-là. Pas de résidence secondaire dans la famille, je devais donc me contenter de celles de mes amies, que je squattais allègrement pendant deux semaines, mais je n'ai jamais eu droit aux longs voyages. À chaque rentrée, tout le monde comparait son hâle dans un Pantone de la frime tandis que je prétextais une allergie au soleil. Au-delà de l'aspect purement esthétique, c'était l'impression d'être passée à côté de quelque chose de grand qui me dépitait. Autour de moi, mes amies se renvoyaient leurs premiers baisers et expériences sexuelles comme des balles de tennis et je leur servais simplement d'arbitre.

« Diane, tu peux me prendre en photo ? » chuchote soudain Lou, ce qui me sort de ma rêverie.

Je souris intérieurement. Bien sûr.

Le rayon doré dans ses cheveux qui lui fait comme une auréole, sa robe relevée qui dévoile ses cuisses et son livre dont elle montre négligemment la couverture créent une composition parfaite.

« *La Promesse de l'aube*, je souligne en lui rendant son portable.

– Quoi ?

– Tu pourras mettre ça comme légende. Bien joué. »

Elle jette un coup d'œil à son livre et fait mine de ne comprendre que maintenant à quel point le titre illustre la situation. Sa désinvolture frise le génie.

« Alors, tu as hâte ? me dit-elle.

– J'appréhende un peu.

– Il n'y a aucune raison. Je viens souvent à La Flotte, l'appartement que je loue est parfaitement placé. Et puis, à ce moment de l'année, c'est encore très calme. On aura l'île pour nous. »

Ce ne sont pas les touristes qui me font peur, Lou, c'est l'éventualité d'être en huis clos avec des comédiens, et surtout avec toi et Colin. Cet étrange triangle non amoureux m'a tout l'air du point de départ d'un thriller psychologique. Je souris en pensant à ces bandes-annonces surannées où une voix grésillante enchaîne les éléments narratifs : « Un homme. Deux femmes. Une île. Une jalousie. Un pari. Du théâtre. Le vent de la mer, le feu des passions. »

Je deviens folle. Ou bien le suis-je déjà ? Les champs de tournesols se succèdent à grande vitesse à travers la vitre et je somnole doucement dans la lumière kaléidoscopique.

À un moment, Lou se lève sans préciser pourquoi, une envie subite de café allongé fadasse ou de faire pipi, le mystère reste entier. Quand elle se déplace, ça fait toujours comme une vague de parfum qui pourrait être écœurant mais sur elle ça ne l'est jamais, on dirait les publi-communiqués que je regardais avec envie en feuilletant les magazines de ma mère. Les parfums avaient toujours des noms un peu tartes et les mannequins un air inspiré ou sexuel sans que je parvienne à déceler pourquoi, alors pour moi le fait d'être sexy, ça passait par ça : un parfum cher et une bouche entrouverte. Avec Lou, on n'en est pas si loin finalement, ce sillage que Sephora définirait comme « gourmand et féminin » qu'elle laisse traîner partout où elle va, en l'occurrence un wagon de première classe à moitié vide avec des slogans inspirés sur les vitres, du genre « Siège avec vue ».

Je me lève à mon tour et fais la funambule pour ne pas tomber sur les gens, par fierté mal placée je refuse de me cramponner aux sièges alors comme une enfant je joue à rester debout malgré les à-coups. Je fais pareil dans le métro et j'ai failli tomber plus d'une fois mais je ne peux pas m'empêcher de tester les limites de mon équilibre.

La porte des toilettes est fermée, à travers la cloison mal insonorisée j'entends des bruits de plastique, de papier froissé, de lavabo, de chasse d'eau, re-plastique, le clapet métallique de la poubelle, le lavabo, le sèche-mains. Je m'invente grande détective en devinant que la personne est de sexe féminin, qu'elle a ses règles et que ça doit bien l'embêter de devoir changer son tampon dans les toilettes du train, même si je commence à m'agacer du temps que ça prend. Je ne sais pas pourquoi ça m'étonne que ce soit Lou qui sorte après une éternité, et pendant une demi-seconde je vois sur son visage mi-surpris mi-fermé que ça la saoule, d'être prise en flagrant délit d'humanité. Sous la lumière des néons, les défauts de sa peau ressortent et leur rareté ne les rend que plus visibles. Lou a du mal avec la vulnérabilité, surtout quand elle s'exprime dans l'espace exigu et mal éclairé des toilettes d'un train pris beaucoup trop tôt avec une fille qu'elle connaît au final assez mal. Peut-être qu'elle se demande ce qu'elle fiche là. Ou plutôt ce que moi, je fais là, à la contempler bêtement. Sourire gêné, je m'insère péniblement dans la cabine. Il n'y a plus de papier, elle s'est bien gardée de me le dire.

L'appartement est effectivement tout ce qu'il y a de plus rhétais : coincé entre deux restaurants iconiques du port de La Flotte, volets d'un bleu réglementaire, vélos dans l'arrière-cour et flopée de roses trémières dans les rues adjacentes. Lou a dû écumer les annonces pour trouver celui qui ressemble le plus à l'arrière-boutique d'un brocanteur. Les papiers peints désuets des deux petites chambres ont probablement achevé de la convaincre. J'imagine son sourire carnassier lorsque la propriétaire lui a précisé prudemment que le lieu était dans son jus et qu'il ne fallait pas s'attendre à des prestations au summum de la modernité.

Elle pose d'office son sac dans la chambrette qui donne sur la mer. Aux fenêtres décaties pendent des rideaux en dentelle brodés de navires. J'hérite de la chambre côté cour et Colin du canapé avachi dans lequel il s'affale aussitôt. Lou le houspille, pressée d'inaugurer les vacances.

Car en plus d'être une célébrité parisienne, Lou se révèle être également une personnalité locale. À peine quelques secondes après qu'elle a posé ses jolies fesses sur les chaises cannées de la terrasse d'un café du port, une vieille dame accourt en trottinant et pose un café noisette devant elle.

« C'est bien ça ? Lait d'avoine ? Ça n'a pas changé depuis l'été dernier ? »

Elle s'adresse à nous, complice : « Chaque année, en juillet, j'achète du lait d'avoine rien que pour elle parce que je sais qu'elle arrive. C'est bien un truc de Parisiens, ça, le reste de l'année personne n'en demande… »

Lou resplendit, sort un billet de dix.

« C'est bien ça, Henriette, merci. C'est bon d'être là. Vous pouvez garder la monnaie. »

Ça fait cher le lait d'avoine. Henriette prend notre commande et s'en va le pas léger malgré son âge. Son tablier à fleurs sent bon les vacances et le décor de carte postale. La robe rouge de Lou tranche sur le store rayé du bistrot. Colin déploie *L'Équipe* et se plonge avec gourmandise dans des récits d'exploits sportifs qu'il ne commettra jamais.

« Je vous préviens, déclare Lou, moi, en vacances,

j'aime ne rien faire. Mes journées sont réglées comme du papier à musique. De dix heures à treize heures : deux cafés crème qui s'éternisent, lecture. À treize heures : marché, poissonnier et crudités. À quinze heures : plage et mots croisés. À dix-huit heures : citron pressé et coup de soleil. À vingt heures : glace café-framboise et promenade sur le port jusqu'au coucher du soleil. Et après… On verra. »

Je sirote mon diabolo grenadine en méditant sur son programme de coucou suisse. Colin lève les yeux de la page « Tour de France ». Ricanement.

« OK, Adolf, bien noté. Et si moi j'ai envie d'aller faire le tour de l'île à vélo, j'ai le droit ?

– Monsieur lit cinq pages et se rêve déjà maillot jaune, à ce que je vois. »

Je suis étonnée par la prédominance de bleu dans les volets de La Flotte. On m'avait vendu une île verte et blanche mais j'aime ce dégradé qui se noie dans le ciel ouaté.

« Ça ne concerne que moi, précise Lou. Vous êtes bien libres de faire ce que vous voulez, je ne vous oblige à rien. »

Colin persiste dans ses ambitions cyclistes et je décide de le suivre pour une de ses prochaines promenades. Je n'ai pas vraiment eu l'occasion de parler avec lui sans que Lou jaillisse dans la conversation.

Cette dernière hausse un sourcil et me lance un regard qui en dit long. « Bien joué, semble-t-elle vouloir me signifier, attends de voir comme je vais te rattraper. »

« Qu'est-ce que vous cherchiez réellement en vous lançant dans cette compétition avec Lou ?

– Pour Colin ?

– Oui.

– C'était ridicule et puéril, je vous l'accorde. Mais de nous deux, c'était Lou qui avait le moins à y gagner. À moi, cette rivalité pouvait apporter non seulement une victoire sur elle, mais aussi Colin, et je l'aimais beaucoup.

– Vous ne pensez pas que vous l'aimiez d'autant plus que Lou le convoitait aussi ?

– Vous voulez me faire dire que d'une certaine manière je cherchais à coucher avec elle à travers lui, c'est ça ?

– Oh non, je ne cherche pas à vous faire dire quoi que ce soit. Vous l'évoquez vous-même.

– Vous êtes vraiment tordu. Arrêtez de me retourner le cerveau. J'aimais Colin, il m'attirait, et c'est à lui que

je pensais le soir dans mon lit quand je me caressais, pas à Lou, si vous voulez absolument tout savoir.

– Bien.

– …

– …

– Super, je suis gênée maintenant.

– Il n'y a pas de quoi. Je ne vous juge pas, je suis votre thérapeute. Nous allons tôt ou tard aborder la question de votre sexualité.

– … Pitié, non. Il n'y a absolument rien à dire là-dessus.

– Vraiment ?

– Vraiment. On peut en revenir aux faits ? »

« Tu penses que c'est possible de tomber amoureuse d'une couleur ? Ce matin pendant que tout le monde dormait je suis partie me promener avec Demy sur le sentier qui longe le littoral. J'avais les mauvaises chaussures et la tête embrumée mais j'ai vu le vent courir sur les champs de blé au loin et j'ai continué à marcher. Il était tôt, c'était l'heure où le ciel et l'océan se confondent, il n'y avait personne, pas même un sportif du dimanche, que moi, Demy et les mouettes. Les blés étaient blonds, et là je suis tombée sur une fleur, une jolie fleur sauvage qui poussait en bouquets, de la chicorée je crois, c'est moche comme nom pour une couleur si poétique, elle était bleue… Un bleu, un bleu de ciel, un bleu layette, un bleu d'éternité et d'enfance. Je ne vis plus que pour ce bleu, maintenant. Et tu sais le pire ? C'est que je n'ose plus y retourner. J'ai peur que la magie s'évapore et que le bleu soit moins beau la deuxième fois. Je refuse de le revoir parce que je sais que ce serait terrible. Je ne peux plus retourner là-bas, c'est trop dangereux, trop dangereux, tu imagines… C'est le souvenir du bleu qui me rend amoureuse et je sais que toute ma vie je le chercherai partout. J'ai un bleu au cœur… Je t'embrasse et je t'aime, Lou », conclut-elle en guise de signature.

Le stylo Bic a bavé dans les draps et je me sens presque coupable de lire sa lettre adressée à Philippe. Je ne savais pas qu'elle écrivait autrement que par messagerie instantanée. Il m'était arrivé de douter de la véracité de son passage en khâgne mais je m'en veux soudain. Des parties d'elle m'échappent encore et pourtant, j'ai une furieuse envie de la réveiller en la secouant : « Mais qu'est-ce que tu fous, bordel ? À l'ère des textos, tu es le genre de fille qui écrit des lettres manuscrites à son frère pour décrire la poésie d'une couleur, et ton métier c'est de faire la belle sur les réseaux ?! » Car c'est de ça qu'il est question. D'une fille intelligente qui a préféré être maligne et indexer son succès sur son apparence. Qui brandit sa beauté comme un étendard alors qu'elle est criblée de névroses sur ses prétendues imperfections. Et tu feras quoi, Lou, quand tu te laisseras submerger par le dégoût de toi-même, quand le temps qui passe rendra jour après jour ton reflet de plus en plus insupportable à regarder ? Toi qui t'agaces d'une légère patte-d'oie au coin de l'œil ou de l'ombre d'une rougeur ? J'ai envie de la claquer mais elle m'attendrit. Je me laisse berner comme tous les autres.

« Je les prendrai en photo, Lou, je te le promets. Ils ne seront jamais aussi beaux mais ce sera un fragment de ton rêve », ai-je envie de lui murmurer. Elle est toute fraîche et dorée, assoupie dans son lit, ses cheveux en corolle autour de son visage où s'épanouissent les taches de rousseur. On dirait un petit oiseau ébouriffé. Noyée dans sa chemise de nuit en dentelle, enroulée en chien de fusil, elle a l'air d'une enfant. Elle joue à la femme fatale avec ses rouges à lèvres et ses robes à la taille cinglante mais sa soudaine visibilité lui a volé son insouciance. Je suis flattée d'y avoir droit. J'ai l'impression de veiller sur elle comme le Petit Prince sur sa rose.

Des vers d'Éluard me reviennent en tête.

Ses rêves en pleine lumière
Font s'évaporer les soleils

Ce matin, son rêve est fleur bleue et son soleil blond comme les blés.

C'est après trois jours de coups de soleil, de cuites au Spritz et de douzaines d'huîtres que je me décide enfin à partir en expédition cycliste avec Colin. Il est temps que je rééquilibre le score. Lou n'arrête pas de passer son bras autour de la nuque de Colin qui brunit à vue d'œil, ils se partagent leurs Vogue Pastel et leurs jeux à gratter. Même si elle n'a eu aucun succès jusqu'ici (si ce n'est soixante euros aussitôt dépensés en cocktails), je la vois pourtant avancer ses pions avec minutie, sûre de son échec et mat. Le petit marché quotidien de La Flotte est son podium, elle roule des hanches entre le stand de fromages et les étals de légumes bio du Bois-Plage, minaude auprès du vendeur de bijoux sur le cours, met des ensembles échancrés en éponge pour acheter ses bulots et des robes moulantes quand elle se promène sur le port. Glousse dans un éclat de fausse modestie quand Henriette raconte à nos voisins de table qui elle est à Paris, rougit sous son hâle charmant. Fume pieds nus en minijupe sur la digue quand le soleil se couche. Elle crève d'envie d'être à La Flotte ce que Bardot était à Saint-Tropez, la choucroute capillaire en moins.

De mon côté, je reste discrète et déjà presque vaincue, entre mes pellicules Kodak entassées et une montagne de bouquins. Je suis bien lasse par avance de me battre contre elle car son aisance me décourage. Si les choses doivent se faire, elles se feront. Même si, à la réflexion, c'est peut-être cette philosophie qui explique mon désert sentimental de ces cinq dernières années.

Le vent de face et le cœur au bord des lèvres, je pédale vaillamment sur les sentiers noyés de couleurs. Dans les herbes se mêlent les violets, les ocres, les bleus et les ors. Je fais une photographie mentale pour les dessiner en rentrant. Colin roule devant moi, boucles flottantes. Il est torse nu à cause de la chaleur et je fixe les perles de sueur qui dégoulinent dans son dos. De temps à autre un muscle se contracte çà et là, comme des touches sur le clavier d'un piano. À l'approche d'Ars-en-Ré, il fait volte-face, les joues rosies par l'effort.

« On fait une pause près du chenal pour pique-niquer, ça te va ? » me lance-t-il. J'acquiesce.

Nappe déployée, bouchon qui saute, rosé qui coule. Il me tend le croûton de la baguette. « Il n'y a pas de raison pour que ce soit tout le temps Lou qui l'ait, dit-il en souriant.

– Elle obtient toujours ce qu'elle veut. »

L'effort m'a échauffé l'esprit, cette remarque acerbe m'a échappé.

« Jalouse.

– Un peu. Mais admets que c'est vrai. La vie de rêve, la célébrité, la taille de guêpe, l'argent, la crinière blonde, les contacts… »

Un temps.

« … Les hommes.

– Ah, ça… »

Nous buvons en silence. La tête me tourne. Je n'ai rien mangé depuis hier après-midi et l'alcool monte atrocement vite. Colin dégaine son paquet de cigarettes, s'en grille une en regardant la valse des bicyclettes. J'en pioche une à mon tour.

« Tu ne devrais pas », dit-il après un long moment.

J'exhale la fumée volontairement tout près de sa figure, pour l'embêter.

« Je fais ce que je veux.

– Je ne parlais pas de ça. Même si ça non plus, tu ne devrais pas. »

Ses yeux sont d'encre.

« Tu ne devrais pas dépenser tant d'énergie à être jalouse de Lou. Tu vaux mieux que ça. D'accord, tu n'as pas un million de personnes qui te suivent ni des jambes aussi longues qu'une phrase de Proust, mais qu'est-ce que tu en as à foutre ? Tu es une artiste, Diane. J'ai vu ton carnet l'autre jour. Tu me pardonneras mais je l'ai feuilleté par curiosité parce qu'un feuillet s'en échappait et que j'ai trouvé les couleurs belles. Tes croquis sont poétiques, tu as un trait, un œil. Tu sais dessiner, tu sais voir. Tes photos le prouvent. Alors pour quelqu'un qui sait lire la beauté, ne te cantonne pas à la surface des choses. Je connais Lou depuis un an déjà et crois-moi, elle est loin d'être aussi parfaite que tu l'imagines. Ça me tue que tu te dénigres comme ça en permanence, à la dévisager avec des étoiles dans les yeux et à te détester, toi. Oui, j'ai aussi lu tes petites phrases griffonnées.

– Tu l'as un peu plus que feuilleté, ce carnet…, je parviens à articuler malgré ma gorge sèche.

– Tu m'en veux ?

– Un peu. »

Il pose ses mains des deux côtés de ma tête avant de la secouer gentiment.

« Sors ça de ton crâne. Tu vaux autant qu'elle. »

Mon cœur tambourine dans ma poitrine. Sans savoir pourquoi je déplace une de ses mains jusque sur mon sein pour qu'il le sente battre. Nous ne nous quittons pas du regard. Soudain il bondit sur ses deux pieds, époussette son short, enfourche son vélo sans se retourner. Son attitude est illisible. Maudits comédiens.

Le trajet du retour se fait en silence. Le vent a tourné et malgré notre chemin en sens inverse je me le prends de nouveau en pleine figure.

Arrivés à La Flotte, nous tombons sur Lou toutes jambes dehors qui rentre du marché, fidèle à son planning quotidien.

« Vous êtes déjà là ? Je ne vous attendais pas avant seize heures.

– Fatigue », lâche Colin pour seule explication en attachant nos vélos à la hâte.

Il file vers l'appartement. Lou me fourre un sac de courses dans les bras.

« Qu'est-ce qu'il s'est passé ?

– Il te l'a dit, il est fatigué.

– Oh, pitié, Diane. Ne me la fais pas, à moi. Contrairement à ce qu'il prétend, Colin n'est pas très bon acteur. »

J'en déduis que moi oui, puisqu'elle n'arrive pas à déceler mon trouble. Ça, ou je suis juste très bonne menteuse.

« Il s'est passé quelque chose entre vous ? »

J'hésite à lui raconter. Son ton est inquisiteur mais non dénué d'un certain respect.

« Non, absolument rien. »

Je lui désigne la sueur sur mon front rougeaud et mon T-shirt tout aussi humide, l'air de dire : comment tu veux qu'il se passe quelque chose avec ça ? Lou hoche la tête, songeuse.

L'appartement est frais mais pue la clope froide. Pour éviter de s'allonger sur le canapé qui sert visiblement de deuxième penderie à Lou, Colin est parti somnoler sur mon lit. Je suis naïvement émue de le voir torse nu sur mes draps à moi, et non dans la chambre de Lou.

Celle-ci tranche une pastèque avec une vigueur suspecte, et je sens son regard en coin me toiser quand je m'assois dans un fauteuil avec mon Kodak jetable. Je la shoote comme ça, à la va-vite, les cheveux en pagaille encore gonflés par le sel. Son duvet blond sur sa nuque caramel. Son petit nez retroussé, ses pommettes roses de magazine et ses seins hauts de catalogue de chirurgien esthétique. Elle sourit en entendant le *clac* familier de l'appareil.

« Tu me prends en photo ?

– Peut-être.

– Attends, attends, refais, je vais mieux mettre mes cheveux. »

Elle ajuste son chignon, mais la magie de son insouciance volée a disparu.

« Je fais bien de ne manger que de la pastèque. Je suis sûre que je suis énorme. »

Le jus rose ruisselle sur son menton, elle l'essuie d'un revers de main.

« On va à la plage ? »

Nous laissons Colin roupiller et marchons sous le cagnard. La plage de l'Arnérault fourmille de monde. Ce n'est pas très côte Ouest mais Lou bronze topless, elle jette un regard à droite et à gauche pour vérifier que personne ne la zieute quand elle retire son haut (mais aimerait peut-être bien qu'on la voie un peu quand même). À peine quelques minutes après que nous nous sommes allongées sur nos serviettes, un type s'installe à un mètre de nous et la hèle.

« Hé ! T'es Lou Trenet, non ? »

J'entends distinctement Lou lâcher un soupir sous sa capeline. À Paris, les rues sont à la fois son décor de théâtre et son lieu de travail, et elle prend presque un malin plaisir à y goûter la température de sa popularité auprès d'Asiatiques en transe qui la voient comme une sorte d'Amélie Poulain 2.0. Mais ici, elle est en vacances. Finis donc la voix mielleuse, la posture maîtrisée, le ventre gainé et le sourire d'ange. Autant feindre l'anonymat pour qu'on la laisse tranquille.

« Qui ça ? demande-t-elle sans même relever la tête.

– Bah, toi. Lou Trenet.

– Vous confondez, je pense.

– Non, c'est toi, là... »

Il tend son portable avec le profil Instagram de Lou, qui pour toute réponse hausse les épaules. Face au dédain de cette dernière, il se raccroche à moi.

« C'est elle, non ? »

Je me sens l'âme chevaleresque, je dois la défendre. Mon regard le fait battre en retraite. Lou soupire de soulagement une fois qu'il s'est éloigné.

« Tu manques cruellement d'imagination. Tu aurais pu m'inventer une vie. »

Tiens-toi bien, Lou, j'ai *beaucoup* d'imagination, et c'est à moi-même que j'invente une vie.

« Raconter que tu t'appelles Raymonde, par exemple ? »

Gloussement étouffé dans la serviette-éponge.

« Tu mériterais que je t'appelle Marie-Chantal pour moins que ça. »

L'après-midi s'écoule comme un éclat de rire.

« Tu sais, je suis heureuse de ces vacances avec toi et Colin. Avec Elsa ou Ophélie, chaque fois que je les ai invitées, ça se terminait en shooting photo au moindre coucher de soleil ou lumière flatteuse. On perdait du soleil en passant des heures à essayer nos tenues à l'appartement. J'avais un peu l'impression de trahir cet endroit. Avec toi c'est simple. Un peu comme ma vie d'avant… »

Elle fait un geste vague qui embrasse l'air.

« … tout ça. »

Lou m'a déjà fait cette remarque un peu blessante la première fois que nous avions déjeuné ensemble : pour elle, je suis seulement un écho du monde ordinaire. Ce quatrième verre lui monte à la tête. Il serait peut-être temps qu'elle arrête de se nourrir exclusivement de pastèque et de cocktails parce que sinon, elle va se vautrer sur le port devant tout le monde, avec le feu d'artifice du 14 Juillet en toile de fond. Je pourrais la filmer, ça ferait un tabac sur Instagram…

« Et puis pour être *tout à fait* honnête… »

Je me raidis sur ma chaise.

« … J'avoue que j'avais un peu pitié de toi quand on s'est rencontrées. T'étais paumée, hyper timide, tu me regardais comme si j'étais la huitième merveille du monde et je me suis dit : tiens, on va rigoler. J'avais besoin de ça à ce moment-là. Je me sentais moche, à bout de souffle, inintéressante. Tu m'admirais tellement vite, pour tout… Et quand on a shooté ensemble, tu m'as félicitée pour ce que j'étais, sans le maquillage parfait, sans les poses de d'habitude, j'avais un vieux pull ce jour-là et je me suis quand même trouvée belle sur tes photos. Ça m'a regonflé mon ego. Et puis maintenant, bah… je t'aime bien. T'es cool. Tu as du talent. Et j'ai rien à craindre avec toi. J'en ai tellement marre de faire semblant. Il y a une espèce de sincérité entre nous qui me fait beaucoup de bien. »

« Il n'y a rien de sincère dans tout cela, Lou. Je t'ai traquée pendant des mois et tu m'apprécies uniquement parce que je serai éternellement inférieure à toi, tu viens de me l'avouer », ai-je envie de lui dire. Les mots me brûlent les lèvres, prêts à s'envoler dans un élan facilité par le Spritz.

Soudain le type de l'après-midi passe à côté de nous et s'écrie :

« Mais si, c'est *toi* !!! »

Lou hausse les épaules et éclate de rire, rendant les armes. Elle désigne son verre vide (il était plein il y a cinq minutes) et pouffe comme une gamine.

« Je vais rentrer, je crois », je dis.

Lou lâche un « Nooooon, reeeeeeeste » qui sonne faux. Le type ne me calcule tout simplement pas. Je me lève et pars.

…j'avais un peu pitié.

…je me suis dit : tiens, on va rigoler.

…j'ai rien à craindre avec toi.

Un feu nouveau bat sur mes tempes.

Colin ne proteste pas quand je referme la porte de la chambre derrière moi en silence. Il ne proteste pas non plus quand je fais glisser les bretelles de ma robe et la laisse tomber à mes pieds. Quand je m'allonge à ses côtés, il trace simplement avec son doigt les contours de mes marques de bronzage au creux de ma taille, autour de mes seins, le long de l'aine. Ses baisers suivent ses mains. Tout se fait très silencieusement jusqu'à nos cris qui s'évanouissent par la fenêtre, couverts par le bruit des gens qui dînent sur les terrasses en bas.

Enroulés nus dans le drap, nous sommes accoudés à la fenêtre de la chambre de Lou pour voir le feu d'artifice. Je veux lui exposer mon triomphe, qu'elle se le prenne en pleine face. En bas, les badauds se trémoussent sur un vieux tube réinterprété par un groupe local au goût plus ou moins sûr, et plutôt moins que plus, d'ailleurs. Mes yeux scannent la foule. Je distingue enfin le petit incendie au bout de sa cigarette qui scintille sur le port. Elle danse un rock avec un gars aux cheveux en bataille pendant que le type de la plage bat la mesure en beuglant : « Lou ! Lou ! Lou ! »

Elle lève soudain les yeux et nous aperçoit. Loupe sa pirouette, manque de trébucher, se détache de l'étreinte de son cavalier. Avec beaucoup de grâce et les yeux incandescents, elle m'adresse une révérence.

J'ai la tête dans mon café quand elle me tape sur l'épaule le lendemain aux aurores.

Lou me toise avec respect, des cernes violets autour des yeux. D'après les gémissements que nous avons entendus dans sa chambre en continu de trois à six heures du matin, elle n'a effectivement pas dû beaucoup dormir. J'aime à penser qu'elle a fait ça sciemment, pour se venger. De moi. La porte qui claque m'a réveillée en sursaut.

Silence sur ce qu'il s'est passé entre Colin et moi. Je n'en parle ni avec Lou ni avec le principal intéressé, d'ailleurs, lequel me jette de temps en temps un regard brûlant ou ose poser furtivement sa main sur la mienne au bistrot. Je dors dans son pull, il m'offre une crevette en pâte d'amande, et c'est tout. Deux jours plus tard, nous faisons nos valises pour rejoindre Les Portes. En rentrant de sa promenade matinale,

Colin a la délicatesse de rapporter deux bouquets de cette fameuse chicorée sauvage dont Lou parlait à son frère dans sa lettre. Ils sont à mes yeux comme une promesse. À ceux de Lou, c'est une trahison.

Denis n'avait pas menti. Sa maison a effectivement tout d'un séjour « bonne franquette ». Piscine façon couverture de *Côté Ouest*, pelouse impeccablement entretenue, *pool house* (sérieusement ?!), parasols à franges, pergola, suspensions en abaca et vaisselle rapportée de ses nombreux périples en Méditerranée. Certains collent des cartes postales ou des magnets kitsch sur leur frigo. Lui a une étagère entière dédiée à son plat Tamegroute de Fès, à ses bols peints à la main dénichés à Comporta, et à un improbable saladier de fraises en barbotine rapporté d'Italie. Pendant que Lou s'extasie sur une carafe en verre de Murano (j'ai vérifié le prix sur Internet ensuite : j'ai blêmi), je prends quelques photos d'ambiance avant que la tempête de comédiens ne saccage le décor. Nous montons les quelques marches qui nous mènent à l'étage, ponctuées par des photos de Denis sur des tournages. Je me demande lequel de ses rôles lui a payé cette maison. À moins qu'il ne se la soit offerte grâce au juteux pactole amassé grâce aux comédiens en herbe qui ont le privilège de venir bénéficier de ses conseils pendant une semaine.

Stratège, Denis a réservé la meilleure chambre à Lou. Et je vais donc en profiter aussi, par effet de ricochet. Papier peint Pierre Frey, couvre-lit Caravane, miroir piqué, numéros vintage de *Vogue* en pile sur le bureau chiné : je me demande sérieusement s'il n'a pas décoré la chambre *pour* Lou. Celle-ci s'extasie en pépiant, dégaine aussitôt son portable pour prendre quelques photos, et je vois un sourire satisfait fendre la barbe de trois jours de Denis. Banco. Cinquante mille vues en story au bas mot, peut-être même aura-t-il droit à un post ?

« Je vous laisse le temps de vous installer. La salle de bains est au fond du couloir. On commencera doucement aujourd'hui, un tour de table et quelques impros ce soir dans le jardin après la plancha. J'ai prévu des brochettes et des alternatives pour les végétariens. Spritz pour tout le monde, hein ? Je pars faire quelques courses. »

Je tente de compter les clichés que contient cette tirade. Lou se précipite vers ladite salle de bains et peine à contenir sa joie : il y a une baignoire sur pieds et du carrelage en damier.

« Quand je serai millionnaire, j'aurai la même maison », souffle-t-elle avec admiration.

Moi, ce que j'admire, c'est sa confiance en elle. Pas de « *si* un jour je deviens millionnaire », pas de plans sur la comète. Juste une certitude : elle le sera tôt ou tard. Elle le sait. Le plus vite sera le mieux.

Colin nous rejoint. Je sens sa main qui se pose au creux de ma taille, il me glisse un baiser dans le cou pendant que Lou cherche le meilleur angle pour son sempiternel selfie-miroir. Je capte son regard dans la glace qui nous prend en flagrant délit. Je ne sais pas pourquoi je me sens embarrassée comme une enfant surprise en équilibre sur un tabouret, le bras tendu vers les pots de confiture.

Denis tarde à revenir, nous sommes donc chargés d'accueillir les autres participants au stage qui arrivent au compte-gouttes. Sûrement une tactique roublarde de sa part pour nous faire sympathiser en dehors du cadre mortifiant du redouté tour de table. Il y a là tout un chapelet de prénoms courus dans les familles parisiennes qui aiment donner dans l'originalité totale ou le classicisme le plus complet : Paul, Madeleine, Jeanne, mais aussi Marius, Elvire et Perceval.

Je m'amuse à essayer de comprendre comment Denis a composé sa troupe. Qui incarne quel type de personnage ? Marius est un grand gars nonchalant, mal rasé plus par négligence que par style, qui enchaîne roulée sur roulée (Sganarelle ?). Elvire a tout de la pimbêche peroxydée (Dorimène ?), Madeleine est au contraire plutôt réservée (Ismène ?), Paul est trapu et nerveux (Treplev ?), Jeanne a l'air plus âgée et moins impressionnable (Olga ?), Perceval m'a tout l'air de venir d'une famille à particule avec château en Touraine (Hémon ?). Lou est la muse, celle pour laquelle on est prêt à mourir (Roxane ?). Quant à Colin, je l'ai toujours bien imaginé en Scapin. Et moi ? Je suis peut-être le chœur. Celui qui se tient en retrait et annonce les tragédies à venir.

Lou décide assez vite de crever l'abcès de sa célébrité en voyant Elvire et Paul faire des messes basses en la regardant. « Ça ne vous dérange pas si certains d'entre vous apparaissent sur mes stories ? Si oui, qu'ils me le disent maintenant ou se taisent à jamais. » Personne ne proteste. Comment pourraient-ils ? Figurer en tant que jeunes comédiens assidus sur un compte aussi suivi, ça augmente leurs chances d'être repérés par des directeurs de casting. Je m'amuse d'ailleurs de les voir tour à tour tenter leur chance pour créer un lien de connivence avec Lou. On dirait des intrigants à la cour de Louis XVI. Lou-Antoinette et sa suite. Qu'on pourrait traduire par followers, tiens.

Lorsque Denis reparaît enfin, nous avons déjà chacun trois bières au compteur et les échanges sont plus décontractés. Je les prends en photo à la volée, à la fois actrice et spectatrice. « Range ça, tu travailleras demain », m'ordonne Denis en me tendant un Spritz. Ce n'est plus un stage, c'est un open bar.

La soirée s'achève vers deux heures du matin, après quelques exercices d'improvisation faits plus pour la forme que pour le fond.

« Dormez bien, demain rendez-vous à huit heures pour un footing sur la plage ! » annonce Denis. « Je déconne », glousse-t-il avant d'éteindre les lumières.

Mon portable vibre sur la table de chevet pendant que je me brosse les dents.

« Colin te demande si tu veux venir dormir dans sa chambre, m'informe Lou d'une voix blanche.

– T'inquiète, je reste là. »

Elle sourit, satisfaite de mon allégeance.

L'exercice que nous impose Denis le lendemain matin est des plus cruels. Il nous demande de nous lever et de nous tenir debout devant tout le monde, sans rien dire, en regardant les autres dans les yeux. Il nous en fait la démonstration.

« Vous pouvez parler si vous voulez, mais aucun mot ne doit être inutile. Cet exercice vous aide à prendre pleinement conscience de votre corps et de votre présence sur scène, sans utiliser la parole comme béquille ou comme doudou. Vous allez voir, ça n'a l'air de rien comme ça, mais des émotions inattendues peuvent ressortir. »

Effectivement. Perceval tremble comme une feuille, Madeleine se met à pleurer (ça ne s'invente pas),

Colin part dans un fou rire incontrôlable. Lou reste longtemps stoïque et sereine avant de déclarer : « Ce que vous voyez là, c'est la vraie moi. Celle de tous les jours, sans masque, sans pose, sans arrière-pensée sur son apparence. » Je sens sa voix fléchir un peu, j'y crois, je suis avec elle, je ne lâche pas son regard, puis elle est soudain traversée d'un sourire indéchiffrable. « À moins que… », glisse-t-elle en regagnant sa place. Denis griffonne dans son cahier.

« À toi, Diane. »

Je le regarde, paniquée.

« L'exercice est pour tout le monde, nous devons tous être sur un pied d'égalité. Plus moyen de te cacher derrière ton objectif. »

Je me lève la mort dans l'âme. Toutes ces paires d'yeux qui me scrutent, tantôt blasées, amusées ou curieuses, me font vaciller intérieurement. Colin a l'air de vouloir venir me tirer de là. Et Lou ? Lou ne regarde pas, elle est sur son portable.

« Je ne suis peut-être pas celle que vous croyez. Je ne sais même pas qui je suis moi-même », je dis.

Ses yeux d'opale me transpercent alors et me contemplent fixement. Enfin.

Denis a une conception relativement hasardeuse de la régularité et du sérieux dans le travail (surtout les lendemains de « dégustation » de pineau des

Charentes) mais je dois admettre que ses exercices paient. Ses remarques font mouche à chaque fois, et nous assistons même, ébahis, à un miracle en direct lorsqu'il arrive à faire chanter décemment le pauvre Marius qui était jusque-là convaincu (comme nous tous, d'ailleurs) d'être une casserole. Tchekhov, Molière, Süskind, Prévert et Kosma : en une semaine, je les vois trimer et se métamorphoser. J'ai hâte de développer mes photos. Je suis curieuse, j'espère que se verra sur leurs visages cette confiance en eux qu'ils gagnent petit à petit, comme une victoire sur eux-mêmes.

Lou passe de Nina à Antigone, elle n'est pas toujours juste mais elle marque souvent les esprits. Tous les soirs elle me fait son numéro, elle se maudit quand elle a l'impression d'être passée à côté de son texte, ça ne lui suffit pas d'être bonne, elle veut être la meilleure. Je la soupçonne d'avoir le béguin pour Denis. Ça me révolte autant que ça me fascine.

Le dernier soir, elle ne remonte pas dans la chambre après que tout le monde est parti se coucher, et je reste longtemps allongée dans le noir à l'attendre sans dormir. J'entends les draps se froisser à côté de moi vers trois heures du matin. Nos regards se croisent dans un rayon de lune.

« Tu étais avec Denis ? »

Elle a ses yeux de chipie.

« Chuuuuut… », me chuchote-t-elle en mettant son index sur sa bouche.

Mon sentiment de dégoût est vite remplacé par une étrange satisfaction. Je suis ravie de détenir un secret. Il pourra me servir de monnaie d'échange à l'occasion.

« Vous parlez de "dégoût" lorsque vous mentionnez cette aventure avec le professeur. Pourquoi ?

– Il était marié.

– Elle n'était donc plus parfaite.

– Peut-être.

– Vous savez ce que c'est qu'une idole, Diane ?

– Quelqu'un qu'on admire.

– C'est un peu plus que cela. C'est quand on vénère quelqu'un jusqu'à l'adoration, en l'érigeant au rang de divinité. Vous avez remarqué la prédominance de ce champ lexical quand vous parlez de Lou ? Vous la désignez comme, je cite, une "reine", une "muse", une "icône"...

– Ah oui ?

– "Idole" vient d'un mot grec qui veut dire "image". Arrêtez-moi si je me trompe, mais j'ai l'impression que tout au long de votre relation, vous aviez réellement envie que Lou reste une image. Ou du moins qu'elle ne

s'éloigne pas trop de celle que vous vous étiez faite d'elle.

– Son image, c'était sa vie… C'est un peu fort de café de me tenir pour responsable de toute une machine bien huilée.

– Ce qui m'embête, Diane, c'est que cela finit rarement bien, de verser dans l'idolâtrie.

– Du calme, Dumbledore.

– Arrêtez de tout mettre à distance un moment, voulez-vous ?

– Pardon.

– Les idoles sont formellement interdites depuis l'Ancien Testament, elles n'annoncent jamais rien de bon.

– Vous êtes croyant ?

– Que l'on croie ou non, il y a toujours des enseignements dans les Écritures sur la nature humaine et ses failles. Vous savez quel est le sort réservé aux idoles dans la Bible, dans la littérature, dans les chansons, dans l'Histoire ?

– …

– Réfléchissez, vous allez trouver.

– Non, je ne vois pas. »

Août

L'île de Ré derrière nous, je pensais voguer tranquillement jusqu'à la rentrée quand Lou m'appelle sans crier gare. Avis de mistral.

« Tu as ouvert tes mails depuis ce matin ?

– Non, je suis en shooting.

– Ah, cool, avec qui ?

– Caron de Beaumarchais, tu sais, l'hôtel dans le Marais ?

– Ben oui, je vois très bien ! C'est moi qui leur ai parlé de toi. Je devrais peut-être devenir ton agent... Bon, regarde tes mails quand tu as un moment. Tu vas avoir une autre raison de me remercier. »

Lou raccroche.

Je profite de la pause-déjeuner pour checker ma messagerie. Je lis « Cartier », « Rome », « Dîner », « Villa Médicis ». L'invitation est ourlée d'arabesques et porte mon nom. « La Maison Cartier a l'honneur d'inviter Mademoiselle Diane Briat au dîner organisé par la Fondation, à la Villa Médicis, le 10 août à 20 heures. »

Je rappelle Lou dans la seconde.

« C'est une blague ?! »

Son rire claironne, réjoui.

« Non.

– Mais pourquoi tu m'invites *moi* ?

– Parce que ça me fait plaisir.

– Mais Elsa ? Ophélie ?

– Invitées, elles aussi. Intelligent de la part de Cartier, qui dit bonne ambiance dit multiplication des posts. J'avais droit à un + 1, alors… Tout est pris en charge, évidemment. Tu es dispo ?

– Je le serai.

– Cool. On se retrouve en bas de chez moi le 10 à six heures ? Un taxi passe me prendre pour aller à l'aéroport, autant que tu en profites. »

Je confirme le rendez-vous, incrédule. J'écris à Colin dans la foulée, dont l'enthousiasme est en demi-teinte. « Mais tu détestes ses potes, non ? Cléo n'y va pas, elle est en plein tournage du Ozon, tu ne connais personne… » Je le taquine, lui reproche de me faire une petite crise de jalousie.

« Si tu veux, Diane, vas-y. Mais attention. C'est un vrai nid de vipères, ces gens-là. Ce n'est vraiment pas ton monde, et ils ne se priveront pas pour te le faire sentir.

– T'arrêtes, oui ? On dirait le mauvais pitch d'une série cucul sur Netflix.

– Je te préviens juste.

– Colin, je suis une grande fille. Je pense que je peux survivre à un dîner Cartier au champagne à la Villa Médicis.

– Comme tu veux. Tu me raconteras. »

J'ai beau fanfaronner, je n'en mène pas large.

Ce qui est fou avec la vie de Lou, c'est qu'alors que je pensais avoir déjà tout vu – les cadeaux hors de prix, les dîners offerts, les gens qui l'arrêtent dans la rue, les soirées délirantes et les bouquets de fleurs régulièrement livrés sur son palier –, elle finit quand même toujours par dépasser ce que j'aurais imaginé. Le matin du 10 août, alors que j'attends en bas de chez elle comme convenu, emmitouflée dans un ensemble en cachemire ultra-fin (j'ai passé les trois derniers jours à chercher « look aéroport chic été » sur Google Images et j'ai fini par opter pour un pantalon et un top assortis qui m'ont coûté un demi-SMIC), elle descend le teint frais et l'œil alerte, vêtue quasiment comme moi.

« Dis donc, t'es en train de te transformer en mini-moi », me charrie-t-elle sans que j'arrive à percevoir si c'est un compliment ou une pique bien ficelée.

Elle a à peine le temps de terminer sa cigarette («Oh, ça va...») qu'un taxi se dessine au bout de la rue. Lorsqu'il s'arrête devant nous, un chauffeur en sort, ganté, en livrée de groom, avec une casquette estampillée Cartier et «Christian» inscrit sur une petite broche dorée. Je me demande si c'est un critère de recrutement, si c'est son vrai prénom. Refusent-ils les Kévin?

J'en cligne des yeux, hébétée.

«Mademoiselle Trenet?

– C'est moi-même.»

Nous nous installons à l'arrière, où un écrin bordeaux à son nom l'attend. C'est un collier en forme de panthère, en or jaune, grenats et diamants. Commencer la journée avec un cadeau à dix mille euros, ça promet. Lou se prend aussitôt en photo avec (il fera 15K «j'aime» le temps qu'on arrive à l'aéroport), et s'empresse de la partager avec un émoji de pattes de félin pour seule légende.

«Tu as bien pris ton appareil photo?» m'interpelle-t-elle soudainement avec une nuance de panique dans la voix.

J'entends très clairement en filigrane: «Mon Dieu, j'espère que tu as bien compris que je t'ai invitée pour ça?» Je le dégaine illico et la rassure en enchaînant quelques clichés du collier dans son étui et autour de son cou. Son soulagement est palpable. Mon enthousiasme décroît.

« Vous pouvez mettre Nostalgie ? » demande Lou au chauffeur.

Elle se met instantanément à chantonner lorsque la voix de Balavoine résonne dans l'habitacle. Je capte le sourire de Christian dans le rétroviseur.

Travaille-t-il pour Cartier par intérim ou à plein temps ? Il doit avoir vu une bonne flopée de scènes improbables comme celle-ci, il devrait en faire un bouquin.

À notre arrivée à l'aéroport, Lou se précipite dans les bras d'Ophélie qui l'attend patiemment une clope au bec, fuselée dans un pantalon léopard qui souligne ses jambes d'anorexique. Cris stridents, émouvantes retrouvailles, elles se sont vues il y a trois jours, mais soit. J'esquisse un coucou pitoyable de la main. Ophélie m'adresse un hochement de tête distrait.

« Salut, Diane. Cool que tu sois là. J'aime beaucoup tes photos », dit-elle avec si peu de sincérité qu'on dirait une voix générée par une intelligence artificielle.

« Et moi tes chansons », je bafouille. Je distingue nettement son regard qui va de ma tenue à celle de Lou, un sourire aux lèvres. « Cette fille s'habille carrément comme toi, Lou, t'imagines ?! » a-t-elle l'air de se dire sans même prendre la peine de le cacher. Elles s'empressent de parler du voyage à Positano qu'elles viennent de faire (j'ai eu l'agréable surprise de recevoir de la part de Lou une carte postale arborant deux chiots golden retriever et une bulle « *Baci !* »), je me tiens debout, à distance raisonnable, plus témoin muet que réellement intégrée à la conversation. Elsa et un certain Raphaël arrivent à leur tour, la première aussi apprêtée que le second est débraillé, ce qui leur va à merveille. Rebelote d'embrassades dont je ne fais partie que du bout des lèvres. Je regarde rapidement la file des taxis et hésite sérieusement à me jeter dans l'un d'entre eux (« Roulez le plus vite possible ! »). Mais Lou compte sur moi. Pourtant, depuis le moment du contrôle des bagages jusqu'à celui de nous asseoir dans l'avion, elle m'adresse à peu près trois mots. Le voyage va être long.

À l'hôtel, Lou hérite d'une des plus belles suites. La parfaite panoplie du conte de fées. Tapisseries, baldaquin, boîte de chocolats (« Tu les veux ? J'ai perdu deux kilos et je ne compte pas les reprendre »), seau à champagne, ballons et pétales de rose dans la baignoire, tenue de gala proprement étalée sur le lit, Lou se met à tout immortaliser et je fais de même. Lou sur le balcon (« Il y a cette photo de Laetitia Casta à Cannes, tu vois laquelle ? On peut imaginer un truc comme ça… »), Lou sur le lit (« Attends, attends, on en refait une, mes cheveux étaient bizarres »), Lou qui essaie sa robe (« Pour donner un côté backstage, tu vois, les gens adorent »), Lou au déjeuner (« Tu pourras photoshoper les miettes ? C'est moche »), Lou au spa de l'hôtel (« On voit assez le maillot ? Ça fera plaisir à Hermès »), et même Lou lovée dans les bras de Raphaël sur un transat rayé façon Riviera (« Trop bonne idée, merci, ça va cartonner »), je la shoote sous toutes les coutures tout au long de la journée. Deux heures avant de partir pour le dîner, elle sort une housse de sa valise.

« Ah, et… j'ai apporté ça pour toi. »

Elle déploie une robe de soirée à imprimé bigarré.

« Je me suis dit que peut-être tu n'avais pas… de tenue adéquate, alors, j'ai emprunté celle-ci pour toi. C'est une Pucci vintage. C'est ta taille, non ? »

Elle est clairement trop grande. Comment me voit-elle, au juste ?

« C'est gentil, mais j'avais pris mes précautions. J'ai loué une robe.

– Ah ? Et elle est… »

Non, Lou. Je ne te ferai pas honte, si c'est ce que tu sous-entends.

« C'est une Saint Laurent. Noire, classique. Talons Louboutin. Tu veux que je te la montre pour voir si elle te convient ?

– T'énerves pas, c'était juste pour être sûre que… Enfin bref, laisse tomber. On se voit au dîner. »

On toque à la porte, l'équipe de mise en beauté débarque avec son lot de stéréotypes ambulants et Lou disparaît bientôt au milieu de l'essaim.

Plus jeune, je rêvais d'atteindre l'âge de raison pour *enfin* accéder à la « table des adultes » et ainsi échapper au tête-à-tête avec ma cousine Mylène à qui je n'avais honnêtement rien à dire (c'est toujours le cas, d'ailleurs, surtout depuis qu'elle a eu un enfant). « Et tu aimes toujours les chevaux, Mylène ? » « Non, Diane, c'était il y a quatre ans, bordel, j'avais huit ans, on est quasiment ados maintenant, on peut passer à autre chose ? »

En arrivant devant la sublime table dressée dans les jardins de la villa, je me rends compte, hélas, qu'à vingt-sept ans, la malédiction de la table à part m'a rattrapée. Lou, Elsa, Ophélie et Raphaël sont assis côte à côte six rangées plus loin, tandis que je me retrouve au milieu d'un groupe de quinquagénaires ma foi fort sympathiques mais avec qui trouver des atomes crochus va être fastidieux.

Lou tourbillonne dans sa robe Valentino, ses lèvres et ses joues sont exactement de la même couleur que les fleurs qui éclosent sur la soie. La panthère a vite été rangée au placard, elle porte une parure de haute joaillerie cette fois. Ils ont vu les choses en grand. Je l'immortalise au bord du bassin, dans l'allée de cyprès, devant la façade Renaissance, attablée au milieu des bouquets démesurés qui ornent l'interminable table, aux côtés de ses amis. Pas une seule fois on ne me propose de me prendre en photo également. Je suis une ombre, un fantôme.

Le dîner est excellent, mes voisins parlent tous italien sans même se rendre compte de ma présence, je comble le manque d'attentions par le plein d'alcool, mes photos vont être de plus en plus floues. Je suis en train de dégommer ma pavlova quand Lou me tire par la main.

« Tu viens danser ? »

Elle aussi a l'air passablement ivre. Je la suis sur la piste de danse éclairée par des guirlandes qui font comme une voûte étoilée dans le ciel mauve. Le croissant de lune, fin à l'extrême, s'y détache nettement. Un ongle prêt à griffer. L'odeur des brassées de fleurs nous monte à la tête. Elsa et Ophélie sont dans leur monde, Lou danse au bras de Raphaël avec une sensualité qui frise l'indécence, elle a envoyé valser ses talons mais personne ne semble s'en offusquer. Mieux, peu à peu les autres se mettent tous à l'imiter.

Ils rient tous les quatre et soudain ils me paraissent loin, si loin, à des années-lumière de moi, j'ai l'impression un instant de sortir de mon corps et je me rends compte à quel point je dois avoir l'air godiche, perchée sur mes stilettos avec lesquels je ne sais même pas marcher, engoncée dans une robe qui souligne tout ce que je déteste chez moi. Je ne danse pas, je me dandine, alors que sur la silhouette de statue de Lou la soie semble ondoyer avec grâce. Elsa et Ophélie naviguent de connaissance en connaissance, Raphaël fume à l'écart de la scène et discute avec un des hauts responsables de Cartier. C'est leur monde, leur monde à eux et je n'y ai pas ma place, j'ai envie de rentrer, j'ai envie de voir Colin, j'ai envie de rester dans mon lit pendant des semaines et d'oublier tout ça.

Lou revient vers moi soudain, les yeux brillants et le souffle court, imbibé de chianti.

« J'ai envie de *t'embraser* », zozote-t-elle avec un sourire jusqu'aux créoles. Le dîner bien arrosé a eu raison de sa diction mais confère à cette phrase une dimension poétique d'autant plus déroutante qu'elle est prémonitoire.

« Alors embrase-moi. »

Ses lèvres sont roses au parfum d'orange. Au moment où sa bouche sucrée effleure la mienne je vois blanc. Lou est une palette de couleurs à mes yeux, et à cet instant elles se mélangent toutes. Elle pouffe, se détache de moi, pirouette sur la piste et part en dansant rejoindre Raphaël qu'elle embrasse à pleine bouche lui aussi. Mon cœur se serre, remonte presque au bord de mes lèvres. Je ne suis qu'une parmi une multitude, rien qu'une courtisane de plus. La reine Lou. Ma bouche est rouge encore de son baiser.

Gueule de bois côté hublot le lendemain matin. Dans le magazine de la compagnie aérienne, il y a une interview du frère de Lou, Philippe, que je lis l'esprit encore embrumé. Elle la survole par-dessus mon épaule.

« Il déteste cette photo, me confie-t-elle.

– Elle fait un peu pub pour costard, oui.

– Tu devrais lui faire ses portraits officiels. Je peux lui en parler si tu veux.

– Pourquoi pas ? J'aime bien ce qu'il fait.

– Ah, tu as déjà écouté ?

– Oui, j'étais à son concert à la Salle Gaveau il y a trois ans. »

Je la sens se raidir imperceptiblement.

« Le récital Schubert ?

– Oui.

– C'est drôle... Il n'était pas du tout connu à cette époque, à part en Asie. Personne n'en avait parlé, il avait eu du mal à remplir la salle. Heureusement que je l'avais un peu aidé en en parlant sur mon compte. »

Fichue fatigue, fichue barre dans le crâne, fichue spontanéité.

Je n'ai pas besoin de la regarder pour savoir qu'elle me toise. Je n'ose pas croiser ses yeux. J'ai l'impression qu'une petite brèche vient de se créer dans mon barrage. Combien de temps avant que le village ne se retrouve noyé ?

Elle baisse de nouveau son masque de nuit sur ses yeux et ne tarde pas à somnoler.

À l'aéroport, elle m'étreint comme au premier jour, me dit : « On se voit vite », et disparaît dans un taxi. Je rentre chez moi en RER, fourbue de fatigue et de honte d'en avoir trop dit.

« C'était chouette, ce voyage. Rentre bien. Hâte de voir les photos », m'envoie-t-elle.

J'ai dû rêver. Tout va bien. Il ne faut pas que je sombre dans la parano.

Deux jours plus tard, elle me propose de nous croiser pour qu'elle puisse récupérer la veste Saint Laurent vintage en cuir qu'elle m'avait prêtée un soir (elle y tient « comme à la prunelle de ses yeux » mais vient seulement de se rendre compte de son absence). Elle est pressée (« Désolée, c'est la rentrée, je cours partout »), évoque rapidement son prochain voyage début septembre avec Raphaël, il l'emmène dans le Sud pour décompresser, piscine d'eau de mer, jardin arboré, crique privée, mer qui paillette, parasols rayés.

Au moment de se dire au revoir, je la regarde longtemps s'éloigner, prise d'un étrange pressentiment.

Septembre

Lou a disparu de ma vie. Il m'a fallu quelque temps pour le comprendre, bien forcée de constater que mes textos demeuraient sans réponse. Les premiers jours me laissent perplexe, sur le qui-vive et dans une attente constante. Elle est dans mes pensées. Quand je fais mes courses, je m'attends à sentir sa main sur mon épaule pour me surprendre. Chaque notification sur mon écran est une petite attaque cardiaque. « De passage » dans son quartier, je la cherche malgré moi à toutes les terrasses. Je traîne l'air de rien devant la porte de son immeuble. Une jupe qui vole, un mouvement de cheveux, un sillage de rose amandée, des talons qui claquent, je la vois partout en pièces détachées mais ce n'est jamais elle. Son absence est d'autant plus cruelle qu'elle exhibe plus que jamais sa vie sur son compte Instagram. Je sais où elle a pris son café-croissant ce matin (43K « j'aime »), ce qu'elle lit en ce moment (Marcel Pagnol, 8K « j'aime »), la couleur de son nouveau vélo (rouge vif, très bon choix, 87K « j'aime »), le lieu du shooting de sa prochaine interview pour *Marie Claire* (12K « j'aime »). Le bouquet de fleurs que je lui ai offert trône toujours dans sa salle de bains (53K « j'aime »). Je n'ai pas été entièrement effacée.

Au bout d'une semaine, je n'ose plus lui écrire. Je sais que j'y perdrais en panache. Je l'imagine montrant mes messages à Ophélie, narquoise, plissant le nez comme elle le fait quand elle se moque de quelqu'un.

Était-ce ce baiser orange amer échangé à Rome ? Les trop nombreux portraits que j'avais pris d'elle ? Le fait que j'aie gardé cette fameuse veste un peu trop longtemps ? Ses amies qui lui auraient fait une crise de jalousie ? Un débrief du voyage Cartier qui me condamne ? Ou cette remarque pas si anodine sur le concert de son frère ? Les hypothèses se bousculent mais aucune ne me paraît être à la hauteur du châtiment silencieux que m'impose Lou.

Colin n'a pas d'avis sur la chose. Il hausse les épaules avec sa nonchalance légendaire, persuadé que ça va lui passer. Parfois je me demande si ce n'est pas à cause de lui et de ce qu'il s'est passé entre nous, comme une bombe à retardement. Et malgré tout l'amour que je lui porte, le fait que Lou m'ait potentiellement effacée de sa vie par sa faute me fait prendre de la distance.

« Vous ne pensez pas qu'au fond de vous, vous vous doutiez qu'elle avait tout découvert ?

– Oui, c'est sûr… On a toujours un peu envie de frôler le précipice. C'est comme quand on se promène en montagne ou près d'une falaise. Je suis toujours la première à m'approcher le plus possible du bord, à regarder en bas, à évaluer la chute. C'est attirant, le vide. Mais on ne saute jamais pour autant.

« C'est vrai, j'ai toujours été fascinée par les impostures, les vertiges de la personnalité. Quand j'étais petite et que dans un livre ou un film, le personnage principal mentait ou s'imaginait une vie pour arriver à ses fins, je me cachais toujours les yeux ou les oreilles lorsque sa supercherie allait s'étaler au grand jour.

– Vous aviez peur ou vous aviez hâte ?

– Les deux ? Au fond, on n'attend que ça, en tant que spectateur. On a envie que la vérité triomphe, tonitruante. Et en même temps, je me sentais si mal pour

eux ! Une partie de moi ne voulait pas voir la supercherie dévoilée. Je vivais l'angoisse de ces personnages, leur manque d'air devant le cul-de-sac qui se rapprochait dangereusement, j'avais fait mien leur mensonge, je me mettais à leur place et mon cœur se nouait à l'idée que ce qu'ils avaient mis tant de temps à construire puisse s'effondrer comme un château de cartes. Peut-être que j'aurais aimé qu'ils s'en tirent sans se faire attraper, que le masque ne tombe jamais. Je crois que ce qui me terrifiait avant tout, c'était le fait qu'en découvrant leur réelle identité, leur entourage soit profondément déçu.

– Poursuivez.

– Quand j'y pense, il me semble bien que décevoir les gens soit ma peur la plus profonde et la plus ancienne. Enfant, par exemple, je me rendais malade de culpabilité quand ma joie n'était pas à la hauteur d'un cadeau qu'on m'avait fait. J'étais écartelée entre l'envie de faire plaisir à la personne qui me l'avait offert et l'affreuse vérité égoïste qui me laissait sans aucun sentiment de gratitude.

– Donc pour vous, être découverte par Lou, ça aurait été un peu comme sauter dans le vide ?

– Un peu, oui.

– Et mourir, donc ?

– Je pense qu'à ce moment-là, docteur, j'étais déjà un peu morte. Je n'ai toujours vécu qu'à travers les autres. »

C'est la première fois que je le vois hausser les

sourcils et se pencher en arrière dans son fauteuil. Il a l'air pris de court. Ha. Tu pensais me connaître par cœur et pouvoir devancer toutes mes répliques, mais j'ai encore des choses qui n'appartiennent qu'à moi.

Bruit de sonnerie. Le gardien vient toquer à la porte. « Docteur, il vous reste dix minutes », avertit-il.

J'envoie le texto à 23 h 32, une heure symétrique qui évoque bien le face-à-face.

« Chai de l'Abbaye, demain 10 heures. Je crois qu'il faut qu'on parle. »

La nuit qui s'ensuit dure des jours.

Je sentais que Lou naviguait entre l'envie de faire une scène et une indéniable indifférence à mon égard. Le mépris peinait à affleurer au coin de ses lèvres pleines, le glamour de Bardot en moins. J'ai compris ce jour-là que je n'aurai même pas le privilège de la voir en colère.

J'avais bien pressenti qu'elle avait découvert quelque chose, mais alors que je me remémorais le fil de ce qui m'apparaissait désormais clairement comme ma propre folie, je n'arrivais pas à trouver un événement précis qui aurait pu justifier ce revirement soudain envers moi. Elle m'attend en terrasse comme dans un film. Yeux d'orage, cigarette fébrile à la main. Elle a même eu l'outrecuidance de mettre un béret. On pourrait faire un arrêt sur image et lancer la bande originale d'un film, avec un gros titre qui se colle sur son visage. Lou Trenet, dans *Le Règlement de comptes*. J'imagine d'ici la typographie. Quelque chose de gras, de jaune vif.

J'avance à reculons. Elle sait que je suis là mais elle met un temps fou à prendre acte de ma présence.

« Bonjour », fait-elle sans me regarder.

Ma voix se cache dans ma gorge. C'est si froid, un bonjour. Et elle est anormalement calme. Je m'assois, attendant sa sentence, mais elle ne dit rien. Son téléphone vibre sur la table, elle fait traîner les sonneries, décroche, donne quelques instructions à un coursier d'une voix cruellement enjouée qui contraste avec mon état intérieur.

« Écoute, finit-elle par lâcher sans même me regarder. Je ne sais même pas pourquoi j'ai accepté de venir.

– J'aimerais juste que tu m'expliques. »

Elle soupire, ça fait voleter les petits cheveux qui s'accidentent sur son front. Son regard s'accroche ailleurs, sur une poussette qui passe, un pack de bières qui résonne dans le panier d'un Vélib, une passante avec une robe qui a l'air de lui plaire.

« Je pense que c'est mieux si on arrête de se voir. »

Je ne suis pas surprise. Cela n'empêche pas mon cœur de flancher pour autant.

Elle plante ses yeux d'ambre dans les miens.

« Je suppose que tu sais pourquoi. »

Vague impression de me retrouver face à ma mère ou à ma prof de maths. J'adopte la même attitude qu'avec elles : je me tais. Je feins l'innocence. Je ne mens qu'à moitié. Les raisons pour lesquelles elle pourrait m'en vouloir sont suffisamment nombreuses pour que j'ignore à laquelle elle fait allusion.

Elle allume une cigarette, fume lentement. C'est sa manière à elle de me signifier qu'elle maîtrise la situation, alors que c'est moi qui ai pris l'initiative de ce rendez-vous.

« Vraiment, tu ne comprends pas ? » ajoute-t-elle puisque je garde le silence.

Mon « non » s'étrangle un peu dans ma gorge. Je réalise que je suis en train de la perdre et ça la rend d'autant plus belle à mes yeux, si niais que cela puisse paraître. Je prends à la volée des photos mentales de tous ces détails que je ne verrai plus jamais d'aussi près. Sa ribambelle de taches de rousseur. Ses cils recourbés sans artifices. Les cœurs en diamant qui scintillent à ses oreilles. Son rouge à lèvres qui déborde un peu. Son rose trop vif sur le haut des pommettes. Son cardigan boutonné de traviole. Ses ongles bonbon dont j'aurais osé demander la référence en temps normal. Même sa nouvelle odeur de cerises et d'amaretto, j'aimerais l'immortaliser quelque part. Me reviennent en mémoire les roses trémières de La Flotte, Nostalgie dans le taxi, les Rohmer projetés sur le mur de son salon, le parfum des pivoines, le vert tendre de ses draps et les bras dorés de Colin autour de ma poitrine.

J'aimerais lui avouer que tout ce que je voulais, c'était être elle. Que, comme Icare, je me suis brûlée en voulant simplement m'approcher du soleil. Mais je n'y arrive pas.

La cigarette est terminée.

« Alors, si tu ne vois pas de quoi je parle, c'est que l'on n'a vraiment plus rien à se dire. »

Son regard insiste comme pour me donner une dernière chance puis s'arrache à moi devant mon silence. Elle est déçue. Elle aurait aimé se battre. Elle sait qu'elle aurait gagné.

« Tu m'envoies un SMS ridicule à une heure impossible pour me convoquer, et tu n'es même pas capable d'aligner deux phrases. C'est pathétique. »

Elle écrase son mégot taché de rouge dans le cendrier. Ferme son étui à cigarettes, le range dans son sac, qu'elle passe à son épaule. Pose lentement la somme exacte de nos deux consommations.

Elle ne veut rien me devoir. Jusqu'à il y a quelques mois encore je n'étais rien pour elle, et je vais retourner à ce néant. J'aurais été une distraction de passage. Une anecdote qu'elle adorera raconter.

Elle se lève, ajuste sa jupe, ne me dit même pas au revoir (trop Giscard d'Estaing, a-t-elle pensé en préparant sa scène) et s'engouffre dans le métro, me laissant seule et hébétée, longtemps hantée par le bruit de ses sandales dorées puis le silence avec lequel je vais désormais devoir vivre.

« Écoutez, Diane… Je me permets de vous interrompre. Vous oubliez un point essentiel dans votre manière de présenter les choses. Tout ce que vous racontez sur ce prétendu café toutes les deux… Vous savez comme moi que cela n'a jamais eu lieu. Que Lou n'est jamais venue au rendez-vous que vous lui aviez donné. Qu'elle ne vous a simplement plus jamais adressé la parole après cette veste récupérée en coup de vent. Et que c'est ça, le déclencheur, c'est cela qui vous a amenée à agir comme vous l'avez fait : son indifférence. C'était crucial pour moi d'avoir toute votre version des faits, mais je me dois de vous dire qu'elle est fausse. Que toute une partie de l'histoire est le fruit de votre imagination. Le 12 septembre dernier, vous vous êtes rendue chez elle tard le soir. Vous avez posé une boîte sur son palier. Vous voulez me dire ce qu'il s'est passé ce soir-là ? »

La terrasse du café en bas de chez Lou est animée, c'est parfait. Je m'installe derrière la vitre pour être cachée par le store si elle venait à regarder en bas en fumant au balcon, comme elle le fait souvent. Elle aime inventer des vies aux passants. La météo est contre moi, elle a mis sur mon chemin un magnifique ciel mauve strié de rose. Je connais Lou, elle va passer trente minutes à le prendre en vidéo. Lent travelling depuis son salon. Géraniums qui se prélassent. Ella Fitzgerald en bande originale. Si parisien. Ne regarde pas en bas, Lou, surtout ne regarde pas en bas.

J'ai vu passer des stories qui m'indiquent qu'Ophélie et Elsa sont chez elle ce soir, elles ont fait une tarte tatin de tomates cerises, c'est moi qui lui avais donné la recette. Une pâte brisée cuite à blanc, un fond de moutarde, quelques fines rondelles de tomates, un peu de mozzarella, trente minutes à 180 °C, le tour est joué.

Je commande un verre de bourgogne en souvenir de notre première rencontre. Le vide si vite que le serveur oscille entre admiration et inquiétude. J'en commande aussitôt un deuxième, qu'il me sert avec un sourire enjôleur. « Désolée, mon gars, j'ai un autre rendez-vous important ce soir, ravale ta mèche de tombeur. » Il est bientôt vingt et une heures. Je dois attendre patiemment qu'Ophélie et Elsa rentrent chez elles, laisser passer un peu de temps pour qu'elle ne m'entende pas dans les escaliers, son appartement est mal insonorisé. Lou part demain matin très tôt, elle a posté en story une capture d'écran de ses trois réveils consécutifs de 5 h 05, 5 h 10 et 5 h 15 avec un émoji qui pleure, elle ne va pas se coucher tard.

J'ouvre la boîte que j'ai préparée pour elle et que je vais lui déposer sur son palier. Je me sens un peu folle de faire ça, mais suis-je vraiment à ça près ? J'ai envie qu'elle la voie, et qu'elle se rende compte d'à quel point elle a compté pour moi. Il y a là des tirages de portraits que nous avons faits ensemble, le Post-it « Bisous » estampillé d'une trace de rouge à lèvres qu'elle avait collé sur mon frigo, la chemise en soie qu'elle m'avait prêtée et avait oublié de récupérer, des croquis d'elle que je n'ai jamais osé lui montrer, le dessous de verre du Chai de l'Abbaye, où nous nous retrouvions souvent et où elle n'est pas venue, sa carte postale envoyée de Positano il y a quelques semaines, un briquet « Île de Ré » laissé chez moi, les photos des bouquets de fleurs de chicorée que j'avais prises pour elles à La Flotte mais que je ne lui avais pas montrées. Et puis la lettre.

Je veux qu'elle sache comme je l'ai aimée, admirée, voulue, et comme ces trois mois à ses côtés ont été l'achèvement de tant d'espoirs pour moi. Que toute cette dévotion ne se conjugue pas au passé malgré son dédain. Que tu le veuilles ou non, Lou, il y aura toujours des gens qui te vénéreront. Et je ne suis même pas la pire.

J'en suis à mon quatrième verre quand je vois Elsa et Ophélie traverser la rue, hilares, insouciantes. Leurs trenchs coordonnés sur leurs 501 longueur cheville, leurs sourires peinturlurés de rouge, leur parfaite panoplie de petites Parisiennes minables. Je me contorsionne pour jeter un œil au balcon de Lou, c'est encore allumé. Elle est là, fume sa traditionnelle dernière cigarette avant d'aller se coucher. Patience.

Cinquième verre, il est 22 h 25 et la lumière est cette fois éteinte depuis trente bonnes minutes, y compris sur la troisième fenêtre à gauche, celle de sa chambre. « Je suis une grosse flippée des trajets tôt le matin, s'esclaffait souvent Lou. Y a pas de miracle :

une tisane de mamie, un somnifère carabiné et trois réveils avec le volume à fond. »

Je pose un billet de cinquante sur la table, me lève, traverse la rue. 06A12, je connais le code par cœur. J'évite de regarder mon reflet dans le miroir du hall d'entrée, monte lentement les escaliers et me réjouis de la présence de cette moquette « d'hôtel de film d'horreur » que déteste Lou : elle amortit mes pas.

Six étages, c'est long, et ça l'est encore plus quand on est chargée du poids d'un acte qu'on n'est pas sûre d'avoir envie de commettre. Mais sans bien comprendre pourquoi, je ne peux plus faire demi-tour. Je compte les marches pour penser à autre chose. Arrivée sur son palier je marche comme un chat, féline, avec une discrétion que je ne me connaissais pas. Je pose délicatement la boîte sur son paillasson floqué de fleurs ridicules. Je tends l'oreille : pas un bruit à l'intérieur. Me vient soudain l'envie de tambouriner contre la porte, de pleurer, de me rouler en boule, de hurler quelque chose mais je ne sais pas quoi. Je choisis la fuite.

Je redescends lentement les marches, la tête pleine de contradictions. Ai-je bien fait ? Que va-t-elle se dire ? Est-ce qu'elle va finir par porter plainte ? Ou est-ce qu'elle va m'envoyer un message : « Diane, c'était trop con, viens on oublie tout », comme dans un mauvais article de presse people ?

Je vois flou. Le vin sûrement, l'angoisse peut-être.

Arrivée dans le hall, je m'arrête net devant la porte cochère.

Elle va me prendre pour une folle. Bien sûr qu'elle va me prendre pour une folle. Je croise mon regard dans le miroir et c'est vrai que j'en ai sacrément l'air.

Elle ne doit jamais savoir. Jamais savoir.

Je remonte les deux cent cinquante-sept marches.

Les bouquets d'hortensias furent les premiers à s'embraser. Si charmants qu'ils soient, les appartements parisiens désuets ont souvent des portes peu hermétiques au danger. Celle de Lou ne fit pas exception.

Les flammes léchèrent les pots en grès qu'elle avait pris tant de temps à choisir sur des brocantes, et bientôt enrobèrent la table de ferme tout entière. Le canapé en lin, les tapis berbères, la collection démesurée de paniers en osier, les plaids faits sur mesure, le fauteuil en rotin, la montagne de colis pas ouverts, et même le Dufy qui lui avait coûté une petite fortune. Dans le miroir Louis-Philippe devant lequel elle s'était si souvent prise en photo, le brasier se reflétait en grondant.

Les pompiers dirent plus tard que si Demy avait été là et non en gardiennage chez son frère, il aurait pu la prévenir à temps et la sauver. Ce ne fut pas le cas. La fumée s'éleva vers la mezzanine avec une lenteur démente, et le temps que Lou se réveille il était déjà trop tard. Elle était encerclée. On ne sut jamais si elle avait pu contempler son petit monde brûler avant de s'éteindre. Perchée sur son piédestal, le spectacle devait être grandiose. Il ne fallut que quelques minutes pour réduire à néant l'objet chéri de centaines de millions de « j'aime ». Le succès de Lou avait débuté comme un feu d'artifice, et ainsi la boucle était bouclée.

Il ne fut pas très compliqué pour les enquêteurs de remonter rapidement jusqu'à moi. Lou avait apparemment commencé à se douter de quelque chose quinze jours plus tôt, après que j'avais mentionné le premier concert de son frère. Par curiosité ou par intuition, elle serait allée jeter un œil aux photos prises à cette occasion trois ans auparavant. Sur l'une d'entre elles, elle est là, au premier rang, dans sa robe en velours, les yeux émerveillés de la performance de Philippe, les joues roses sous le nuage de taches de rousseur, les zygomatiques tournant à plein régime. Elle a vingt-cinq ans et Paris lui fait déjà des promesses puisque *Vogue* l'immortalise à l'occasion.

Et au deuxième rang, en diagonale, il y a moi. Je la regarde fixement, avec un air qui fait rétrospectivement froid dans le dos. Je la prends en photo. Le seul spectacle que je suis venue voir, c'est elle.

Lou aurait ainsi découvert la supercherie. Non, je ne l'avais pas croisée « par hasard ». Je ne l'avais pas découverte au fur et à mesure de nos échanges. Je connaissais déjà tout de sa vie dans les moindres détails. Et tout le machiavélisme de cette ingénuité feinte et savamment orchestrée l'avait giflée.

Peut-être avait-elle eu peur. Je pense aussi et surtout qu'elle détesta s'être laissé berner. Comment avait-elle pu être aussi bête ? Elle me traita auprès de ses amis de folle, de psychopathe, de mythomane. Peut-être les trois à la fois, parfois. Lou adorait les effets d'emphase.

Dans un ultime numéro de comédienne, elle avait voulu qu'on se voie, l'air de rien, pour récupérer sa veste et rendre son départ d'autant plus cruel que je ne m'y attendrais pas. Douce vengeance.

D'après les témoignages, ses amis avaient essayé de la convaincre de porter plainte, mais elle aurait ricané en laissant sous-entendre que je n'en valais même pas la peine. J'étais un moucheron qui s'était écrasé sur son pare-brise et tant pis pour moi, elle passerait vite à autre chose. Il fallait aussi qu'elle s'habitue aux groupies. C'était le lot de la célébrité. Je ne méritais même pas un règlement de comptes, et elle appuya sur « bloquer ce correspondant » sans remords lorsqu'elle reçut mon texto demandant à la voir.

Peut-être son destin tragique l'aurait-il ravie, au final. En tout cas, elle aurait adoré le titre de la rétrospective que *Vogue* lui consacra dès le lendemain : « Lou Trenet, étoile filante ».

Je la revois sur son balcon, fumant sa dernière cigarette, cheveux défaits, nuisette en soie, extérieur nuit, toits parisiens, plus belle dans cette ultime scène du film de sa vie qu'à travers la caméra de n'importe quel réalisateur.

Lou Trenet, étoile filante… Je fus la dernière à la voir scintiller.

Karl H. Cron

Bangkok
Blutmond

Paul Remmlers zweiter Fall

Kriminalroman

Amazon KDP, 2023

Karl H. Cron
Bangkok Blutmond
ISBN: 978-3-9821991-6-0
Erste Ausgabe Taschenbuch, 2023
Amazon KDP

Karl H. Cron
c/o AutorenServices.de
Birkenallee 24, 36037 Fulda
Mail: kcautor.kontakt@gmail.com
Foto und Coverdesign: K. H. Cron
Lektorat: Ekkehard v. Hoyningen-Huene
Gudrun Frohnert
Willy Schwertfeger

Vom Autor bisher erschienen:
Afias Vermächtnis (Amazon KDP 2020)
Wer tötete Dian Fossey? (Amazon KDP, 2015)

»Schreiben, was ist.«

Rudolf Augstein

Zu diesem Buch

Tamir, Sohn eines arabisch stämmigen, oppositionellen Iraners, ist ein talentierter Grafiker aus Hamburg. Bei dem Überfall eines iranischen Agenten kann Tamir nicht verhindern, dass sein Vater getötet wird, stellt sich aber dem Angreifer entgegen und tötet diesen. Aus Furcht vor den deutschen Behörden flüchtet er nach Thailand. In den Wirren einer Naturkatastrophe gelangt er an einen Pass, dessen Inhaber ihm verblüffend ähnlich sieht. In Bangkok versucht er, sich unter seinem neuen Namen, eine Existenz als Rezeptionist eines Hotels aufzubauen. Er ahnt nicht, dass ihm seine neue Identität noch weit größere Probleme bereiten würde. Bald werden die früheren Geschäftspartner seines Alias' auf ihn aufmerksam und zwingen ihn, für sie zu arbeiten.

Als der Reporter der Hamburger Boulevardzeitschrift *Hanseblatt*, Paul Remmler, in Bangkok seinen Urlaub beginnt, erkennt auch er den Mann. Der Rezeptionist war ein gesuchter Flüchtling, über den sein Blatt seinerzeit ausführlich berichtet hatte. Remmler möchte der Sache journalistisch nachgehen, wird aber Opfer einer Intrige und landet im gefürchteten Zentralgefängnis Bangkwang. Seine Lage scheint aussichtslos, bis er von einem Anwalt und einer engagierten Polizistin Hilfe erhält. Wer hat ihm das eingebrockt und warum? Mit dem Instinkt des erfahrenen Reporters be-

ginnt er zu recherchieren und gerät zwischen die Fronten der thailändischen Polizei und einer Verbrecherorganisation mit einem grauenhaften Geschäftsfeld.

Karl H. Cron, Hamburg, im Juni 2023

Der Autor

Karl H. Cron ist Diplom-Geologe und arbeitete jahrelang als Hydrogeologe und Berater in Projekten der Wasserversorgung im In- und Ausland. Zahlreiche Auslandseinsätze führten ihn in den Jemen, Syrien, Jordanien und in mehrere Länder Afrikas, zuletzt Ruanda, wo er kurzzeitig als Direktor der Wasserversorgung eingesetzt war. Nach dem Eintritt in den Ruhestand arbeitete Karl H. Cron als freier Berater und hatte einen Lehr-Auftrag der Universität Hamburg, seiner Heimatstadt. Zahlreiche Reisen in einige asiatische Länder, die er von Bangkok aus organisierte, inspirierten ihn zu diesem, seinem dritten Roman.

Inhalt

Prolog

Was werde ich der Polizei von Bangkok auf die Frage antworten, was ich hier zu suchen hatte? Blöder Gedanke, die Wahrheit würden sie mir nicht glauben und dass die Polizei je die Gelegenheit haben wird, mich zu verhören, ist eher unwahrscheinlich.

Fast hätte er gelacht, als ihm bewusst wurde, in welche, gemessen an seiner aussichtslosen Situation, profane Gedankenwelt er sich flüchtete.

Zu Scherzen war ihm aber nicht zumute. Im Moment hatte Paul Remmler ganz andere Probleme. Sein Schädel pochte schmerzend von dem unvermittelten Schlag auf die Schläfe, der eine massive Beule und zunächst eine Gedächtnislücke hinterließ. Eine blutige Strähne seines Haares klebte an der Stirn. Hände und Füße, die einen Meter oberhalb des Fußbodens hingen, waren gefesselt.

Trotz der maroden Bausubstanz gab es kaum Hoffnung, dass der Querbalken, an dem er hing, nachgeben würde und sich eine Fluchtmöglichkeit ergäbe. Er war das einzige Bauteil, das einen neuwertigen Eindruck hinterließ und sichtbar erst nachträglich eingebaut worden war. Die Fesseln fingen an, in die Handgelenke zu schneiden und die verhinderte Blutzirkulation hinterließ ein taubes Gefühl. Trotzdem kehrte allmählich seine Erinnerung zurück.

Nach einiger Zeit hatte er sich an das Halbdunkel gewöhnt und sah an zwei aufglühenden Zigaretten in Richtung des des Ausganges, dass er von zwei Männern bewacht wurde. Es sah aus, als erwarteten sie jemand. Obwohl von den beiden nichts Gutes zu erwarten war, begann er sich zu wünschen, dass sie kämen und ihn von seinen Fesseln befreien würden.

Als aus dem Treppenhaus nahende Trittgeräusche hörbar wurden, standen die beiden Männer auf und zertraten ihre Kippen. Die etwas knarrende Tür öffnete sich.

1 Sommerloch

Aus unerklärlichen Gründen hatte sich das von Medien aller Art gefürchtete Sommerloch bereits in den April vorverlegt. Zusätzlich trübte ein Dauerregen die allgemeine Stimmung in der Hansestadt Hamburg. Die Redaktion des Hamburger Boulevardblattes *Hanseblatt*, unter Leitung ihres übergewichtigen Chefredakteurs Sandro Scholow, bearbeitete lustlos einige Artikel über das Geschehen in der Stadt.

Paul Remmler, ehemaliger Polizist im Drogendezernat des LKA Hamburg, quittierte, nachdem er in Notwehr einen jungen afrikanischen Dealer erschossen hatte, den Dienst und wurde freier Mitarbeiter des *Hanseblattes.*

Gerade hatte er mit einem Bericht über den Ausfall der Wasserfontäne auf der Alster eine weitere Lücke füllen können, als ihn Emma, die Redaktionssekretärin, bat, in das Büro des Chefredakteurs Sandro Scholow zu kommen.

Scholow, aus dem Osten Deutschlands stammend, hatte nach der Wende zielstrebig und mit sicherem Instinkt für die richtigen Kontakte eine steile Karriere beschritten und saß nun unangefochten auf dem Chefsessel des *Hanseblattes.*

»Du wolltest mich sprechen?«

»Ja«, Scholow, von den Kollegen kurz *Scholle* genannt, lehnte sich zu der im Blatt bereits legendären Körperhaltung in seinem Bürosessel

und deutete auf den Stuhl vor seinem Schreibtisch, der in der Redaktion eine gewisse Berühmtheit hatte. Wer zum Rapport bestellt wurde, hatte nicht selten die Gewissheit, vor einer Art Inquisition zu sitzen, nur waren die Methoden der Folter etwas subtiler. Scholle faltete die Hände über seinem Bauch. »Es gibt gute Nachrichten. Ich schicke alle Freelancer in einen zwei-monatigen Urlaub. Für dich habe ich aber eine besondere Überraschung.«

Remmlers Erwartungen für positive Nachrichten waren nach langer Erfahrung mit seinem Chef eher begrenzt. Freie Mitarbeiter waren in der Hierarchie des Blattes am unteren Ende angesiedelt und Scholows Geiz bei der Aushandlung von Tantiemen war berüchtigt.

»Deine Reportage über die Hintergründe des Falles ›Kolberg‹ und die damit zusammenhängenden Morde[1] haben uns eine deutliche Auflagensteigerung beschert. Wie du weißt, besitzt die Familie Kolberg neunzig Prozent der Anteile an unserem Blatt und Kolbergs Frau ist jetzt Vorsitzende des Aufsichtsrates. Sie hat sich dafür eingesetzt, dir neben einer Erhöhung deines Basisgehaltes eine Sonderprämie zukommen zu lassen.«

»Das ist wirklich erfreulich, ich hoffe, dass diese unerwartete Großzügigkeit auch auf deine Zustimmung gestoßen ist.«

1 Remmlers erster Fall in ›Afias Vermächtnis‹

Ein kurzes Zucken glitt über sein Gesicht. Es sollte wohl ein Lächeln werden, fror aber ein, bevor es als solches zu erkennen war.
»Du überschätzt meinen Einfluss im Aufsichtsrat, aber ich habe mich dem Vorschlag angeschlossen.«

Scholles gelegentlich zwanghaft wirkende Freundlichkeit, trug regelmäßig zu Remmlers Heiterkeit bei.

Es blieb dir wohl nichts anderes übrig.

Seit längerer Zeit hatte Remmler die Idee, einen Urlaub in Thailand zu verbringen, und sich bereits ausführlich mit einschlägiger Reiseliteratur beschäftigt. Nun, mit genügend Geld in der Tasche war es möglich, den Plan umzusetzen. Gedanklich bereits bei seiner Reise, blickte er im Vorübergehen ins Sekretariat. Emma, die Redaktionssekretärin, zu der er einen guten Draht hatte, winkte ihm mit erhobenem Daumen zu. Er erwiderte den Gruß und verließ das Gebäude über den Aufzug.

Zurück in seiner Wohnung im Stadtteil Sternschanze, wählte er die Nummer von Nora, einer Kommissarin beim LKA Hamburg und seine temporär harmonisch-chaotische Beziehung.

»Wie wäre es mit einem gemeinsamen Urlaub in Thailand? Du bist eingeladen.«

»Seit wann hast du Geld für so etwas?«

»Mein Arbeitgeber hat sich plötzlich besonnen, mein überragendes journalistisches Talent angemessen zu honorieren.«

»Bescheidenheit gehörte schon immer zu deinen Stärken, aber gratuliere. Ich muss leider dein Angebot ausschlagen. Wir haben Urlaubssperre wegen langfristig geplanter, überregionaler Aktionen gegen das organisierte Verbrechen. Halte dich von den Frauen fern. Sie sollen recht zugänglich sein.«

»Du denkst an den Ruf des Nachtlebens in Thailand. Dort werde ich genauso oft zu finden sein wie auf der Reeperbahn, nämlich so gut wie gar nicht.«

»Deine Abstinenz in Frauenangelegenheiten ist legendär. Ich erinnere dich an deine Ghana-Affäre bei der Kolberg-Recherche.«

»Äh… ja, aber da hatten wir uns getrennt, das ist jetzt etwas anderes. Außerdem hatte die betreffende Dame nichts mit der Rotlichtszene zu tun.«

»Das hoffe ich. Dann wünsche ich dir eine schöne Zeit. Lass mal von dir hören.«

2 Tareq

Jahre zuvor. Nach der iranischen Revolution herrschte große Zuversicht, dass das Land sich wieder den Bedürfnissen der Bürger zuwenden würde. Das gehobene Bürgertum, Intellektuelle und auch die gefürchtete Geheimpolizei des Schahs, die Savak, waren geflohen oder endeten am Galgen. In den Basaren von Teheran, lange schon die Unterstützer des Imam Khomeini, herrschte wieder der schiitische Islam. Kamal Ahmadi, ein gebürtiger Araber aus dem Irak und Witwer, lebte mit seinem Sohn Tamir in einem bürgerlichen Viertel von Teheran. Er war nicht sonderlich religiös und obwohl Sunnit, war es geboten, sich an die Gepflogenheiten des schiitischen Regimes anzupassen. Er war durch seine Ehe mit einer Perserin nach Teheran gekommen und leitete die Druckerei einer Zeitung. Seine Fertigkeiten in allen Drucktechniken waren sehr gefragt. Zusätzlich arbeitete er auch als Journalist. Gleichzeitig unterhielt er auf dem Basar von Teheran ein Geschäft für Druck-Erzeugnisse, das sein Sohn bereits in jungen Jahren leitete.

Irgendwann begann das Regime die freie Presse zu kontrollieren und zu begrenzen. Aufgrund einiger nicht-systemkonformer Artikel geriet Kamal Ahmadi in das Visier des Regimes und wurde observiert. Es folgten Verhaftungen und Verhöre, nach denen er aber immer wieder entlassen wurde. Nachdem die

Lebensumstände immer schwieriger wurden, einigte sich Ahmadi mit seinem Sohn, die Flucht anzutreten. Ziel Deutschland.

»Wir benötigen Pässe«, sagte Tamir.

»Ja, aber nicht mit unseren eigenen Namen. Auch in Deutschland werden wir nicht sicher sein. Wir nehmen den Nachnamen ›Avani‹ deiner Mutter an. Wie sollen wir dich mit Vornamen nennen?«

»Farzan vielleicht?«

»Hm, die Deutschen werden dich ›Tarzan‹ nennen. Sie meinen es nicht böse, aber sie sind Meister der subtilen Scherze und in manchen Gegenden klatschen sie sich beim Lachen auf die Schenkel.«

»Dann lieber nicht, ich nehme Tareq.«

»Gut, machen wir uns an die Arbeit.«

Tamir liebte seines Vaters Sinn für Humor und Ironie. Woher er die Kenntnis hatte, worüber Deutsche so lachen, wusste er nicht, doch kannte er ihn als einen belesenen Mann.

Beide waren mit der Manipulation von Pässen vertraut und konnten bereits mehrfach Hilfe leisten. Kamal Ahmadi hatte bereits einen Plan.

Erfolgreich passierten sie mit ihrem Renault X90 die Checkpoints. Auf Nachfrage gaben sie an, die Familie der verstorbenen Ehefrau und Mutter in einem Dorf an der iranisch-türkischen Grenze besuchen zu wollen. Von dort bezahlten sie einen kurdischen Schleuser, der sie über die Berge in die Türkei brachte. In

Ankara bestiegen sie ein Flugzeug nach Berlin und beantragten Asyl. Der Gang durch den deutschen Behördendschungel war erfolgreich und schließlich ließen sie sich in Hamburg nieder, wo sie mit Erfolg eine Kunstdruckerei eröffneten. Auf die Anerkennung als Asylanten folgte die Einbürgerung und beide erhielten einen deutschen Pass. In Tamirs Pass war nun der Name Tareq Avani eingetragen. Im deutschen Exil wandte sich auch Tareq dem Journalismus zu und verfasste als freier Mitarbeiter verschiedener Zeitungen regimekritische Artikel über den Iran.

Es dauerte Jahre, bis ein Ereignis Tareq zwang, sein Leben abermals aufzugeben. Er war gerade nach Hause gekommen, als aus dem Zimmer seines Vaters ein Schuss fiel und ein Mann heraus stürmte. Tareq nutzte die Überraschung und rang den Mann zu Boden, der aber noch die Waffe ziehen konnte. Im folgenden Handgemenge löste sich ein Schuss, der den Einbrecher tödlich verletzte.

Sein Vater war tot und es war zu befürchten, dass iranische Agenten auch ihn früher oder später wieder ins Visier nahmen. Auch die deutschen Behörden würden sich weniger um seinen Schutz kümmern als um die Umstände des Anschlages. Schließlich musste er auch damit rechnen mit den gefälschten Pässen, mit dem sie Asyl beantragt hatten, konfrontiert zu werden. Tareq zögerte. Er hatte sich gerade

einen Freundeskreis in einem Sportverein aufgebaut. Es war nicht zu ändern. Er würde sie ratlos zurücklassen und beschloss, noch in derselben Nacht zu fliehen. Nach der Erhöhung seines Limits für Bargeld-auszahlungen von seinem und dem Geschäftskonto war er finanziell für einige Zeit gut ausgestattet. Am Flughafen Fuhlsbüttel buchte er ein drei-wöchiges Last-Minute-Pauschalangebot für ein Strandhotel in Khao Lak, im Süden Thailands.

Zur Mittagszeit drehte das Flugzeug, das Tareq nach Phuket bestiegen hatte, eine Warteschleife unter einigen mit unberührtem Regenwald bedeckten Hügel. Das satte Grün wurde nur ab und zu durch silbrig glänzende Wasserflächen unterbrochen. Der Landeanflug erfolgte fast senkrecht zur Andamanen-See über das klare, türkisfarbene Wasser. Vor dem Aufsetzen auf der bis fast an das Ufer reichenden Landebahn verwandelte sich die Farbe des Meeres der litoralen Zone in einen schmutzig braunen Streifen. Kurz zuvor war ein kräftiger Schauer durchgezogen und das Wasser stand noch zum Teil auf der Rollbahn. Der Pilot setzte die mit Urlaubern aus Deutschland voll besetzte A350 fest auf.

3 Khao Lak

Tareq nahm nach seiner Ankunft in Phuket einen Bus in das Urlauberparadies Khao Lak und checkte in sein Hotel am Strand ein. Allmählich begann er, die Ereignisse in Hamburg hinter sich zu lassen, und beschäftigte sich mit den Problemen, die künftig auf ihn zukommen würden. Dazu gehörten in erster Linie sein Aufenthaltsstatus und danach die Bestreitung seines Lebensunterhaltes. Es war ein entspannter Tag an der Poolbar, als er von einem Mann auf Englisch angesprochen wurde, der ihm bereits zuvor aufgefallen war und der das benachbarte Apartment bewohnte. Er hatte eine verblüffende Ähnlichkeit mit Tareq und stammte offensichtlich ebenfalls aus einem Land im Nahen Osten.

»Mein Name ist Karim, darf ich Sie zu einem Bier einladen, oder etwas Anderem, falls Sie Muslim sind?«

Tareq hatte sich vorgenommen, so wenig wie möglich Kontakte zu knüpfen, wollte aber nicht unhöflich erscheinen. Außerdem könnte eine Ablehnung ebenfalls eine gewisse Aufmerksamkeit erregen.

»Gerne, mein Name ist Tareq. Ich bin Muslim, aber nicht praktizierend.«

»Das trifft sich gut, das bin ich auch.«

Ohne über ihre Ähnlichkeit zu diskutieren, verbrachten sie zwei Stunden an der Bar. Danach war Tareq überzeugt, dass Karim, ein

Libanese, kein Problem darstellte. Auf Tareqs Frage nach seiner beruflichen Tätigkeit gab er an, als freiberuflicher Accountant im Internet zu arbeiten. Tareq seinerseits bezeichnete sich als Grafiker. In den folgenden Tagen trafen sie sich in unregelmäßigen Abständen zu Essenszeiten oder anderen Gelegenheiten. Tareq stellte fest, dass sein Nachbar anscheinend über eine große Anziehungskraft für Frauen verfügte und das auch extensiv auslebte.

Es war die Ähnlichkeit mit dem charmanten Ägypter Omar Sharif, die man auch ihm schon zugewiesen hatte. Gelegentlich wurden sie als eineiige Zwillinge angesehen und aufgefordert, sich für Fotos zur Verfügung zu stellen. Tareq vermied aber, trotz der Gelegenheiten, es seinem Nachbarn gleichzutun.

Die Aufmerksamkeit, die sie erregten, war ihm unangenehm. Er plante bald, seinen Aufenthaltsort frühzeitig zu wechseln, und sah sich nach einem neuen Quartier um.

Nach einigen Tagen mit entspanntem Strandleben bahnte sich eine Katastrophe ungeahnten Ausmaßes an.

4 Pailin

Nach dem Ende des Terrorregimes der Roten Khmer in Kambodscha und ihrer Partei Angkar Padevat, kurz ›Angkar‹, schwang sich ein ehemaliges Mitglied der Steinzeitkommunisten auf, die Regierung zu übernehmen. Hun Sen hatte sich rechtzeitig von den Roten Khmer abgesetzt und begann mit viel Intrigantentum und Unterstützern seine bis heute andauernde Karriere als Regierungschef. Möglich war das, indem er lange seine schützende Hand über einige der führenden Verbrecher hielt.

Nach langen Jahren wurde der Druck der internationalen Gemeinschaft zu groß und die oberste Führungsclique wurde verhaftet. Es sollte aber noch Jahrzehnte dauern, bis endlich unter hohem finanziellem Aufwand von der UNO eine Gerichtsbarkeit installiert wurde.

Als Erster wurde der Leiter des berüchtigten Foltergefängnisses Tuol Sleng, ein ehemaliger Mathematiklehrer, zu lebenslanger Haft verurteilt. Zu diesem Zeitpunkt war der Oberste Führer der Roten Khmer, Bruder Nummer 1 Saloth Sar, der sich später Pol Pot nannte, bereits in seinem Heimatdorf Prek Sbauv eingeäschert worden. Touristen, die sich heute in dieses entlegene Gebiet verirren, präsentiert man gelegentlich noch ein paar unvollständig verbrannte Knochen, von denen man behauptet, dass es Überreste dieses Monstrums seien.

Einige der Verantwortlichen des Völkermordes ließen die Richter aufgrund des vehementen Widerstands des Regierungschefs auf freiem Fuß. Die Vermutung, dass hier Mitwisser der eigenen Verwicklung in die unaussprechlichen Verbrechen gedeckt werden sollten, ist nicht von der Hand zu weisen.

Diese Männer zogen sich völlig entspannt in die kleine Stadt Pailin an der Grenze zu Thailand zurück. Im nahe liegenden Grenzort Psah Prum gründeten sie ein kleines asiatisches Las Vegas für die spielsüchtigen Thailänder, in deren Land das Glücksspiel verboten ist.

Nachdem Chefideologe Nuon Chea verstorben war, lebt nun nur noch der ehemalige Staatschef Khieu Samphan, der erst 2014 zu lebenslanger Haft verurteilt wurde, aber in Berufung ging. Auch Ieng Sary, der Schwager Pol Pots und Bruder Nummer 3, sowie seine Frau Ieng Thirith hatten sich des Verbrechens des Völkermordes schuldig gemacht. Sie wurden verurteilt, starben aber, bevor sie die Haftstrafen antreten konnten. Iang Sary war zuvor der Schirmherr von Pailin.

Die Kinder und Enkel der Roten Khmer, einige bereits im fortgeschrittenen Alter, gehören heute zur gesellschaftlichen Elite des Landes. Ungeniert betreiben sie mithilfe ehemaliger Kindersoldaten, die ihren Führungskadern immer noch treu ergeben sind, neben den Casinos alle Geschäfte, die

satte Gewinne versprechen. Darunter gelangten sie in den Besitz von Lizenzen, die reichhaltigen Edelstein- und Edelholz-Vorkommen in Pailin exklusiv auszubeuten und zu vermarkten. Auch diese Geschäfte betreiben nun die Nachkommen.

Nian Soun, ein entfernter Verwandter von Iang Sary, hatte sich bereits frühzeitig mit den Geschäften vertraut gemacht und nach und nach war es ihm gelungen, einige lukrativen Teile zu übernehmen. Leider waren die Casinos und der Handel mit Edelsteinen bereits fest in der Hand anderer Familien, dennoch war er nicht unzufrieden.

Er residierte in einer alten Villa aus Holz in einem Außenbezirk von Pailin. Das zwei Hektar große Grundstück war von hohen Bäumen umsäumt, darunter viele Würgefeigen und Banyans. Mit ihren hängenden Wurzeln umwucherten sie auch das Haus.

Bereits im jugendlichen Alter war er schon bald nach der Machtergreifung führendes Mitglied der Roten Khmer. Einen besonderen Namen hatte er sich bei der Verfolgung buddhistischer Mönche gemacht. Sein Hass auf alle Mönche und generell gegen den Buddhismus entstand bereits im Kindesalter, als er wegen seines Verhaltens aus einem Kloster verwiesen wurde.

Die registrierten, gut organisierten Unternehmen unter der Dachgesellschaft APSARA Ltd.,

mit Sitz in Bangkok, die er inzwischen aufgebaut hatte, dienten der Produktion und dem Export von Textilien. Ein weiteres Unternehmen zur Produktion von Zucker, führte er in Kooperation mit thailändischen Firmen.

Für den Grenzverkehr seiner Führungskräfte mit Thailand besaßen sie einen Sonderausweis, der ihnen eine freie, unkontrollierte Durchfahrt zwischen Thailand und Kambodscha sicherte.

Der Anbau von Zuckerrohr basierte auf Konzessionen, die er mittels zweifelhafter, landestypischer Methoden von der Regierung erworben hatte. Sie führten dazu, dass Hunderte Bauern ihrer Existenz beraubt wurden. Das Menschenrechtskommissariat der Vereinten Nationen berichtet von massiver Zerstörung der Felder und von der Verletzung nationalen und internationalen Rechts.

NGOs bezeichnen es als Landraub.

Unter dem Dach dieser Firma war aber mithilfe ehemaliger Khmer-Soldaten ein geheimes Subunternehmen gewachsen, das mit großen Gewinnen operierte.

Es war Samstag. Nach Beendigung seiner Morgentoilette wartete Nian Soun geduldig, bis seine Haushälterin das Frühstück auf der Terrasse servierte.

5 Die Katastrophe

Marike war wild entschlossen, ihren tristen Alltag als Verkäuferin in einer niederländischen Kleinstadt für zwei Urlaubswochen zu vergessen. Das thailändische Urlaubsparadies Khao Lak schien ihr dazu bestens geeignet – einschließlich der Möglichkeit zu zwanglosen Urlaubsflirts. Marike war eine auffallend sinnliche Erscheinung, an der selten ein Mann ohne geweitete Pupillen vorbei ging. Es war daher nicht verwunderlich, dass sie bereits bei ihrer ersten Runde durch ihren Urlaubsort zwei männliche Bekanntschaften machte.

Ihre erste Bekanntschaft hatte sie in einem Geschäft für Damenbekleidung kennengelernt. Einen Moment fragte sie sich, was er hier wohl suchte, ließ sich dann aber auf ein Gespräch ein. Der Mann sprühte vor Charme und nach einer belanglosen Unterhaltung lud er sie für den nächsten Morgen zum Frühstück auf der Terrasse seines Hotels ein. Der zweite Mann war ein Amerikaner mit Rasta-Locken, der sie an einer Buchungsstelle für Ausflugsfahrten angesprochen hatte. Er war amüsant und schien sich hier gut auszukennen. Obwohl er eigentlich nicht ihr Typ war, verabredete sie sich mit ihm für den Abend in einem Strandlokal.

Die selbst am Abend noch vorherrschende ungewohnte Hitze ließen ihr die zügig hintereinander eingenommenen Cocktails in den Kopf steigen. Marike wollte zurück ins

Hotel, hatte aber Probleme aufrecht zu stehen. Obwohl sie sich vorgenommen hatte, den Rasta nicht mit in das Hotel zu nehmen, nahm sie sein Angebot an, sie zu stützen. Im Hotel angekommen, regte sich kein Widerstand mehr, als er ihr auf das Zimmer folgte.

Mit einem Filmriss saß sie frühmorgens auf ihrem Bett und rieb sich die Nacht aus den Augen. Bei einem kurzen Gang ins Bad überzeugte sie sich, dass sie den Abend weitgehend unbeschadet überstanden hatte. Im Abfall lag ein Kondom mitsamt der Verpackung, der aus ihrem eigenen Bestand stammte. Soweit hatte sie sich also noch im Griff gehabt. Sie legte sich noch einmal hin und überlegte, wie sie den Typ neben sich wieder loswerden konnte.

Er lag immer noch schlafend neben ihr und vergeblich versuchte sie, sich an seinen Namen zu erinnern. Nicht vergessen hatte sie den Namen des anderen Mannes, der sie am Tag zuvor angesprochen hatte, um mit ihr zu frühstücken. Er hieß Karim und ihn wollte Marike auf keinen Fall verpassen.

Der Mann regte sich, drehte sich zu ihr und legte eine Hand auf ihren Oberschenkel. Sanft nahm sie seine Hand und führte sie auf das Laken zurück.

»Ich denke, du solltest nun gehen, bitte. Ich muss mich etwas erholen von der letzten Nacht.«

Der US-Boy grinste süffisant. Fern jeglichen Selbstzweifels empfand er es als Bestätigung seiner Männlichkeit, dass seine Bekanntschaft nach einer Nacht mit ihm etwas Erholung benötigte. Ohne Anzeichen von Kränkung stand er auf und ging zum Badezimmer. Das Gummiband seiner Unterhose war gerissen, so dass sie nur noch von seiner Morgenerektion gehalten wurde. Nachdenklich sah sie ihm hinterher.

Vielleicht sollte ich doch etwas wählerischer sein.

Kurze Zeit später hatte er das Apartment mit einem lässigen Wink verlassen. Erleichtert fiel Marike in einen Zustand der Entspannung. Noch war Zeit bis zu ihrer Verabredung.

Als sich an der Subduktionszone[1] im Meer vor Banda Aceh, der Nordspitze der indonesischen Insel Sumatra, die verschleppte Burma-Platte von der absinkenden Indischen Platte löste, ahnte im thailändischen Urlaubsparadies Kao Lack niemand, was auf den Küstenort zukommen würde.

Die gewaltige Spannung entlud sich in einer ruckartigen Anhebung der Burma-Platte, die mehrere Meter vertikal nach oben schoss. Die gesamte Wassersäule hob sich und formte sich zu einer mehr als zehn Meter hohen Tsunami-Welle, die das Wasser von den umliegenden

[1] Subduktionszone: Bereich, in dem eine ozeanische Platte unter die andere abtaucht.

Stränden absog und die küstennahen Flachwasserbereiche freilegte. Banda Aceh war bereits zerstört und beklagte tausende Opfer, als die Monsterwelle am 26. Dezember 2004 etwa 9 Uhr 30 Kao Lack erreichte.

Um der weiteren Aufmerksamkeit zu entgehen, war Tareq für einen Tag nach Phuket City gereist, um sich dort nach einem Apartment umzusehen. Der Ort war, im Gegensatz zu den von Urlaubern bevorzugten Stränden auf der anderen Seite der Insel, eher farblos. Hier wohnten wegen der günstigen Mieten nur einige Expats, die sich wenig um Neuankömmlinge scherten, und auch das Nachtleben konzentrierte sich auf die Strandgebiete an der Andamanen-See.

Auf der Terrasse des Hotels in Khao Lak hatte sich Karim mit seiner neuen Bekanntschaft zum Frühstück niedergelassen. Wie bereits am Tag zuvor war sie sofort von seinem Charme in den Bann gezogen. Sie unterhielten sich zunächst über die Annehmlichkeiten ihres Urlaubsortes und die Möglichkeit, Ausflüge zu einigen vorgelagerten Inseln zu machen.

Karim war sich nach zahllosen Affären seiner Wirkung auf Frauen bewusst und verzichtete auf eine irgendwie intellektuell gestaltete Unterhaltung. Er wäre dazu durchaus imstande gewesen, denn er hätte viel zu erzählen, wenn

auch nicht alles geeignet war, erzählt zu werden. In dieser Situation war es aber schlicht überflüssig, denn auch seine Gesprächspartnerin hatte bereits deutlich signalisiert, dass auch sie nichts gegen eine Verlagerung des Treffens in das Bett des Einen oder der Anderen einzuwenden hätte. Karim war zufrieden. Beide ahnten noch nicht, dass dieser Morgen völlig anders als gedacht verlaufen würde.

Marike entschuldigte sich, um die Sanitärräume aufzusuchen, als von der See ein leises Rauschen zu vernehmen war, dem eine unheimliche Stille folgte. Selbst das Vogelgezwitscher aus den Bäumen war verstummt.

Karims Blick wanderte über den Strand und er sah, dass sich das Ufer weit zurückgezogen hatte. Das Meer hatte eine große, graue, schlammige Ebene mit kleinem Getier und einigem Unrat freigegeben. Am Horizont gewahrte er ein Ruderboot, dessen zwei Insassen offensichtlich vergeblich gegen eine Strömung ankämpften, um gleich darauf wieder zurückgeworfen zu werden. Mehrere Urlauber waren inzwischen auf das Phänomen aufmerksam geworden. Erfreut über die bunte Vielfalt der auf dem Trockenen liegenden Meeresfauna, liefen Kinder und Erwachsene zu den freigelegten Riffen, um Muscheln und Schneckengehäuse zu sammeln.

Es war kein Grund für die merkwürdige Situation zu erkennen, bis ein sich schnell über den gesamten Horizont näherndes Schaumkronen-Band immer größer wurde. Eine erste Welle erreichte bereits einige der Strandbesucher, die darin plötzlich verschwanden. An einem etwas weiter entfernten Strandabschnitt tauchte plötzlich ein großes Schiff auf einer Riesenwelle auf und wurde mit der tonnenschweren Wucht der Wassermassen in Richtung Land geschleudert.

Der Libanese hatte zuerst wie gebannt auf seinem Sessel verharrt, und realisierte plötzlich die Gefahr. Er sprang auf, schrie den Namen seiner Bekanntschaft, die aus einer Tür im Foyer trat. Er winkte ihr zu, ihm zu folgen, und sprang mit riesigen Schritten die Treppe empor. Als er sich umdrehte, hatte eine erste Welle bereits das Foyer zertrümmert, ohne das Haus zum Einsturz zu bringen. Die Frau war verschwunden.

Karim hastete in sein Zimmer und öffnete fieberhaft den Safe, um seine Brieftasche zu entnehmen. Als er sich umdrehte, sah er zur gläsernen Fensterfront mit der Terrassentür. Mit ungläubig erstarrtem Blick gewahrte er, wie sich eine weiß schäumende Wasserwand vor dem Fenster aufbäumte und mit tödlicher Wucht auf das Haus einstürzte.

Manchmal sind Menschen nur zur falschen Zeit am falschen Ort. Marike würde nie erfahren,

welche Pläne ihr charmanter Begleiter verfolgt hatte.

6 Bangkok

Die Nachricht von der Katastrophe hatte sich bereits unter den Fahrgästen im Bus verbreitet, den Tareq zur Rückkehr nach Khao Lak bestiegen hatte. Es dauerte einen Moment, bis ein Englisch sprechender Thai ihn aufklärte.

Der Bus stoppte auf einer kleinen Anhöhe und die Insassen wurden aufgefordert auszusteigen. Das Ausmaß des Schreckens breitete sich vor den Augen der Fahrgäste aus. Eine weitere riesige Welle war gerade über den Küstenstreifen gerollt und hatte alles, was sich ihr in den Weg stellte, niedergewalzt.

Berge von Trümmern der Hotels und den Wohnhäusern türmten sich entlang des vormals paradiesischen Strandes. Das gerade wieder ablaufende Wasser legte entwurzelte Palmen und Betontrümmer frei. Dazwischen waren immer wieder bunte Kleidungsstücke zu erkennen, die bei näherer Betrachtung eines der Opfer bedeckten. Viele Touristen und Einheimische waren vor der Flut vom Strand weggerannt und suchten nun ziellos nach Freunden oder Familienmitgliedern. Einige kauerten verzweifelt an einem reglosen Bündel, das einmal ein Angehöriger war. Hunderte waren auf das offene Meer gerissen worden und würden niemals wieder zurückkehren.

Das Betongerüst von Tareqs Hotel hatte, wie durch ein Wunder, der Flut standgehalten. Nachdem er das Trümmerfeld überwunden

und das Hotel erreicht hatte, kletterte er die halb eingestürzte Treppe empor und kam an der eingedrückten Tür seines Nachbarn vorbei. Inmitten der verwüsteten Einrichtung lag der Mann auf dem Rücken, ein nasses, blutiges Bettlaken auf dem Gesicht.

Vorsichtig zog Tareq das Tuch vom Gesicht und erschrak. Wie mit einem Messer war das Gesicht des Toten abgetrennt. Der Mund, der einst mit dem charmanten Lächeln eines Omar Sharif beeindrucken konnte, war nur noch eine dunkle Höhle ohne Zähne.

Neben der Leiche lag eine Brieftasche. Tareq zögerte kurz, nahm sie dann aber auf. In der Brieftasche befand sich der Reisepass, ausgestellt auf den Namen Karim Rashid, und etwas mehr als tausend US-Dollar in Noten, dreitausend Thai-Bath sowie eine Kreditkarte der Santander Bank.

Staatsangehörige aus Ländern, die ihren Bürgern wie selbstverständlich gegen eine vergleichsweise geringe Gebühr Pässe ausstellten, mit denen sie weltweit auf Reisen gehen können, sind sich oft des Wertes eines solchen Dokumentes nicht bewusst. Das Ranking der besonders begehrten Pässe wird regelmäßig im Henley Passport-Index publiziert. Tareq kannte sich damit aus. Er kam aus einem Land, in dem es keineswegs selbstverständlich war, einen Pass zu besitzen. Sein deutscher Pass, im Ranking re-

gelmäßig auf den vorderen Plätzen, war nach seiner Flucht aus Hamburg *verbrannt.*

Tareqs Entschluss war schnell gefasst. Eine solche Gelegenheit würde sich nicht wieder ergeben. Er schleifte den Toten in sein Zimmer. Der Pass enthielt ein Jahresvisum und eine Arbeitserlaubnis. Sein eigener deutscher Pass, den er immer bei sich trug, war schnell gegen den Pass Raschids ausgetauscht. Seine Kreditkarte, die er immer noch bei sich trug, aber nicht mehr genutzt hatte, steckte er zusammen mit dem gefundenen Bargeld in seine eigene Brieftasche und legte sie zu dem toten Libanesen. Die Kreditkarte des Toten nahm er zusammen mit dessen Brieftasche an sich. Er würde die Karte später entsorgen.

Mit einer Reisetasche seines Zimmernachbarn und einigen noch vorhandenen Kleidungsstücken sowie dem Inhalt des unbeschädigten Safes mit seinem Geld verließ Tareq das Hotel und fand nach langer Suche ein fahrbereites Taxi. Es schien nun geraten, eine etwas größere Distanz zu seinem ersten Domizil zu schaffen. Der Eigentümer des bereits in Phuket City gemieteten Apartments würde mit Bedauern das Verschwinden seines Mieters zur Kenntnis nehmen und sich mit der bezahlten Kaution von zwei Monatsmieten trösten. Mit Ziel Flughafen Phuket verließ Tareq den verwüsteten Urlaubsort.

Das Wasser war relativ schnell wieder abgeflossen. Nach einer endlosen Fahrt, immer wieder unterbrochen durch Trümmer, die die Straße blockierten, erreichten sie schließlich den Flughafen. Hier gelang es ihm, einen Flug nach Bangkok zu buchen. Das Flugticket war auf den Namen Mr. Karim Rashid ausgestellt.

Einige Wochen vergingen, bis er auf eine Annonce in der *Bangkok Post* in einem Hotel vorstellig wurde, das einen mehrsprachigen Rezeptionisten suchte. Nach einem kurzen Vorstellungsgespräch auf Englisch, wobei er aber seine Deutschkenntnisse verschwieg, wurde er sofort eingestellt. Es schien, als könnte er nun in Ruhe seine weitere Planung für die Zukunft machen.

7 Saranya

Der *Roundhouse High-Kick* stoppte mit größter Präzision vor der Schläfe ihres Trainingspartners. Ihr Gegner in einem Kampf wäre bei der Ausführung dieses Fußtritts bewusstlos zu Boden gegangen. Der Trainer tippte auf die Uhr. Die beiden Kämpfer verneigten sich zueinander mit einem *Wai*[1].

Saranya Napakorn setzte sich nach dem Muay- Thai-Training im Rajadamnen Boxing-Stadium sofort in ein Tuktuk. Aus guten Gründen verzichtete sie generell auf eine Dusche im Trainingscenter. Während der Fahrt genoss sie die leichte Brise, die den Schweiß etwas von ihrem Körper und ihren kurz geschnittenen Haaren vertrieb. Wehmütig erinnerte sie sich an ihre kräftige, lange, schwarze Mähne, die sie vor dem Eintritt in den Polizeidienst hatte opfern müssen. Die Zeit würde kommen, in der sie die Haare wieder lang tragen durfte.

In ihrer Wohnung in der Nähe des Polizeihauptquartiers in Pathum Wan entledigte sie sich ihrer Kleider und stellte sich unter die Dusche. Hier wurde sie regelmäßig von deprimierter Stimmung erfasst. Prüfend stellte sie sich nach dem Duschen nackt vor den Spiegel und betastete frustriert ihre kleinen

1 Übliche Höflichkeits- und Begrüßungsgeste in Thailand. Gefaltete Hände, begleitet mit leichter Kopfverbeugung. Dabei beginnt der Jüngere zuerst.

Brüste. Sie sollten nach wochenlanger Hormonbehandlung bereits größer sein und sie konnte es kaum erwarten, sie wachsen zu sehen. Mithilfe eines Handspiegels betrachtete sie ihren Rücken. Der Blick auf ihr *sak yant* – Tattoo‹, ein doppelter Tiger, gab ihr immer wieder die Kraft, ihr Stimmungstief zu überwinden.

Die Muay Thai-Meisterschaft, die sie bereits mehrfach im Team der Männer gewonnen hatte, würde sie dann nicht mehr wiederholen können. Sie klammerte sich an die Hoffnung, bald vom Team der Frauen aufgenommen werden. Ihr Entschluss stand fest: Sie würde den langen und physisch schmerzhaften Weg der endgültigen Verwandlung zu einer Frau beschreiten. Saranya war eine *Kathoey*, eine Transgender, denen auch in diesem Punkt vergleichsweisen liberalen Thailand immer noch nicht alle Türen offenstanden. Sie war nicht nur im Ring eine selten zu schlagende Kämpferin. Auch ihre berufliche Karriere bis zum Captain der Royal Thai Police (RTP) in der Crime Suppression Division (CSD) war ein Kampf. Sie hatte ihn nach einigen Umwegen mit unerschütterlichem Ehrgeiz verfolgt.

In ihrem Pass war, wie gesetzlich vorgegeben, das Geschlecht ihrer Geburt und ihr männlicher Vorname ›Saran‹ eingetragen. Die bürokratisch korrekte Anrede lautete Captain Saran. Sie würde sich noch in Geduld üben

müssen, bevor sie von den Kollegen und dem Team in der Sportarena endlich akzeptiert wurde. Als das, was sie schon unabhängig ihrer äußerlichen körperlichen Merkmale seit ihrer Kindheit wusste, was sie war: Eine Frau mit dem Namen Saranya.

Um auf der *Thai Police Cadet Akademie* angenommen zu werden, hatte sie zuvor, wie obligatorisch, die *Preparatory School of the Armed Forces Academies* durchlaufen. Beide Ausbildungen bestand sie mit Bravour und wurde als eine der wenigen *Kathoeys* in die exklusive Gesellschaft der Thai-Police aufgenommen, inklusive aller Privilegien wie erstklassiger Krankenversicherung. Durchaus hilfreich waren dabei ihre Muay Thai-Fähigkeiten, mit denen sie sich den Respekt ihrer Vorgesetzten verdiente, die sie förderten.

Saranya trug während des Kampfes das rote Stirnband als Zeichen ihrer Kampfstufe, den *Red Mongkhol*, der zehnte *Khan* von fünfzehn. In der nächsten Stufe, für die sie trainierte, würde sie die Berechtigung zum Trainee Instructor erhalten.

Muay Thai geht auf eine uralte Tradition der thailändischen Armee zurück. Sie hatte bereits im Alter von acht Jahren damit begonnen, denn ihr Vater, selbst Muay Thai-Lehrer, hatte ihr Talent erkannt. Er wusste, dass es ein Weg sein könnte, sie aus der Außenseiterrolle, die sich

schon frühzeitig abzeichnete, zu befreien. Als im Alter von fünfzehn Jahren ein Onkel, den ihre androgyne Physiognomie anzog, versuchte, sie zu vergewaltigen, zertrümmerte sie ihm mit einem Fußtritt eine Kniescheibe. Darauf übergaben ihre Eltern sie einem buddhistischen Kloster, dessen Ausbildung sie zu ihrer weiteren Karriere befähigte.

Der Abt des Klosters, mit Beziehungen zu einem Orden der Jesuiten, vermittelte ihr, als sie 18 Jahre alt war, ein Stipendium zum Studium der Religionswissenschaften im deutschen Bamberg. Mit einem Bachelor in der Tasche, aber mäßig religiösem Ehrgeiz, kehrte sie zurück.

Trotzdem war sie immer noch dem in Thailand dominierenden Theravada-Buddhismus verbunden und besuchte regelmäßig ein Wat. Zudem verehrte sie, wie fast alle Thailänder auch, König Bhumibol Adulyade, der als Rama IX der Chakri-Dynastie auf dem Thron saß.

Bald nahm sie das Muay Thai-Training wieder auf und begann ihre Ausbildung bei der thailändischen Polizei.

Inzwischen war Saranya (Saran) Leiter einer zehn-köpfigen Mannschaft, die sich in der Kommission ›SnowWhite‹ hauptsächlich mit Drogendelikten beschäftigte.

Seit einigen Jahren wurden immer wieder Personen als vermisst gemeldet, immer Singles,

aber jeden Alters und jeden Geschlechts, meist Touristen, aber nie Thailänder. Nachdem ein jüngerer Mann auf Ko Pangan vermisst wurde, hatte man die *Full-Moon-Parties* der größtenteils jungen Touristen im Blick. Diese Veranstaltungen, die inzwischen an sämtlichen Mondphasen stattfinden, arteten immer mehr in Exzesse mit reichlich Alkohol und, trotz der hohen Strafen, mit Drogen aus. Daraufhin ernannte man Captain Saran zum Leiter einer Sonderkommission mit dem Namen ›Moondance‹ und übergab ihr sämtliche Fälle. Als aber weitere Personen vermisst wurden, die sich nachweislich nicht dort aufgehalten hatten, waren die Ermittler wieder am Anfang. Die Ermittlungen waren auch deshalb schwierig, weil viele Anzeigen erst sehr spät eintrafen, manchmal erst nach Monaten.

Viele Fälle hatte man bereits als ungelöst zu den Akten gelegt. Fünf Leute ihrer Mannschaft arbeiteten nun unter ihrer Leitung für ›Moondance‹, die anderen fünf von ›SnowWhite‹ übernahm ihr Stellvertreter, wobei Saranya und ihr Stellvertreter sich gegenseitig vertraten.

8 Black Hong

Tareq hatte sich schnell eingearbeitet und wurde für den thailändischen Hotelmanager des ›Black Hong‹ bald zu einem wertvollen Mitarbeiter. Das Hotel hatte kein weiteres Personal, das es mit seinen Sprachkenntnissen aufnehmen konnte. Er zog es aber vor, seine Deutschkenntnisse zu verschweigen. Außer Persisch sprach er Arabisch und Englisch. Daher war auch die Erweiterung seiner Arbeitserlaubnis, die ihm der Hotelmanager besorgte, kein Problem. Seine Arbeitszeit war ein Wechseldienst von zwei Tagen Tagesdienst von 08 Uhr morgens bis 18 Uhr nachmittags. Es folgte ein freier Tag, danach Nachtdienst ab 18 Uhr bis zum nächsten Morgen um 08 Uhr. Mit der Zeit vertraute ihm der Manager auch die Aufsicht über das Reinigungspersonal und den Zimmerservice an, sehr attraktive Thailänderinnen in schwarzen, nach Maß geschneiderten Kostümen. Alle hatten die Anweisung, sich auf keinerlei persönlichen Kontakt mit den Gästen einzulassen, was auch den Gästen in der Buchungsbescheinigung mitgeteilt wurde. Mit einer dieser Frauen, Jantila, die auch die englische Sprache gut beherrschte, hatte sich Tareq gelegentlich verabredet und bald danach eine Beziehung begonnen.

An einem Abend, er hatte gerade seine Schicht begonnen, rief ein neu hinzu-

gekommener Gast den Service. Der Inder aus Delhi orderte eine Flasche Champagner auf das Zimmer.

Als der Gast aber ausdrücklich Jantila als Bedienung verlangte, die in einem Hotelprospekt abgebildet war, kam ihm das merkwürdig vor. Bevor er Jantila auf das Zimmer schickte, vergewisserte er sich, dass sie ihr Warngerät eingeschaltet hatte, mit dem die Hoteldirektion ihr Servicepersonal obligatorisch ausstattete. Mit dem Servicewagen vor dem Gästezimmer des Inders angekommen betätigte Jantila die Türklingel. Nur mit einem halb geöffneten Bademantel bekleidet, öffnete der Mann und lud sie mit einem breiten Grinsen ein einzutreten. Es blieb ihr kaum Zeit zu reagieren. Der Gast packte sie brutal am Handgelenk und riss sie mitsamt dem Servicewagen in das Zimmer und warf sie auf das Bett, auf dem er die Summe von 4000 Thai-Bath ausgelegt hatte.

»Das sollte reichen für eine Massage mit erweitertem Service«, sagte er.

Jantila betätigte das Warngerät und verschaffte sich durch heftige Gegenwehr etwas Zeit, bis Tareq in das Zimmer stürmte und den Mann mit einem Faustschlag außer Gefecht setzte. Die bereits benachrichtigte Polizei führte den Inder kurze Zeit später ab.

Das Geschehen im ›Black Hong‹ rief auch bei den Medien Interesse hervor. Ein Journalist der

Bangkok Post verfasste einen Artikel mit der Titelzeile:

> Farang[1] rettet thailändische Hotelangestellte vor Vergewaltigung.

Der Manager des Hotels war sehr erfreut über den positiven Artikel zu seinem Hotel. Tareq war weniger begeistert. Sein Foto prangte unter dem Titel und wurde später noch von weiteren Zeitungen abgedruckt.

[1] Farang: Thailändische Bezeichnung für Ausländer

9 Nian Soun

Nian Soun gehörte nicht mehr zur Generation der Kambodschaner, die in Frankreich studiert hatten, wie die ehemalige Führungsclique der Roten Khmer. Den Gebräuchen der einstigen Kolonialherren konnte er aber doch einiges abgewinnen. Seine Haushälterin hatte, wie jeden Tag, das Frühstück auf der Terrasse des Hauses in Pailin aufgetragen. Ganz nach französischer Lebensart gehörten dazu Baguette und *Café au Lait.* Im Unterschied zu den übrigen Tagen, an denen sie sich um den Haushalt kümmerte, verließ die Frau am Samstag das Anwesen nach dem Frühstück. Kurz danach lieferte ihm sein Fahrer neben der *Bangkok Post* zwei junge Frauen, die ihm in einschlägiger Dienstleistung zur Verfügung standen. Eine im landesüblichen Maßstab großzügige Entlohnung sorgte dafür, dass sie auch wieder kamen.

Das taten sie weniger, weil sie ihren Dienst gerne verrichteten, eher weil sie von ihrer Verwandtschaft, mit den Eltern an der Spitze, dazu genötigt wurden. Es gehört zur obersten Pflicht asiatischer Kinder, für die Eltern zu sorgen, eine in vieler Hinsicht desaströse Sitte. Steht anfangs noch der lebensnotwendige Unterhalt im Vordergrund, kommt nach und nach die Gier nach Konsumgütern hinzu, ein

kaum zu lösender Konflikt, der Generationen überdauert.

Zufrieden griff er zu einer Havanna-Zigarre und legte eine Schellackplatte mit einer Oper auf ein altertümliches Grammophon, dem er gegenüber modernen Geräten den Vorzug gab.

Die leicht kratzenden Töne, die der Trichter in die dichtgewachsenen Banyan-Bäume der Umgebung entließ, waren noch jenseits der Grundstücksgrenzen hörbar. Bauern auf den umgebenden Reisfeldern verharrten dann kurz, sahen sich an, zuckten mit den Achseln und wandten sich wieder ihrer Beschäftigung zu.

In diesen Momenten träumte er, wie so oft, vom Bau eines Opernhauses, für das er bereits Pläne hatte ausarbeiten lassen. Ein Opernhaus im Dschungel, das ihn als Förderer der Kultur im Land, in die Geschichte eingehen lassen würde.

Nian Soun schüttelte seine Träume ab. Abermals ließ er sich mit einer Tasse Kaffee auf der Terrasse nieder und griff zur Zeitung. Ein Foto auf der Titelseite und der dazu gehörige Bericht beendete seinen entspannt begonnenen Tag schlagartig. Er sprang auf. Stehend scrollte er auf seinem Smartphone zu einer eingespeicherten Nummer und drückte die Ruftaste.

10 Chan

Die Niederlassung der Firma APSARA Ltd. mit seiner Wohnung in der Soi Damrong Phipat, östlich des Klong Toei-Marktes, in der Nähe des Schlachthofes, hatte Chan mit Bedacht gewählt. Diese Gegend wurde von bürgerlichen Thais und auch von der thailändischen Polizei gemieden. Der Markt mit dem angrenzenden Slum hatte sich weitgehend der städtischen Kontrolle entzogen. Neben Drogenhandel gab es ein breites Spektrum krimineller Aktivitäten, die von hier ausgingen. Manch einer der hier Tätigen kannte in seinem Leben nur zwei Aufenthaltsorte, den Markt und das berüchtigte Zentralgefängnis Bangkwang, auch sarkastisch *Bangkok Hilton* genannt.

Wer in Bankwang eingewiesen wird, ist in der Gesellschaft lebenslang oder langjährig verurteilter Diebe, Mörder, Vergewaltiger, Drogendealer und Drogenkuriere. Die Lebensverhältnisse im *Bangkok Hilton* machen es unter dem Porträt des Königs zu einer der härtesten Zuchtanstalten weltweit. Insassen, die von außen mit Geld versorgt werden, können sich aber Privilegien erkaufen. Dazu gehören Drogen, Dienste ärmerer Insassen zum Einkauf, Kochen oder auch sexuelle Dienstleistungen und eine Einzelzelle. Wer, wie zum Beispiel die zahlreichen Afrikaner, weder konsularische oder sonstige Unterstützung hat,

ist verloren und vergessen. Auch auf den Geburtstag des Königs können die wegen Drogendelikten Inhaftierten nicht hoffen. Sie sind, anders als Mörder, Räuber und Vergewaltiger, von der jährlichen Amnestie anlässlich des Geburtstages des Königs ausgeschlossen.

Viele, die auf dem Klong Toei-Markt ihrer Arbeit nachgehen, sind Ausländer aus den benachbarten asiatischen Staaten und wohnen auch hier. Sie schlagen sich mit Jobs durchs Leben, die für die meisten Thailänder nicht tragbar sind. Buddhisten ist das Töten von Tieren untersagt, für Fleisch als Nahrung gibt es dagegen kein Verbot. Daher sind auf den Schlachthöfen in Bangkok viele religiös abstinente Vietnamesen tätig.

Mit dem Vornamen Chan hätte er auch thailändischer Abstammung sein können. Sein Familienname Khiĕv (Quiao) deutete aber, wie oft in ganz Asien, auf eine chinesische Herkunft hin. Obwohl er die thailändische als auch die chinesische Sprache gut beherrschte, war er durch seinen Dialekt für viele Asiaten als Kambodschaner zu erkennen.

Der drahtige Mann mit dem freundlichen Gesicht hatte eine erstaunliche Karriere hinter sich. Als Zehnjähriger überzeugte ihn Kommandant Nian, selbst erst achtzehn Jahre

alt, der Kommunistischen Partei Kampucheas, ›Angkar‹, beizutreten – von nun an seine neue Familie. Qualifiziert für die Aufnahme in die erlauchte Gesellschaft der Massenmörder hatte er sich durch die Auslieferung seines Vaters. Als Lehrer wurde er, wie alle Gebildeten daraufhin im Foltergefängnis ›Tuol Sleng‹ zu Tode geschunden. Seine Mutter verfrachtete man zur Arbeit aufs Land. Er hatte nie wieder von ihr gehört.

Nach dem Willen von Bruder Nummer 1, Pol Pot, sollte das Land von allen Gebildeten gesäubert werden, um ein neues, durch Bildung unverdorbenes Land zu schaffen. Chan gehörte zu den aktivsten Anhängern ›Angkars‹. Unzählige Opfer, darunter viele Mönche, gingen auf Befehl seines Mentors auf sein Konto.

Chan war nicht mehr ganz davon überzeugt, dass ›Angkar‹ der richtige Weg in eine neue Gesellschaft war. Trotzdem hielt er seinem in Pailin residierenden Kommandanten Nian Soun die Treue eines Paladins. Dieser hatte ihm versichert, dass es notwendig war, mithilfe verschiedener Geschäfte ›Angkar‹ das Überleben zu sichern, um Kambodscha später wieder aufzubauen. Chan hatte sich in der Vergangenheit oft als nützlicher Helfer erwiesen und war es immer noch. Seine Tätigkeit als CEO der Firma APSARA Ltd. bestand hauptsächlich darin, einige

Spezialaufträge zu überwachen, die nicht zum Standardportfolio der Firma gehörten.

Um die Firma APSARA Ltd. in der Thai-Gesellschaft in ein gutes Licht zu rücken, gründete er eine Gruppe von *Seelensammlern*, wie die private Rettungsambulanz in Thailand genannt wird. Nicht unbeabsichtigt, eigneten sich die Fahrzeuge der *Seelensammler* auch für andere Einsätze. Für die Leitung hatte man einen in Thailand lebenden ehemaligen britischen Söldner der französischen *Légion Étrangère* angeworben. Intern nannte man ihn *Provider*. Seine Aufgabe bestand unter anderem darin, Transporte in einen geheimen Standort des Unternehmens zu organisieren und den Ablauf zu überwachen. Dieser Standort war der verlassene Unique Tower im Stadtteil Sathorn.

Die Bauruine des Sathorn Unique Tower gehört heute weithin sichtbar zur Skyline am Chao Praya. Die 49 Stockwerke mit insgesamt 185 Meter hatten nie einen Mieter oder Gast empfangen. Dagegen posteten viele ungebetene Gäste Bilder von dem großartigen Ausblick vom Dach und leeren Räumen mit den Graffitis. Sie erreichen zahlreiche Klicks im Internet.

Gruselige Legenden der abergläubischen Thai-Bevölkerung machten den zum Teil rußgeschwärzten Wohnsilo zum *Ghost Tower*.

Gläubige Buddhisten verwiesen auf den Schatten, den das Gebäude auf das benachbarte Wat warf. Die Anzahl der unerwünschten Besucher war immer weiter angestiegen. Sie hatten sich mit kleinen Geschenken bei der Wachmannschaft Zugang erkauft. Ein spektakulärer Standort für Selbstmörder. So hatte sich ein Schwede Zutritt verschafft und sich erhängt. Danach wurde das Gelände mit hohen Zäunen abgesperrt.

Chan hatte sich detaillierte Gedanken über die Einrichtung gemacht, die für seine Zwecke geeignet waren. Bei der Erkundung eines geeigneten Ortes fiel ihm auf, dass im Untergeschoss der stadtbekannten Bauruine ein besonderes Klima herrschte. Mehrere tote Ratten lagen in mumifiziertem Zustand in den Räumen. Die Bestechung der Wachmannschaft erwies sich als das kleinste Problem. Sie richteten ihm einen verborgenen Zugang ein und standen fortan auf seiner Gehaltsliste. Die zweistöckige Häuserzeile, die das Grundstück von der Charoen Krung trennte, hatte er komplett angemietet.

Die Räume befanden sich im Untergeschoss des riesigen Gebäudes. Es gab weder Strom noch Wasser. Chan hatte keine Mühe und Kosten gescheut, das Gebäude herzurichten. Einige Öffnungen nach draußen hatte man sorgsam verhängt, um zu verhindern, dass Licht

nach außen drang. Wasser wurde durch einen Regenwasser-Auffangbehälter in einem der oberen Stockwerke nach unten geleitet, Strom wurde über verdeckte Solarzellen hinter den Balkonbrüstungen erzeugt.

Leider hatte sich einer seiner Mitarbeiter schon vor geraumer Zeit abgesetzt. Den Verschwundenen suchte man, denn die Organisation zu verlassen, war eine nicht vorgesehene Option. Ein anderer, als *The Professor* bekannt, war mittlerweile Insasse von Bangkwang. Für sein Schweigen ermöglichte man ihm einen relativ komfortablen Aufenthalt im *Bangkok Hilton.* Für ihn suchte man nach Ersatz. Er hatte nach seiner Verhaftung eine Menge unerledigter Arbeit hinterlassen. Die Geschäfte liefen seither nicht sehr gut. Bisher war es Chan noch nicht gelungen, die Probleme zu lösen.

Der Anruf, den Chan entgegennahm, barg eine Überraschung.

»Besorge dir die *Bangkok Post* von heute. Der Mann auf dem Titelfoto, du kennst ihn. Er ist so dreist, unter seinem richtigen Namen einen neuen Job anzunehmen. Sieh zu, dass er uns nicht entwischt. Sei höflich, aber lass' ihm keine Gelegenheit, eine Einladung zu einem Gespräch abzulehnen. Ich würde ihn gerne wieder zu einer Mitarbeit überreden.«

Chan hatte verstanden. Er war nur verärgert, dass sein Kommandant voraussetzte, dass er keine Zeitung las, obwohl er damit richtig lag. Er nahm sich vor, das zu ändern. In einem ›7up‹ kaufte er sich die *Bangkok Post* und setzte sich in sein bevorzugtes Café Amazon in der nahe gelegenen Mall ›The Parq‹.

Der Titel war einem Mann gewidmet, dessen Foto er genau studierte. Kein Zweifel, es war ihr Mann. Als Staatsangehörigkeit hatte der Autor des Artikels ›Libanon‹ angegeben und den Namen mit den Initialen K.R. abgekürzt. Chan führte zwei kurze Telefonate, steckte die Zeitung ein und verließ das Café. Er wusste nun, was zu tun war.

11 Jantila

Saranya war erst seit zwei Stunden im Büro, als ihr eine Vermisstenanzeige von der Samranrat Police Station weitergeleitet wurde. Eine Hotelangestellte meldete, dass der Rezeptionist ihres Hotels, ein *Farang*, verschwunden war.

Die Anzeige der jungen Frau konnte auf einen weiteren Fall für ›Moondance‹ hinweisen und die Spur war frisch. Saranya wählte die Telefonnummer der genannten Zeugin und gab sich als Captain Saran, Bangkok Crime Suppression, zu erkennen.

»Gibt es weitere Hinweise, die zweckdienlich sind, das Verschwinden aufzuklären?«

Die hörbar junge Frau, deren Name mit Jantila angegeben worden war, wirkte etwas eingeschüchtert und antwortete mit belegter Stimme. »Er wollte sich gestern Abend, nachdem er seine Schicht beendet hatte, mit mir treffen. Heute sollte er zur Nachtschicht antreten, aber er ist nicht gekommen und auch nicht zu erreichen. Ich habe bereits den Hotelmanager, der auf Reisen ist, benachrichtigt. Er bat mich, Anzeige zu erstatten.«

»*Khun*[1] Jantila, warum glauben Sie, dass *Khun*… wie hieß er noch?«

[1] *Khun* ist eine höfliche Anrede in Thailand und ist geschlechtsneutral, vergleichbar mit ›Herr‹ oder ›Frau‹. *Khun* wird vor den Vornamen gesetzt, der in Thailand eine größere Bedeutung hat als der Familienname.

»Sein Name ist Karim Rashid, Captain. Er ist ein *Farang* aus dem Libanon«, fügte sie ungefragt hinzu.

»Also, warum glauben Sie, dass etwas nicht stimmt?«

»Nachdem er am Abend nicht zu unserer Verabredung erschienen ist, habe ich die ganze Nacht versucht, ihn anzurufen – ohne Erfolg. Glauben Sie mir, das ist nicht seine Art.«

Saranya entglitt ein Seufzer.

Eines der alltäglichen Männerprobleme, die ich nicht habe.

»Aber das ist doch noch kein Grund, eine Anzeige zu erstatten, wenn jemand nicht zur Arbeit kommt. *Khun* Jantila, wissen Sie, wie viele Männer in Bangkok jeden Tag verschwinden? Die meisten tauchen bald wieder auf. Wahrscheinlich hatte er sich mit ein paar Kumpels verabredet, um sich in irgendeinem Massage-Parlour zu amüsieren. Nun liegt er, noch vom Alkohol und den Mädchen völlig fertig, in irgendeinem Bett bei Freunden, um seinen Rausch auszuschlafen.«

»Bitte, Captain, er ist nicht so, das würde er nicht tun. Karim Rashid ist der Mann, der mich vor einer Vergewaltigung geschützt hat. Haben Sie nicht davon gehört?«

Wie kommt es nur, dass alle Frauen denken, ihre Männer machen so etwas nicht.

Saranya erinnerte sich an den Artikel über den *Farang* in der *Bangkok Post.*

»Ich habe davon gehört. Sind Sie seine Freundin?«

Einen Moment war die junge Frau stumm. »Ja, Captain, das weiß der Hotelmanager aber nicht. Er sieht es nicht gerne, wenn das Personal persönliche Beziehungen unterhält.«

»Keine Sorge, wenn das für diese Sache nicht relevant ist, interessiert mich das nicht. Ich schlage vor, Sie schlafen noch eine Nacht darüber. Wenn er morgen noch nicht aufgetaucht ist, rufen Sie mich an.«

Mit wenig Überzeugung in der Stimme willigte Jantila ein.

Nach kurzer Überlegung verschaffte sich Saranya Zutritt zu der behördeninternen Datenbank. Sie tippte den Namen ›Karim Rashid‹ ein, um nachzusehen, ob gegen den Mann etwas vorlag. Sie hatte das Gefühl, den Namen schon einmal gehört zu haben, und tatsächlich gab es einen Hinweis in der Akte ›Moondance‹. Aktuell lag nichts gegen ihn vor. Man hatte ihn verhört, weil man ihm eine Nähe zu einer der verschwundenen Personen zugewiesen hatte, ohne den Verdacht weiter zu verfolgen.

Die Beobachtung der Person wurde bereits vor der Übergabe von ›Moondance‹ an sie auf Anordnung ihres Vorgesetzten, des Generals Supattra, eingestellt. Bei nur geringen Verdachtsmomenten wäre das nicht so außergewöhnlich, nur die Tatsache, dass sich

der General persönlich einschaltete, war es und machte sie stutzig. Nach einer Anfrage bei der Immigration stellte Saranya fest, dass Karim Rashid ursprünglich eine Arbeitserlaubnis bei der kambodschanischen Firma APSARA Ltd. hatte. Die Firma war vorwiegend im Textilhandel und in der Produktion von Zucker tätig.

Seit Thailand den Mindestlohn auf 300 Thai-Bath angehoben hatte, produzieren viele Firmen in Kambodscha, wo der Mindestlohn um das Zehnfache niedriger liegt und selbst chinesische Firmen unterboten werden. In Thailand und in vielen anderen Ländern wird die Ware von namhaften Marken mit großem Gewinn verkauft.

Diese Arbeitserlaubnis war nun abgelaufen und wurde durch seinen neuen Job als Rezeptionist ersetzt. Alles schien bürokratisch seine Ordnung zu haben. Trotzdem konnte sie sich gedanklich noch nicht von der Person lösen.
Irgendetwas an diesem Rashid gefällt mir nicht und dass sich Supattra persönlich eingeschaltet hatte, schon gar nicht.

12 Ein freundliches Angebot

»Ich kannte Karim Rashid sehr gut. Die Ähnlichkeit ist frappierend, aber Sie sind nicht Rashid. Sie können mich nicht täuschen. Unterhalten wir uns doch etwas. Ich hoffe, wir können das in zivilisierter Art tun, daher haben wir darauf verzichtet, Sie zu fesseln. Ihr Mobiltelefon haben wir vorerst an uns genommen. Sie bekommen es zurück. Wer sind Sie also?«

Tareq war zunächst sicher, dass er nun den Agenten des Iran ins Netz gegangen war. Es war eine überfallartige Entführung. Zwei Männer hatten ihm einen Einkaufsbeutel aus Baumwolle über den Kopf gestülpt. Nach einer dreißig-minütigen Fahrt wurde er in ein Zimmer im Tiefgeschoss eines Hauses gebracht. Danach hatte er trotz der Vermummung seiner Entführer gleich erkannt, dass die beiden Männer Asiaten waren. Etwas beruhigt, aber doch angespannt wegen der Ungewissheit seiner Lage, wartete er ab, welchen Plan die beiden verfolgten.

Ohne dass man ihn aufklärte, reichten ihm seine Entführer eine Pizza und eine Flasche Wasser. Danach verbrachte er eine Nacht in dem fensterlosen, aber relativ komfortablen Zimmer mit Toilette und Aircondition. Am nächsten Morgen holte ihn einer der Männer ab und führte ihn in einen anderen Raum, wo der zweite Mann und ein weiterer auf ihn warteten.

»Ich bitte um Entschuldigung, aber ich wohne nicht in Bangkok und benötigte etwas Zeit, hierher zu kommen.«

Der Unbekannte saß vor ihm auf einem Stuhl wie er selbst. Der Kopf des fast zierlichen, aber sehnigen älteren Mannes war mit einer schwarzen Kopfmaske aus Stoff bedeckt, die nur auf der Höhe der Augen und des Mundes ausgeschnitten war. Auch dieser Mann war leicht als Asiate erkenntlich, worauf seine Augen und auch sein Akzent, wenn er englisch sprach, hinwiesen.

Neben dem Mann und hinter ihm selbst standen seine beiden Entführer, ebenfalls immer noch maskiert. Tareq hatte nach der Veröffentlichung seines Bildes befürchtet, dass er Probleme bekommen könnte. Eine Entführung seitens der Iraner hätte er vermutlich nicht überlebt. Seine Entführer waren zweifellos Asiaten. Sie hatten nicht nur seine falsche Identität aufgedeckt, sie kannten auch den Mann, hinter dessen Identität er sich nun schon einige Zeit verbarg. Sein Gehirn arbeitete fieberhaft.

Wie nennen die Deutschen das? Vom Regen in die Traufe.

Es machte vermutlich wenig Sinn zu leugnen. Tareq entschloss sich, die Wahrheit zu sagen. Diese Männer waren weder iranische Agenten, noch waren sie Polizisten.

»Mein Name ist Tareq Avani. Ich bin ursprünglich Iraner, hatte aber einen deutschen Pass.«

Er hielt es nicht für notwendig zu erwähnen, dass er auch in Deutschland nicht mit seinem richtigen Namen registriert war. Es gab auch keinen Grund, die Flucht aus dem Iran zu erwähnen. Geduldig hörte sich der kleine Asiate seine Geschichte an.

»Sie entziehen sich also den deutschen Behörden, weil Sie einen Iraner erschossen haben. In Khao Lak trafen Sie Karim Rashid, der beim Tsunami getötet wurde, und nahmen dessen Identität an, ist das richtig?«

Tareq nickte.

Der Mann wechselte ein paar Worte mit dem Mann, der neben ihm stand. Tareq stellte fest, dass sie nicht thailändisch sprachen, konnte aber nicht erkennen, was es war.

»Interessante Geschichte, aber sie scheint wahr zu sein. Es ist richtig, dass Rashid sich in unserem Auftrag in Kao Lack aufhielt. Er ist nach dem Tsunami verschwunden und wie es scheint, hat es ihn tatsächlich erwischt. Sehr bedauerlich. Er war uns sehr nützlich.«

Tareq hätte gerne gewusst, welcher Art von Nutzen Rashid für die Männer hatte, hielt sich aber zurück. Es schien so, als hätten seine Entführer einen Plan.

Der kleine Asiate richtete seinen Blick nicht unfreundlich auf Tareq. »*Khun* Karim, bleiben

wir einfach bei diesem Namen, welche Art von Beruf haben Sie vor Ihrer Flucht ausgeübt?«

»Ich war Grafiker und habe mich mit Kunstdruck beschäftigt.«

Während der Mann hinter Tareq die ganze Zeit stumm verharrt hatte, zeigten sich die beiden Männer gegenüber überrascht. Sichtlich aufgeregt, tauschten sie in ihrer Sprache einige Sätze. Tareq hörte, wie er seinen Gesprächspartner ›Chan‹ nannte und das Wort ›Professor‹ fiel. Der Gesprächsführer wandte sich wieder an Tareq.

»Haben Sie nie daran gedacht, in Ihrem alten Beruf wieder tätig zu werden?«

Einen Moment blickte er prüfend in Tareqs Gesicht. Ohne eine Antwort abzuwarten, fuhr er fort.

»Meine Organisation hätte Verwendung für Ihre Kenntnisse. Wir benötigen gelegentlich einen Experten, der sich in der – sagen wir, in einer kleinen Änderung von Pässen auskennt.«

»Ich soll für Sie Pässe fälschen«, stellte Tareq trocken fest.

»Genau genommen geht es meistens nur darum, die Fotos und die Schrift zu manipulieren oder auszutauschen. Was denken Sie?«

»Sie denken an die Nutzung von Milchsäure? Ich weiß, die Schrift kann man mit Milchsäure entfernen. Das erfand bereits der Jude Kaminsky im Auftrag der Résistance in Paris und rettete Hunderte Leben vor den Nazis. Auf

solche Fälschungen sind die Zollbehörden heute eingestellt. Einer Prüfsoftware entgeht das nicht. Die Pässe werden auf Fotogravur und Wasserzeichen sowie mit UV-Licht geprüft. Gefälschte Pässe der begehrten Länder gehen heute kaum noch durch die Kontrollen, ohne dass die Prüfsoftware eine Warnung ausgibt.«

Der Mund hinter dem Schlitz in der Maske verzog sich zu einem Lächeln. »Ich stelle fest, Sie kennen sich aus. Dieses Problem haben wir erkannt und weitgehend gelöst. Es geht uns gerade um die Pässe mit dem Spitzenranking, wie die der Skandinavier, Niederlande, Schweiz, Deutschland, Österreich und Japan.«

»Warum, die Pässe vieler anderer Länder sind doch einfacher zu fälschen?«

»Ja, aber sie werden genauer und im Zweifel auch manuell geprüft. Bei den begehrten Pässen geschieht das eher routinemäßig mittels Software, besonders bei großem Passagieraufkommen. Deutsche Pässe, zum Beispiel, sind sehr gefragt. Dort ist die Kontrolle wegen der geringen Digitalisierung im Land wenig effektiv. Hat man erst die Eintrittskarte, bleibt man weitgehend unbehelligt und profitiert von allen möglichen Segnungen eines Sozialstaates. Aber das wissen Sie ja. Wie stehen Sie zu dem Angebot? Wir bezahlen Sie sehr großzügig.«

»Habe ich eine Wahl?«

»Man hat immer eine Wahl, aber natürlich hat jede Wahl auch seine Konsequenzen.«

»Und welche Konsequenz wäre das im Falle meiner Ablehnung?«

»Ganz davon abgesehen, wie die Thai-Behörden reagieren würden, die iranische Botschaft wäre sicher auch interessiert an einem Hinweis über den Aufenthalt des lange gesuchten Tareq Avani.«

»Also Erpressung.«

»Aber lieber *Khun* Karim, Erpressung ist kein schönes Wort. Wir helfen nur etwas nach, Ihnen zu einem auskömmlichen Dasein zu verhelfen.« Während er das sagte, war er aufgestanden.

»Kommen Sie, ich zeige Ihnen etwas.«

Gemeinsam gingen sie zu einem Aufzug und der Stumme drückte eine Taste, die wie die anderen nicht nummeriert war. In einem der oberen Stockwerke gelangten sie in einen Flur, von dem sie in einen großen fensterlosen, aber klimatisierten Raum traten. Der Mann mit dem Namen Chan betätigte einen Lichtschalter. Erstaunt betrachtete Tareq die Inneneinrichtung. Es war ein komplettes Labor für Fototechnik und Druck einschließlich dreier Computer mit Bildschirmen für Desktop-Publishing.

Der Kleine deutete auf eine Tür. »Dahinter ist eine Dunkelkammer. Falls es nötig sein sollte, können Sie auch noch analoge Filmtechnik nutzen. Es ist alles da, einschließlich installierter

Software, und falls etwas fehlen sollte, vertrauen Sie auf meinen Assistenten, wobei er auf Chan deutete. Ihr Vorgänger, der diese Werkstatt nach seinen Bedürfnissen eingerichtet hat, war ein wirklicher Experte.«

Tareq musterte erstaunt die Einrichtung.

»Er war übrigens auch Iraner wie Sie. Leider wurde er geschnappt, da er den Fehler begangen hatte, gefälschte Pässe bei sich zu Hause aufzubewahren. Es ist ihm gelungen, uns da herauszuhalten. Damals hat er sich hauptsächlich auf Pässe aus Asien und Afghanistan spezialisiert. Die Profite waren eher gering.«

»Und nun bearbeiten Sie auch andere Pässe?«

»Ja, wir haben einiges an Kosten und Arbeit investiert, um auch mit Pässen westlicher Staaten zu handeln. Dafür können wir enorme Summen abschöpfen. Wir haben es geschafft, uns einen Zugang zur Prüfsoftware der wichtigsten internationalen Flughäfen einzurichten. Egal, was gescannt wird, das Prüfergebnis ist immer grün. Sehen Sie sich um. Ich glaube nicht, dass etwas fehlt. Es wäre übrigens wünschenswert, wenn Sie Ihren derzeitigen Job weiter ausüben. Ihre Tätigkeit für uns geschieht nur temporär und auf Abruf.«

»Vielleicht sollte ich mich bald bei meinem Arbeitgeber melden. Ich bin nicht sicher, ob ich meinen Job noch habe.«

»Ich verstehe das als Zustimmung.« Der Mann mit der Maske überreichte ihm das entwendete Smartphone. »Chan wird sich bei Ihnen melden.«

Chan nahm seine Maske ab. »Willkommen in der Firma, *Khun* Karim. Ich fahre Sie nun zu Ihrem Hotel.«

13 Doppelleben

Der Hotelmanager war wider Erwarten milde gestimmt, als ihm Tareq die Geschichte eines schlechten Scherzes von Freunden auftischte, und bat ihn, seinen Schichtdienst wieder aufzunehmen. Jantila dagegen war nicht ganz überzeugt, bedrängte ihn aber nicht weiter, sich darüber zu äußern. Erneut rief sie die Crime Suppression an, deren Direktwahlnummer sie sich nach dem letzten Gespräch notiert hatte.

Saranya war sofort am Apparat. »Jantila vom ›Black Hong‹. Captain, sie hatten recht, *Khun* Karim ist wieder zurück.«

»Das freut mich, hat er denn gesagt, wo er war?«

»Ja, ein paar alte Freunde haben ihn zu einem Abend entführt und es ist wohl eine Menge Alkohol geflossen.«

»Das kommt vor, Männer scheinen so etwas gelegentlich zu brauchen. Dann ist ja alles in Ordnung.«

»Ja…«

Als Thailänderin hatte Jantila wohl bemerkt, dass Captain Saran eine *Kathoey* war, erinnerte sich aber daran, dass sie sich mit ihrem männlichen Vornamen vorgestellt hatte.

»… Sir, danke.«

Für Tareq begann ein Doppelleben, das durch die anspruchsvolle und einträgliche, zunehmend aber intensivere Nebentätigkeit

bestimmt wurde. Sein Vorgänger hatte ihm einen Stapel unbearbeiteter Dokumente hinterlassen. Nur die immer enger werdende Beziehung zu Jantila erwies sich als Problem, da er sich nun oft für Stunden entfernte, ohne ihr zu sagen, wo er sich aufhielt. Das nahe Liegende für Frauen ist anzunehmen, dass er sich eine *Mia Noi*[1] hielt, was er vehement bestritt.

Seit einiger Zeit wohnte Jantila in seinem Apartment, entschloss sich aber, ihr eigenes vorläufig zu behalten. Als Tareq wieder einmal spät nach Hause kam, stellte sie ihn zur Rede. Daraufhin vertraute er ihr an, dass er einer zweiten Beschäftigung nachgehe, die aber nicht offiziell bei den Behörden angemeldet sei, und er somit verdeckt arbeite. Das schien ihr glaubwürdig, da sie auch registriert hatte, dass er über deutlich mehr Geld verfügte.

Es verging ein Jahr und die Arbeit in seinem Labor machte ihm zunehmend Spaß, kam sie doch seiner eigentlichen Berufung nahe. Er arbeitete vornehmlich am Computer mit einer Fotosoftware, aber auch mit einer Morphing-Software, mit deren Hilfe man Fotos manipulieren oder auch die Fotos zweier Personen fusionieren kann. Gelingt es damit,

[1] Mia Noi: Zweitfrau, in finanziell besser gestellten Kreisen der thailändischen Gesellschaft nicht unüblich. Von den Frauen nicht unbedingt akzeptiert, oft aber bei Gesichtswahrung und wirtschaftlicher Absicherung toleriert.

bei einer Behörde einen Passantrag zu stellen, können auch zwei Personen den Pass nutzen. Dazu werden auch Geburtsurkunden benötigt, deren Herstellung nicht schwierig ist. Neben ganz klar definierten Auftragsarbeiten wurden vorhandene Pässe mit neuen Fotos ausgestattet und im Darknet für bis zu zwanzigtausend US-Dollar verkauft.

14 Unerwarteter Besuch

Tareqs Leben verlief trotz seiner illegalen Tätigkeit in ruhigen Bahnen. Mit der Zeit festigte sich in ihm die Ansicht, dass weder die Thai-Behörden, noch die Iraner Interesse an ihm hatten. Seit Aufnahme seiner Tätigkeit und der Veröffentlichung seines Fotos in der Presse wurde er von keiner Seite behelligt und hatte auch nicht das Gefühl, beschattet zu werden.

Ein verhängnisvoller Irrtum.

Als er einmal, wie so oft, nach Einbruch der Dunkelheit mit dem Taxi vor dem Bürogebäude ausstieg, standen plötzlich zwei schwarzhaarige, bärtige Männer vor ihm. Einer richtete eine Waffe auf ihn und forderte ihn auf Persisch auf, mit in ein Fahrzeug zu steigen.

Tareq wusste sofort, dass nun seine Befürchtung wahr geworden war. Während er noch überlegte, was er tun konnte, ertönten ein paar dumpfe knallende Geräusche. Er hatte sich gerade entschlossen, der Aufforderung Folge zu leisten, als die beiden Iraner, ohne Laute von sich zu geben, in sich zusammensackten. Sie rührten sich nicht mehr. Tareq sah noch, wie im Nacken des einen und im Rücken des anderen Blut austrat.

Chan trat aus der Dunkelheit. Er hatte eine Waffe mit aufgesetztem Schalldämpfer in der Hand. Kurz gab er einige Befehle an zwei Mitarbeiter, von denen einer ebenfalls eine Waffe trug. Ein Weiterer fuhr mit einem merkwürdi-

gen Fahrzeug vor, das ein Blaulicht auf dem Dach befestigt hatte. Zwei von Chans Mitarbeitern durchsuchten die Getöteten und überreichten Chan etwas. Danach luden sie die Toten in den Wagen und fuhren davon.

»Jetzt ist Ihr Problem vorläufig gelöst. Ihre Verfolger werden sich jetzt zunächst einmal Gedanken machen, wo ihre Mitarbeiter geblieben sind und, sie vergeblich suchen. Keine Sorge, wir sind auf der Hut. Wir haben sie schon eine ganze Weile auf dem Schirm. Hier, nehmen Sie die Pässe zu unserer Sammlung. Vielleicht werden auch iranische Papiere einmal gebraucht.«

»Was…«

Chan deutete auf die Tür zum Haus und unterbrach ihn. »Gehen Sie nun Ihrer Arbeit nach.«

15 Die Datei

Nach seiner Rettung vor den Iranern war Tareq froh, den Mullahs entgangen zu sein, aber auch geschockt über die brutale Klärung des Problems durch seinen Arbeitgeber. Er war nicht besonders ängstlich, aber er spürte, dass er noch weit davon entfernt war, ein friedliches Dasein ohne Gefahr von einer Seite führen zu können.

Unkonzentriert versuchte er einmal, bei der Arbeit mit seinem Computer, eine Datei versehentlich in einem Ordner zu sichern, den er bisher nicht beachtet hatte, und fand eine Excel-Tabelle vor.

Der Inhalt war verstörend. Sein Vorgänger hatte, anscheinend ohne Wissen seiner Auftraggeber, eine durch Fotos ergänzte Datenbank angelegt, deren grauenvoller Inhalt über sein Vorstellungsvermögen ging.

Eine weitere Entdeckung war ebenfalls von höchster Brisanz. Eine Liste mit Telefonnummern und den Anschlussinhabern, die ihm unbekannt waren. Er war sicher, dass er im Besitz von gefährlichem Wissen war. Nach kurzer Überlegung richtete er sich eine Cloud ein, die sein Internetprovider kostenlos anbot, und übertrug den Inhalt der Datenbank. Danach löschte er alles auf seinem Computer. Tareq begann abermals, über sein Verschwinden nachzudenken.

16 Suvarnabhumi

Die lähmende Mittagshitze hielt sich wie unter einer Glocke nahezu bewegungslos über der thailändischen Hauptstadt Bangkok oder Krung Thep, wie sie von den Thais genannt wird. Lediglich am Fluss der Könige, dem Chao Praya, linderte eine leichte Brise aus dem Golf von Siam die Hitzegeplagten. Die lokale Bevölkerung suchte, wann immer möglich, den Schatten in den Häuserschluchten. Geschäftsleute und Angestellte der großen Shoppingmalls erfreuten sich zum großen Teil klimatisierter Verkaufsflächen oder Büros. Wenn notwendig, bewegten sie sich in klimatisierten Fahrzeugen durch die immer verstopften Verkehrswege.

Es war Anfang Februar, mitten in der Reisesaison für Südostasien. Der internationale Flughafen Suvarnabhumi spuckte scheinbar nie endende Touristenströme aus seinem riesigen Schlund, die sich sofort über die thailändische Metropole ergossen. Jüngere Rucksacktouristen zog es oft sofort in die Gegend um die Khaosan Road, andere verteilten sich auf die großen Hotels um die Sukhumvit Road. Die lauten, schnellen Longtail-Ausflugsboote auf dem Chao Praya beförderten unablässig das bunte Nationengemisch der Teilzeitnomaden. Mit ihren Reiseführern in der Hand besuchten sie die touristischen Hotspots zwischen den Piers der Stationen Phra Atit und Saphan

Taksin. Die Betreiber der Hauptattraktionen, wie dem Großen Palast, dem Wat Pho, dem Wat Arun und der ausgedehnten Märkte, verfielen in einen kollektiven Umsatzrausch, bevor sich die Saison wieder dem Ende zuneigte.

Das urbane Monstrum verströmte im Gegensatz zu vielen Megacitys ein zweifellos anziehendes Flair. Wie jedes Jahr würde es mit der stoischen Gelassenheit seiner Bewohner die jährliche Flutwelle des Chao Phraya über sich ergehen lassen. Wie immer würde sie mit den nachlassenden Regenfällen im Golf von Siam bei Samut Prakan entschwinden.

Die starken Regenfälle, die Bangkok jedes Jahr heimsuchen, tragen bedauerlicherweise wenig zur Grundwasserneubildung der mit Trinkwasser chronisch unterversorgten Hauptstadt bei. Das Niederschlagswasser kann wegen der versiegelten Flächen nicht versickern. Auch die Kanalsysteme können dem Zuwachs der Bevölkerung nicht standhalten. Die Prognose der Experten sieht, wie für viele Metropolen, die in Flussdeltas liegen, düster aus. Die Gründe sind hausgemacht. Der Boden sinkt durch das Gewicht der vorwiegend hohen Gebäude. Gleichzeitig werden durch die Intensivnutzung der Grundwasserreserven Setzungen hervorgerufen. Das summiert sich zu einem Zentimeter pro Jahr. Zudem steigt der Meeresspiegel unaufhaltsam und nagt bereits

jetzt an der Küste, deren natürlichen Schutz, die Mangroven, man kurzsichtig der Fischzucht geopfert hatte.

An einem dieser Tage landete Paul Remmler mit einer A350 der Lufthansa gegen Abend auf dem International Airport Suvarnabhumi. Nach den überraschend zügigen Einreiseformalitäten tauschte er an einem Verkaufsstand des thailändischen Mobilfunkanbieters ›dtac‹ seine deutsche SIM-Karte gegen den lokalen Anbieter und wechselte zweihundert Euro in Thai-Bath.

Im Bereich der Taxistände im untersten Stock des riesigen Flughafens sprintete ein Mann auf ihn zu. Im Hintergrund waren laute Stimmen zu hören und er vernahm »Stop Police«. Remmler konnte nicht ausweichen und wurde umgerissen. Noch während er fiel, wandelte sich seine Überraschung in Ärger. Es gelang ihm, den Mann am Gürtel zu erwischen. Nach einem schmerzhaften Ruck in seinem rechten Oberarmgelenk ließ er sich ein paar Meter mitschleifen. Ein braun Uniformierter war sofort zur Stelle, fixierte den Mann und legte ihm Handschellen an. Remmlers Koffer war aufgeplatzt und sein gesamtes Gepäck war über den gepflegten Granitfußboden verteilt. Ein Mann ohne Uniform mit äußerst femininen Gesichtszügen trat hinzu. »Ich bin Polizeibeamter, sind Sie verletzt?«

»Ich glaube nicht, meine Schulter schmerzt etwas.«

»Ich kann Ihnen einen Arzt besorgen.«

»Danke, das wird nicht nötig sein. Ich hoffe, ich kann mein Gepäck zusammensammeln.«

»Ich helfe Ihnen dabei. Wo kommen Sie denn her?«

Bisher hatten sie englisch gesprochen. Als sich Remmler als Deutscher zu erkennen gab, wechselte sie zu deutsch.

»Mein Name ist Saran Napakorn, Captain der Crime Suppression. Herr…?«

»Paul Remmler. Ich nehme an, nicht alle Touristen werden so empfangen.«

»Nein, aber auch nicht alle Touristen klammern sich an flüchtige Kriminelle.«

Remmler rieb sich die Schulter. »Ein Reflex, hoffentlich geht es hier normalerweise etwas ruhiger zu.«

Remmler saß immer noch auf dem Fußboden, während der Beamte seine Kleidungsstücke einsammelte und sorgsam im Koffer verstaute. Als er damit fertig war und Remmler aufgestanden war, zückte er einen Stift und einen Notizblock.

»Ich schreibe Ihnen hier die Adresse einer Thai-Massage auf. Sie werden erstaunt sein, wie schnell sich ihr Arm wieder erholt. Zeigen Sie das dem Taxifahrer und sagen Sie im Massagestudio, dass Sie auf meine Empfehlung kommen.«

»Danke, das werde ich sicher in Anspruch nehmen. Aber sagen Sie, was lag gegen den Mann vor?«

Das Gesicht des Officers verdüsterte sich. »Er ist ein australischer Drogenkurier. Im Namen der Königlich-Thailändischen Polizei danke ich Ihnen für die Hilfe bei der Festnahme.«

»Bitte, mein Anteil war sehr bescheiden. Ich lasse mich nicht gerne umrennen. Was passiert mit ihm nun?«

»Er wird einem Haftrichter vorgeführt, der anhand des Gewichtes der Schmuggelware über die Dauer der Haft entscheidet. Schon bei zwanzig Gramm kann das zehn Jahre bedeuten. Viele sitzen lebenslänglich in unserem Zentral-Gefängnis Bangkwang oder werden zum Tode verurteilt.«

»So drastische Strafen für Drogendelikte?«

»Ja, härter als jede andere Straftat einschließlich Mord. Nach unserer Auffassung gebührt Drogenhändlern die höchste Strafe. Ein Mörder tötet in der Regel eine Person, ein Drogenhändler vernichtet viele Leben und er zerstört auch das soziale Gefüge der Familien. Das ist in unserem Land ein hohes Gut.«

»Und ich dachte, Thailand heißt in der Übersetzung ›Das Land der Freien.‹ Das bezieht sich wohl nicht auf alle im Land.«

»Das ist natürlich im politischen Kontext zu verstehen. Es ist seit der Reichsgründung durch Taksin dem Großen, nie einer ausländischen

Macht gelungen das Land zu kolonialisieren. Engländer und Franzosen begnügten sich mit den umliegenden Ländern Indien, Burma und Indochina. Trotz der geostrategisch vorteilhaften Lage machten sie einen Bogen um uns. Ich glaube, die Kolonialmächte von damals waren gut beraten, es bleiben zu lassen.«

»Danke für die historische Kurzeinführung. Ein Glück jedenfalls, dass Sie mein Gepäck so genau inspiziert haben. Als Drogenhändler wird man mich nun nicht mehr belangen.«

»Sicher nicht, Herr Remmler. Wir werden aber auf Sie als Zeuge zurückkommen müssen. Wo wohnen Sie in Bangkok?«

»Ich habe… einen Moment.« Remmler kramte in seiner Hemdtasche einen Buchungsbeleg hervor. »Das Hotel heißt ›Black Hong‹. Es liegt…«.

»Ich kenne das Hotel. Ich muss Sie leider bitten, Bangkok vorläufig nicht zu verlassen. Bitte lassen Sie mich Ihren Reisepass abfotografieren. Ich müsste ihn eigentlich einziehen, aber dann haben Sie im Hotel Probleme sich einzuchecken.«

Remmler zückte seinen Reisepass und der Captain machte eine Aufnahme mit einem Smartphone. »Kein Problem, ich bleibe eine Woche hier.«

»Das ist gut, bis dahin sollten wir alles geklärt haben. Ich wünsche Ihnen einen schönen Aufenthalt in der ›Stadt der Engel‹, Herr

Remmler.« Sie winkte ein Taxi herbei und erklärte dem Fahrer, wohin der Gast wollte.

»Ich habe Ihnen auch vorsichtshalber schon den Preis ausgehandelt. Fünfhundert Thai-Bath. Für den Express Way geben Sie ihm noch siebzig Thai-Bath an Maut. Der Preis ist angemessen. Ich rate Ihnen ansonsten, nur Taxis mit Taxameter zu besteigen. Falls Sie doch einmal ein Tuktuk oder Taxi ohne Taxameter nehmen, lassen Sie sich nie auf den angebotenen Preis ein und verhandeln. Wenn Ihr Angebot so niedrig ist, dass es dem durchschnittlichen Mitteleuropäer die Schamröte ins Gesicht treibt, haben Sie die richtige Verhandlungsposition. Dann können Sie sich ruhig auf einen kleinen Aufschlag einlassen und beide können zufrieden sein.«

»Danke, ich werde mir Ihren Rat zu Herzen nehmen.«

Die Fahrt dauerte fast eine Stunde, bis sie das Hotel erreichten. Es lag in der Nähe des berühmten Mandarin Oriental, dessen Preisniveau für ihn, trotz der großzügigen Prämie seines Arbeitgebers, unerreichbar war.

Am Hotel führt die älteste Straße Bangkoks, die Charoen Krung Straße, vorbei. Sie wurde von König Mongkut 1861 gebaut, um den Pferden der ausländischen Diplomaten Auslauf zu

verschaffen. Der koloniale Charme des Hauses[1] zog bereits während des Vietnam-Krieges viele Journalisten an, die zur Berichterstattung in Bangkok Quartier bezogen hatten.

Bei der Check-in-Prozedur wurde er von einem Mann bedient, in dessen Aussehen er eine nahöstlichen Herkunft vermutete. Das Gesicht des Mannes kam ihm bekannt vor, konnte es aber nicht zuordnen. Ein Namensschild wies ihn als K. Rashid aus.

»Mister Rashid, es kommt mir vor, als hätte ich Sie schon einmal gesehen. Waren Sie schon einmal in Hamburg, Deutschland?«

Tarek war vorbereitet, darauf einmal angesprochen zu werden. Bei seiner Einstellung hatte er seine deutschen Sprachkenntnisse verschwiegen. Ohne Zögern antwortete er auf Englisch: »Sorry, Sir, ich war noch nie in Deutschland.«

»Dann bitte ich um Entschuldigung. Einen schönen Abend, Mister Rashid.«

Als Tareq den Pass in Empfang genommen hatte und erfuhr, dass der Eigentümer aus Hamburg kam, bemühte er sich um Gleichmut. Es war zwar inzwischen einige Zeit seit seiner

1 Obwohl Thailand nicht kolonialisiert war, wollte König Chulalongkorn (Rama V) ausländische Gäste beeindrucken. Er ließ viele öffentliche Gebäude durch ausländische Architekten in einem europäisch historischen Stil gestalten.

Flucht aus Hamburg vergangen, aber durch die Veröffentlichung seines Fotos in der Presse war er höchst sensibilisiert. Als er dem Mann seinen Pass zurückgab und in sein Gesicht blickte, wusste er, dass der Hotelgast dabei war, in seinen Erinnerungen zu graben, und er ihn keinesfalls überzeugt hatte.

Wie immer, wenn Paul Remmler sein Gedächtnis im Stich ließ, konnte er den Gedanken nicht loslassen. Er verfolgte ihn noch bis in sein Zimmer, während er seinen Koffer auspackte.

Nach dem Frühstück am nächsten Morgen verließ er das Hotel mit seinem *Lonely Planet.* Am Hotel-Pier des Oriental bestieg er eine Fähre des Chao Phraya, um mit seinem touristischen Programm zu beginnen. Sein Ziel war der Große Palast.

17 Panik

Noch unter dem Eindruck der Ereignisse bei der nächtlichen Auseinandersetzung machte sich bei Tareq eine leichte Panikstimmung breit. Zwar war er vorläufig den Iranern entkommen, aber nun war er überzeugt, dass ihm auch seitens seines neuen Arbeitgebers Gefahr drohte. Gleichzeitig musste er befürchten, dass seine Identität durch den deutschen Hotelgast aufgedeckt werden würde und sich die thailändischen Behörden bald mit ihm beschäftigten. Er hatte den Namen ›Paul Remmler‹ in die Google-Suchmaschine eingegeben und zu seiner Bestürzung erfahren, dass der Mann Journalist war.

Vielleicht war es besser, zunächst mithilfe von APSARA Ltd. dem Journalisten aus dem Weg zu gehen. Er musste es schaffen, dem Strudel zu entrinnen, der sich seit seiner Flucht aus Hamburg wieder begann zu drehen, um ihn tiefer in den existenziellen Abgrund zu ziehen. Das würde auch bedeuten, den Hotel-Job und vielleicht auch Jantila aufzugeben. Nach kurzer Überlegung rief er Chan an.

»Ein Hotelgast aus Deutschland hat mich erkannt. Er ist Journalist. Er hat mich direkt angesprochen. Ich habe bestritten, dass ich je in Deutschland war, aber ich bin sicher, dass er mir nicht glaubt.«

»Bleib ruhig, gehe vorläufig weiter deiner Arbeit nach. Auch wenn er dich erkannt hat, ist

es eher unwahrscheinlich, dass er sich der Thai-Polizei anvertraut. Wir werden uns etwas einfallen lassen.«

»Bitte, ich möchte nicht, dass ihm etwas zustößt.«

»Keine Sorge, wir lassen ihn unversehrt. Um uns aufdringliche Journalisten vom Leib zu halten, gibt es andere Methoden.«

Gleich nachdem das Telefonat beendet war, wusste Tareq, dass er einen schweren Fehler begangen hatte. Er hatte wenig Vertrauen in Chans Zusicherung. Seine bisherigen Erkenntnisse über die Organisation ließen befürchten, dass sein Auftraggeber eher nachhaltige Lösungsansätze bevorzugte.

18 Der Auftrag

Die Besichtigung des Großen Palastes und des Wat Phra Keo mit dem von allen Buddhisten und besonders von Thailändern verehrten Smaragd Buddha[1] hinterließ bei Remmler einen nachhaltigen Eindruck. Besonders das Wandgemälde des Ramayana fesselte ihn.

Während seiner Kindheit waren Märchen und Sagen sein Rückzugsgebiet vor dem tristen Alltag in einer christlichen Sekte in Afrika, bis sich seine Mutter von seinem Vater und der Sekte trennte und mit ihm nach Hamburg zog. Jahrelang hatte er das Trauma seiner Jugend verdrängt, bis er im Zuge einer Recherche, die ihn bis nach Afrika führte[2], wieder damit konfrontiert wurde. Zu religiösen Umtrieben nahm er seither eine noch größere Distanz ein.

Das Ramayana, ein zweitausend Jahre altes Epos indischen Ursprungs, handelt vom Kampf des Prinzen Rama und seiner in die Verbannung geschickten Gattin Sita gegen den Dämonenkönig, der Sita entführte. Unterstützt

[1] Der Smaragd Buddha (Emerald Buddha) besteht in Wirklichkeit aus Jade. Die Statue misst etwa 66 cm und ist das National-Heiligtum Thailands. Der Legende nach wurde die Statue 1434 in Chiang Rai entdeckt und gelangte nach einer abenteuerlichen Odyssee durch viele Länder Asiens nach Bangkok.

[2] K. H. Cron ›Afias Vermächtnis‹

werden sie dabei vom Affenkönig Hanuman und seiner Armee.

Das analoge Epos zu den Nibelungen, ging es ihm während der Fahrt zum Oriental Pier durch den Kopf.

Auf dem Rückweg von der Fähre zum Hotel dachte er wieder an den Rezeptionisten, dessen Namensschild ihn als K. Rashid auswies. Plötzlich fiel ihm ein, wo er das Gesicht schon einmal gesehen hatte. Am nächsten Morgen wählte er Scholles Nummer per WhatsApp, ohne darüber nachzudenken, dass es in Hamburg erst nach Mitternacht war.

»Paul, was gibt es?« Trotz der verschlafenen Stimme, die auch schon im Redaktionsmodus wenig Entgegenkommen signalisierte, war sein Ärger hörbar.

Nach einem kurzen rülpsenden Geräusch polterte er ungebremst und ausnahmsweise verständlich los. Seit er versuchte, mit dem Rauchen aufzuhören, nuschelte er tagsüber meistens mit einem Lolly im Mund.

»Hast du noch alle Nadeln auf der Tanne, mich um diese Zeit anzurufen? Ich hoffe, es ist nicht Langeweile oder Ebbe in der Kasse, weil du dich bei Entspannungsübungen verausgabt hast.«

Remmler konnte bildlich sehen, wie ihm seine Fantasie mit einer Blitztour durch Bangkoks

Vergnügungen durchging und wie er trotz des Ärgers anzüglich grinste.
Irgendwie geht bei Deutschen ein merkwürdiger Film ab, wenn sie sich mit Thailand-Reisenden unterhalten.

»Du scheinst dich hier ja gut auszukennen. Ja sorry, ich hatte die Zeitverschiebung nicht auf dem Zettel. Und nein, es ist nichts von allem. Kannst du dich an den Fall eines eingebürgerten Iraners erinnern, der sich nach einem Zwischenfall, bei dem sein Vater und ein anderer Iraner getötet wurden, in Luft aufgelöst hat?«

»Du meinst den Fall ›Tareq Avani‹. Ja klar, einer deiner Kollegen hat sich der Sache angenommen. Wir haben darüber berichtet. Er wurde als einer der Toten des Tsunami in Thailand identifiziert. Scheint ein netter Rückzugsort zu sein. Es gab noch einen weiteren Kriminellen, dem das Paradies zum Grab wurde. Warum fragst du?«

Remmler war immer wieder erstaunt über das phänomenale Gedächtnis seines Chefs. »Ich glaube, der Mann lebt hier unter einem anderen Namen. Bitte schick mir doch einmal den Bericht mit dem Foto von damals.«

»Wo hast du ihn denn getroffen?«

»Er arbeitet als Rezeptionist in meinem Hotel.«

Einen Moment war es still. Scholow hatte Remmlers gelegentlich intuitiven Ansätzen,

Hinweisen zu einer Story nachzugehen, schon oft in Zweifel gezogen und musste meistens wieder zurückrudern. Noch einmal wollte er sich keine Blöße geben und verzichtete auf Nachfragen.

»Okay, ich schicke dir das morgen früh. Aber bitte sei vorsichtig, was du machst. Wir haben mit Thailand kein Auslieferungsabkommen und die Gefängniszellen gehören weltweit zu den Ungemütlichsten. Aber wenn da etwas dran sein sollte, dann hast du einen Job zu erledigen.«

Remmler konnte sich ein Feixen nicht verkneifen. »Einen Job? Das heißt, ich kann Spesen abrechnen?«

»Wehe du spinnst dir etwas zurecht.«

Es hörte sich nicht an, als würde er das wirklich glauben. »Ich nehme an, das war eine Zustimmung.«

Scholow überging die Bemerkung. »Übrigens, die deutsche Botschaft in Bangkok hat eine Internetseite zur Registrierung für Touristen installiert. Sie heißt ›ELEFAND‹. Ich empfehle dir, dich dort einzutragen.«

»Danke für den Hinweis, ich habe das bereits auf dem Zettel. Du kennst dich hier aus?«

»Ich war gleich nach der Wende in Thailand. Wie jeder aus dem Osten hatte ich Lust auf etwas Exotisches. Registrieren konnte man sich damals aber noch nicht. Das weiß ich aus anderer Quelle.«

»Okay, leider bin ich online bisher gescheitert. Ich habe vor, gleich heute da vorbei zu gehen.« Auf dem Weg zum Frühstücksraum sah er, wie der Rezeptionist gerade einen neuen Gast in Empfang nahm, und spürte, wie er im Vorbeigehen kurz von ihm gemustert wurde.

Nachdem er ein Taxi, nach Empfehlung des Polizisten am Flughafen mit Taxameter, ausgewählt hatte, ließ er sich zur deutschen Botschaft in der North-Sathorn Road fahren. An der verglasten Eingangskontrolle betätigte er einen Klingelknopf. Ein Thailänder öffnete eine Klappe.

»Was wünschen Sie, Sir?«

»Ich möchte mich für ›ELEFAND‹ registrieren.«

Während der Mann Mühe hatte, seine Gesichtszüge zu kontrollieren, konnte sich sein daneben sitzender Kollege vor Lachen kaum halten.

Remmlers Gesprächspartner versuchte es mit stoisch bürokratischer Mine und antwortete: »No elephants here, Sir.«

Es schien, dass noch nicht alle Mitarbeiter der Botschaft in die Abläufe touristischer Betreuung eingeweiht waren. Nach einem Erklärungsversuch mit der Bitte um ein Formular händigte man ihm eine Telefonnummer aus und verwies auf die Internetseite der Botschaft. In einem nahe liegenden Café versuchte er es mit der

Telefonnummer. Sie war nicht erreichbar. Mit dem *wlan* des Cafés hatte er aber mit der Online-Registrierung schließlich doch Erfolg.

Es war noch früh und Remmler verspürte Lust auf einen Spaziergang. Er verließ das Café und schlenderte etwas ziellos durch den Stadtteil Bang Rak. Ein Blick auf seine Karte zeigte ihm, dass er auf der Straße Silom angekommen war, an dessen westlicher Seite das berüchtigte Patpong grenzte.

Neugierig durch den Ruf des Rotlicht-Bezirkes streifte Remmler bei ausnahmsweise erträglicher Temperatur durch die Straßen. An Tabledance-Bars wurde mit Angeboten wie *Ping-Pong-Show* geworben, deren Inhalt ihm nicht bekannt war. Es war unschwer zu erkennen, dass die Offerten der Massage-Parlours hier, anders als in normalen Wohnvierteln, nicht nur auf Massagen reduziert waren. Davor standen oder saßen zahlreiche sehr hübsche junge Frauen in äußerst knappem Outfit und unterhielten sich. Remmler war verwundert, denn als er vorbeiging, wurde er lediglich gelangweilt gemustert, ohne angesprochen zu werden.
Ich passe wohl nicht in das Beuteschema oder ich bin selbst hier zu alt.

Zurück im Hotel rief er seine Mails ab und fand den bei Scholow angefragten Artikel als pdf-

Anhang. Der Geflüchtete aus Hamburg, Tareq Avani, sah auf dem Foto etwas jünger aus, aber Remmler war sich sicher, dass es sich um den Rezeptionisten mit dem Namen K. Rashid handelte.

19 Erpressung

Ursprünglich hatte Saranya nicht vor, sich länger als notwendig mit Karim Rashid zu beschäftigen. Die Umstände, unter denen das CSD ihn aus der Überwachung entfernt hatte, ließen ihr aber keine Ruhe. Sie beschloß, den Libanesen in ihr Büro zu zitieren, nachdem er nun wieder aufgetaucht war.

Eine unerwartete Mail mit einem Videoclip als Anhang bestärkte sie, auch die anzeigende Jantila neu zu bewerten. Das Video, das anscheinend aus einem Internet-Shop versandt worden war, enthielt eine eindeutige Szene mit der Frau und Ihrem Chef, Police Lieutenant General und stellvertretenden Commissioner Supattra. Es war offensichtlich durch den Spalt der nur angelehnten Tür seines Büros aufgenommen worden, was nur bei Abwesenheit oder mit Billigung seiner Sekretärin möglich war.

Es war ein offenes Geheimnis, dass die Sekretärin seine *Mia Noi* war. Saranya wusste, dass dieser Mann korrupt bis unter die Fingernägel war und nicht zu ihren Freunden zählte. Nur leider konnte sie damit nichts anfangen. In vielen Ländern wäre dieser Missbrauch das Ende seiner Karriere, hier wäre es das Ende ihrer Karriere. Aber auch ein anonymer Hinweis an den Commissioner würde als Nestbeschmutzung angesehen und gedeckelt werden. Die nahe liegende Frage war,

wer ihr dieses Video zugeschickt hatte, und warum an sie? Die letzte Frage konnte leicht beantwortet werden. Der General hatte sich schon viele Feinde gemacht, saß aber doch fest im Sattel. Dort wäre das Video sofort gelöscht worden, vermutlich der Grund, warum man einen Adressaten in niedrigerer Position gewählt hatte.

Jeder kannte die düstere Vergangenheit des Generals und auch diese hatte seinen Aufstieg nicht behindert.

Supattra gehörte früher zum Special Branch Bureau (SBB), das für den Schutz der königlichen Familie und VIPs und auch für Terrorismus zuständig war. Obwohl die McCarthy-Ära in den USA längst vorbei war, schwappten die ›Kommunistensäuberungen‹ Anfang der 70er-Jahre auch nach Thailand über. Das SSB verübte die berüchtigten *Red Drum Killings*. Hunderte Zivilisten fielen einer bestialischen Tötung zum Opfer, bei der sie zunächst betäubt, danach in ein rotes Fass mit Benzin gesteckt und angezündet wurden.

Nachdem Saranya das Video betrachtet hatte, entschied sie, zunächst die junge Frau zu befragen. Mit einem Anruf zitierte sie Jantila am nächsten Morgen in ihr Büro, ohne den Grund zu verraten. Etwas verschüchtert betrat sie das Büro.

»Ich muss Sie bitten mir, ein paar Fragen zu beantworten. Mir ist ein Video zugespielt worden, das Sie in einer – sagen wir, etwas delikaten Rolle zeigt. Bitte schauen Sie sich das an.«

Saranya zeigte ihr das Video auf dem Smartphone. Sie betrachtete es mit weit geöffneten Augen und fing dann an zu weinen.

»Nehmen Sie das bitte weg.«

»Was sehen Sie?«

»Ich…«

»Sie stehen zunächst vor dem Schreibtisch des Generals und sprechen mit ihm. Danach gehen Sie unter dem Schreibtisch auf die Knie. Die erweiterten Pupillen des Generals können dem Augeninnendruck kaum standhalten. Man könnte fast zu der Ansicht gelangen, dass Sie… Auf jeden Fall sind Sie nicht beim Putzen, oder haben Sie eine andere Erklärung?«

Saranyas Blick war unerbittlich, obwohl sie die junge Frau in Wirklichkeit bedauerte.

»Ich wollte das nicht.«

»Das sieht aber nicht nach einer Vergewaltigung aus.«

»Bitte…« Trotz der Tränen bemühte sie sich um Fassung und fing sich wieder. Mit leichtem Trotz in der Stimme verteidigte sie sich. »Nicht jede Vergewaltigung wird durch körperliche Gewalt erzwungen.«

»Ein guter Hinweis. Das bedarf aber einer Erklärung, *Khun* Jantila – bitte.« Saranya ahnte, worauf die Unglückliche hinauswollte.

»Es war Erpressung. Der General wusste, dass Karim Rashid einer illegalen Tätigkeit bei der Textilfirma APSARA Ltd. nachging, und bot mir an, ihn in Ruhe zu lassen.«

»Da hatte er doch schon einmal gearbeitet.«

Betrübt stellte Jantila fest, dass sie anscheinend wenig über das Vorleben ihres Freundes wusste. Wahrheitsgemäß entgegnete sie: »Davon weiß ich nichts, Captain, ich habe ihn erst im Hotel kennengelernt.«

»Nun gut, das werde ich noch mit ihm selbst klären.«

Jantila stand auf, um den Raum zu verlassen, drehte sich aber an der Tür noch einmal um.

»Ich bitte Sie…«.

»Ich habe verstanden, *Khun* Karim wird von mir nichts erfahren.«

20 Yaba

Durch die ungewohnte Hitze stellte sich eine gewisse Müdigkeit ein. Nach seinem Ausflug zur Botschaft fiel Remmler bei aufgedrehter Klimaanlage in einen traumlosen Schlaf. Ohne zu ahnen, wie lange er gelegen hatte, wurde er schlagartig wach. Seine Zimmertür ging auf und vor dem Hotelmanager, der einen Schlüssel in der Hand hielt, stürmten drei braun uniformierte Polizisten das Zimmer.

»Mister Remmler?«

»Ja – was soll das?«

Trotz des miserablen Englisch konnte er die Aufforderung verstehen. »Stellen Sie sich bitte mit dem Gesicht zur Wand. Wir müssen Ihr Zimmer durchsuchen.«

»Sie haben sicher einen Durchsuchungsbefehl.«

Für die Antwort auf diese Frage verzichtete er auf die Aktivierung seiner Englischkenntnisse. Mit einem Seitenblick auf den Hotelmanager, der immer noch etwas unschlüssig im Türrahmen stand, schleuderte der Sprecher der Gruppe ihm etwas auf Thai entgegen.

»Herr Remmler, die Polizei ist der Ansicht, dass Flucht und Vertuschungsgefahr bestehen. Daher benötigten sie keine Vollmacht. Sie sollten der Aufforderung Folge leisten.«

Remmler zog es vor, dem Rat des Hotelmanagers zu entsprechen. Nach seinen in einschlägigen Foren recherchierten Informationen über

Thailand war Bestechung nur erfolgversprechend, wenn es sich nur um einen Einzelnen der braun Uniformierten handelte.

Einer der Männer blieb bei ihm stehen, während er hörte, wie die beiden anderen sein Gepäck und sein Zimmer durchsuchten. Ihre Stimmen nahmen plötzlich eine aufgeregte Tonart an. Remmler drehte sich um, als ihm auf die Schulter getippt wurde. Der Mann hatte sich Latexhandschuhe übergezogen und hielt eine durchsichtige Plastiktüte von der Größe eines Gefrierbeutels in der Hand.

»Was ist das, Mister Remmler?«

Remmler wusste aus seiner früheren Arbeit im Drogendezernat Hamburgs, dass die Chance, dass es sich in diesem Zusammenhang um Lutschbonbons handelte, gegen null ging. Aufgrund der rötlichen Pillenform tippte er auf Methamphetamin, auf der Straße je nach Qualität als *Yaba* oder *Shabu* bezeichnet.

Die Designerdroge wird in der Regel in Asien produziert und auch Thai-Pille genannt. Die Folgen können verheerend sein. Schäden bis zu schweren Nieren- und Lungenschäden sowie Herzstillstand sind möglich.

»Ich weiß es nicht und es gehört mir nicht.«

»Herr Remmler, Sie sind hiermit verhaftet. Es wird Anzeige wegen Drogenhandels erhoben. Ich schätze, das sind mindestens zweihundert

Gramm. Wenn man Ihnen nachweist, dass Sie damit handeln…« Er machte eine eindeutige Schnittbewegung am Hals.

»Ein solches Päckchen habe ich nie besessen.« *Schweinehunde, man will mich reinlegen. Das ist übel. Aber warum?*

Remmler erinnerte sich an die Unterhaltung mit Captain Saran auf dem Airport. Bei zwanzig Gramm sind bereits zehn Jahre *Bangkok Hilton* fällig.

»Das wird sich sicher klären.«

»Ich bin Journalist aus Deutschland. Sie wissen hoffentlich, was Sie tun. Ich denke, ich habe das Recht, meine Botschaft zu benachrichtigen.«

Die drei Polizisten wechselten verunsichert einige Blicke und nach kurzer Diskussion auf Thai nickte einer der drei. »Danach sind wir leider gezwungen, Ihr Eigentum zu beschlagnahmen.«

Remmler nahm sein Smartphone und versuchte es erst gar nicht mit der Deutschen Botschaft. Per WhatsApp sendete er eine Nachricht an Scholow:

Sorry Sandro, ich bin hier in der Klemme. Man hat mir ein Päckchen Methamphetamin untergejubelt. Bitte informiere die Botschaft und lass dir einen Anwalt empfehlen. Halte Nora noch vorläufig raus. Sie ist imstande und reist hier an. Ich bin verhaftet und ab sofort für unbekannte Zeit nicht erreichbar.

Meine persönlichen Sachen werden konfisziert. Noch weiß ich nicht, wo man mich hinbringt.«

Die festungsartige Anlage war bereits einige hundert Meter vor dem Eingang als Sicherheitsbereich zu erkennen. Hohe Mauern, mit Stacheldraht bewehrt und dahinter liegenden Wachtürmen, ließen der Fantasie wenig Spielraum über das, was dahinter zu erwarten war. Das Eingangstor öffnete sich. Der begleitende Beamte grinste schief und deutete auf die Inschrift über dem Tor ›Bangkwang Central Prison‹: »Welcome im *Bangkok Hilton*, Mister Remmler. Haben Sie die Schriftzeichen auf der Tafel am Eingang bemerkt? Hier werden für jeden sichtbar die vollstreckten Todesurteile in diesem Gefängnis dokumentiert.«

Remmler erwog kurz, nach der Anzahl zu fragen, unterließ es dann aber doch. Der Officer schien eine gewisse Freude daran zu haben, den Neuankömmlingen die Laune noch mehr zu verderben, als sie ohnehin schon war.

»Der Fund in Ihrem Koffer könnte dazu führen, dass sich diese Zahl um einen Zähler erhöht. Aber heute ist Ihr Glückstag. Als Untersuchungshäftling haben Sie Anspruch auf eine Einzelzelle.«

Remmler glaubte nicht an die Verwirklichung von Träumen, weder guten noch schlechten. Nun schien es, dass er seine Ansicht revidieren

musste. Ein Alptraum war Wirklichkeit geworden. Mit Fußfesseln und auf dem Rücken fixierten Händen, begleitet von zwei Uniformierten, wurde er durch einen endlosen Flur geschleust. Der scharfe Geruch von Desinfektionsmittel konnte den durchdringenden Gestank von Fäkalien und Urin nicht verdecken. Dazwischen drang der beißende Geruch von verbranntem *Crack* in seine Nase. Gegenüber war eine Reihe von Zellen sichtbar, die an Affenkäfige erinnerten.

In unseren Zoos wäre bei diesen Verhältnissen schon lange der Tierschutz aktiv.

In einer Zelle klebte ein Mann mit knochigen Fingern und eingefallenem, bleichem Gesicht verkrampft an dem Gitter. Hinter ihm drängelte sich eine nicht erkennbare Anzahl von Häftlingen verschiedener Nationen, Weiße, Afrikaner und auch Asiaten. Ausdruckslos sah er zu ihm herüber. Er schien das Stadium, in dem man Qual oder eine sonstige Gemütsverfassung äußern konnte, bereits hinter sich gelassen zu haben. Die einzige Botschaft, die von der ausgemergelten Gestalt ausging, war grenzenlose Hoffnungslosigkeit.

Die Zelle, die man ihm zuwies, maß etwa zwei mal zwei Meter und hatte in einer Ecke ein Loch. Ein Plastikkrug stand auf einem kleinen Beistelltisch mit einem Plastikhocker davor. Remmler vermutete Trinkwasser und Spülwasser. Gegenüber war eine Matte mit

einer dünnen Decke über die gesamte Zellenbreite ausgelegt. Einer der Beamten trat mit ihm in die Zelle, klemmte seinen Schlagstock unter die Achsel und klappte eine Kladde auf. In schwer verständlichem Englisch spulte er die Prozedur ab.

»Sie sind Gefangener des Königreichs Thailand. Bitte nennen Sie Ihren Namen, die Staatsangehörigkeit und Ihr Geburtsdatum.« Remmler antwortete wie gewünscht.

»In Ihrem Fall ist es möglich, dass die Todesstrafe oder lebenslange Haft beantragt wird.«

Er blickte kurz auf. Vermutlich wollte er Remmlers Reaktion auf die wenig erbauenden Aussichten prüfen, der aber äußerlich beherrscht blieb.

»Daher kann die Gesamtdauer der U-Haft vierundachtzig Tage dauern, bis der Staatsanwalt Klage erhebt. Zum weiteren Verfahren wird Ihnen Ihr Anwalt Auskunft geben. Ich lese Ihnen nun Ihre Rechte und die Hausordnung vor.«

Einen Moment sah er auf und las dann weiter. »Sie haben während der U-Haft das Recht, einen Anwalt zu konsultieren. Sie verbringen fünfzehn Stunden in Ihrer Zelle, die übrige Zeit dürfen Sie sich im Innenhof aufhalten. Das Licht in den Zellen bleibt 24 Stunden eingeschaltet. Die Mahlzeiten, die wir Ihnen anbieten können, werden Sie nicht

zufriedenstellen. Daher sollten Sie die Unterstützung Ihrer Botschaft in Anspruch nehmen. Ab sofort haben Sie ein Konto hier, auf das Bargeld eingezahlt werden kann. Das Geld, das Sie bei sich führten, wurde vorläufig konfisziert. Es gibt einige Verkaufsstände, an denen Sie sich versorgen können. Wenn Sie in den Regelvollzug kommen, können Sie, vorausgesetzt Sie haben Geld, einen anderen Gefangenen als Koch, Laufbursche oder für was auch immer bezahlen.«

Remmlers Gehirn suchte fieberhaft nach Lösungen mithilfe vergangener Erfahrungen – ohne Erfolg. Selbst in Zeiten tiefer Depressionen, wie nach dem Schuss auf den Drogendealer, war er noch in der Lage, souverän zu agieren. Die eigene Machtlosigkeit vor Augen, einer fremden Justiz ausgeliefert, deren Regeln ihm fremd waren, lag er noch bis spät in die Nacht wach auf seiner Pritsche, bis es ihm gelang, einzuschlafen.

21 Zweifel

Die Besprechungen in Saranyas Team, alle Police Sergeants unterschiedlicher Altersstufen, fanden gewöhnlich am Freitag statt. Die meisten Mitarbeiter wurden dann ins Wochenende entlassen, bis auf vier, je zwei aus dem Team ›Moondance‹ und zwei aus dem Team ›SnowWhite‹.

Saranyas Stellvertreter, ein Police Lieutenant, berichtete über die Einsätze der Woche. Mit hörbarem Stolz trug er das Ergebnis der Festnahme am Flughafen vor, dessen Einsatz Saranya stellvertretend übernommen hatte. »Wieder ist es uns gelungen, einen Drogenkurier zu überführen. Der Mann ist Australier und hatte versucht, ein Kilogramm Heroin einzuführen. Ein Tourist hat ihn beim Versuch zu fliehen festgehalten. Er befindet sich bereits in Bankwang und wartet auf seinen Prozess.«

Er blickte kurz auf seine Notizen. »Gestern wurde einer Polizeistation ein anonymer Hinweis auf einen Drogenkurier gegeben, der einen Tag zuvor angereist war. Die Beamten nahmen den Mann in seinem Hotelzimmer fest. In seinem Gepäck fanden sie zweihundertzehn Gramm *Yaba*. Auch dieser Mann sitzt in Bangkwang in U-Haft und wartet nun auf einen Termin beim Untersuchungsrichter. Seine persönlichen Sachen und das *Yaba* sind uns zugestellt worden.«

Saranya blickte zu ihrem Stellvertreter. »Wurde der Mann von uns schon vernommen?«

»Nein, die Sachlage schien uns klar.«

»Kollegen!« Ihr Ton war nun etwas schärfer. »Wir können diese Arbeit nicht den einfachen Straßenpolizisten überlassen. Ihr kümmert euch noch heute darum. Wird das *Yaba* untersucht?«

»Ja, das Päckchen ist im Labor. Fingerabdrücke wurden nicht gefunden, weder vom Beschuldigten, noch von den Polizisten.«

»Das sagt nichts. Wer ist der Mann und in welchem Hotel wurde er festgenommen?«

Der Angesprochene blätterte in seinen Notizen. »Der Mann heißt Paul Remmler und ist Deutscher. Er hat ein Zimmer im ›Black Hong‹.«

»Wie bitte? Das ist der Mann, der den australischen Kurier an Flughafen festgehalten hat. Ich hatte das doch in meinem Protokoll festgehalten.«

»Ja, sorry, Captain. Ich sehe, es steht weiter hinten.«

»Sein Koffer war geplatzt und der ganze Inhalt auf dem Fußboden verstreut. Er war etwas verletzt, daher habe ich ihm seine Sachen zusammengelesen. Von *Yaba* habe ich da nichts gesehen.«

»Dann muss er es danach aufgenommen haben.«

Oh my Buddha. »Er reißt einen Drogenkurier zu Boden und übernimmt kurz nach der Ankunft selbst ein Päckchen mit *Yaba*?«

Ein Officer meldete sich. »Er wusste doch gar nicht, dass das ein Drogenkurier war.«

»Wohl wahr, aber würde ein Drogenkurier der Polizei behilflich sein, einen Flüchtigen zu fassen? Das Risiko, selbst als Zeuge aussagen zu müssen und damit auch in polizeiliche Ermittlungen gezogen zu werden, wird kein Drogenkurier eingehen wollen. Wir überprüfen doch auch Zeugen. Das ist doch recht unwahrscheinlich.«

»Haben Sie einen Verdacht, Captain? Saranyas Stellvertreter war noch nicht überzeugt, aber er respektierte die Erfahrung seiner Chefin und schätzte ihren Sachverstand.

»Das *Yaba* wurde von drei Polizisten in einem Koffer gefunden, dessen Inhalt ich bereits selbst gesehen habe. Wir sollten zumindest ausschließen, dass das *Yaba* aus unserem eigenen Bestand kommt.«

»Das würde bedeuten…«

»Wie gesagt, nur um es auszuschließen. Bitte prüfen Sie das persönlich, gleich am Montag.«

Der Lieutenant nickte.

»Okay Leute, sorry frühes Wochenende fällt leider aus. Es werden zwei weitere Mitarbeiter aus dem Team ›SnowWhite‹ vorläufig hierbleiben. Freiwillige?«

Zwei Sergeanten, ein Mann und eine Frau im Dienstgrad eines Police Senior Sergeant Major, meldeten sich.

»Ich möchte, dass ihr seinen gesamten Aufenthalt in Bangkok lückenlos dokumentiert. Sergeant Major Nichapa, Sie übernehmen die Koordination. Befragt die Hotelangestellten, versucht herauszufinden, welches Taxi er benutzt hat, prüft seine Taschen, ob es noch Eintrittstickets oder andere Nachweise gibt, die belegen, wo er war.«

Zu Ihrem Stellvertreter: »Sie selbst und ich werden den Mann nun in Bankwang aufsuchen. Ein Mann hält hier die Stellung. Er soll die drei Polizisten, die ihn festgenommen haben, zu uns aufs Präsidium beordern – heute am späten Nachmittag. Hat der Mann einen Anwalt?«

»Ja, man hat ihm erlaubt, noch einmal zu telefonieren. Seine Beziehungen sind beeindruckend. Er ist Journalist und seine Zeitung hat bei der Botschaft reichlich Druck gemacht. Sie haben bereits einen Anwalt angekündigt. Er ist unterwegs ins Gefängnis.«

»Die Frage ist, ob es unsere Behörden auch beeindruckt. Wer ist es?«

»Charuwan Aree.«

»Ich kenne ihn gut. Bei ihm ist er gut aufgehoben.«

»Das denke ich auch, obwohl das Honorar, das *Khun* Charuwan in Rechnung stellen wird, bei seinem Blatt wenig Begeisterung auslösen

wird. Das Büro des Untersuchungsrichters wurde benachrichtigt. Er ist jetzt aber vermutlich schon im Wochenende.«

»Nun, diese Herren lassen sich ja gewöhnlich ohnehin Zeit.« Saranya stand auf. »Also, an die Arbeit.«

22 Bangkok Hilton

»Sie haben Besuch, Mister Remmler«, sagte der Aufseher. »Nicht jeder unserer ›Gäste‹ erfreut sich so schneller Betreuung.«

Das Bedauern in der Stimme des Officers, der ihn aus seiner Zelle führte, war unüberhörbar. Remmler schwieg, als er in einen Raum geführt wurde, der durch Gitter geteilt war.

»Unser *Botschaftszimmer*«, erläuterte der Beamte.

Remmler hörte nur mit halbem Ohr hin. Auf der anderen Seite saßen drei Personen, von denen er eine kannte und die ihn auf Englisch ansprach: »Ein unerwartetes Wiedersehehen, Mister Remmler. Mein Stellvertreter und Ihr Anwalt.« Saranya deutete auf die beiden Personen, die sie begleiteten. »Ich habe eine gute und eine schlechte Nachricht für Sie.«

»Und die wäre?«

»Nun, ich habe erhebliche Zweifel an Ihrer Schuld. Mein Team und ich werden der Sache nachgehen. Ihr Arbeitgeber hat Ihnen als Anwalt Mister Charuwan Aree zur Seite gestellt. Er spricht Englisch und ist einer der Spitzenanwälte Thailands für Strafrecht.«

Aree nickte. »Ich freue mich, Ihre Verteidigung übernehmen zu dürfen, Mister Remmler, obwohl der Anlass wenig erfreulich ist. Captain Saran hat mir die Sachlage erläutert. Ich bin sicher, da lässt sich etwas machen.«

»Etwas machen?«

»Zunächst können wir eine Kaution für Sie beantragen. In Thailand wird diese nicht vom Richter festgelegt, sondern geht als Angebot vom Anwalt an das Gericht.«

»Und was bin ich wert, Mister Aree?«

»In Ihrem Fall würde ich eine Million Thai-Bath anbieten, das sind knapp dreißigtausend Euro.«

»Das tut mir leid, so viel habe ich noch nie auf dem Konto gehabt, aber vielleicht...«

»Darüber machen Sie sich keine Gedanken. Ich habe bereits mit Herrn Scholow gesprochen. Er hat sein Okay gegeben.«

»Ich kann Ihnen versichern, dass ich kein Drogendealer bin. Man hat mir den Beutel untergeschoben.«

»Ich glaube Ihnen, aber entscheidend ist, was das Gericht glaubt. Diese Behauptung wird beim Richter nur ein müdes Gähnen hervorrufen. Alle Drogendealer behaupten das.«

Remmler wusste, dass er recht hatte. »Welche Strategie, denken Sie, ist Erfolg versprechend?«

»Ich will dem Richter darlegen, dass er einen Justizirrtum verhindern kann. Das wäre zwar kein großes Problem für die Justiz hier, aber auch bei uns haben Richter ein gewisses Ehrgefühl. Nur in diesem Fall kann Ihre Freilassung schnell erfolgen.«

»Die schlechte Nachricht ist...«, nahm Saranya das Gespräch wieder auf, »...so schnell

geht das alles nicht. Sie werden noch etwas Geduld aufbringen müssen, hier herauszukommen. Die Kaution ist eine Sache. Wenn der Richter zustimmt, sind Sie in einer Woche raus, vorausgesetzt, wir bekommen so schnell einen Termin. Wir wollen dem Richter möglichst lückenlos und umfangreich die Ergebnisse unserer Untersuchung vortragen, um ihn zu überzeugen, dass ein Freispruch zwingend ist. Verhalten Sie sich ruhig und folgen Sie den Anweisungen des Gefängnispersonals. Mein Kollege wird jetzt Ihre Aussage aufnehmen. Bitte rekonstruieren Sie uns Ihren Aufenthalt in Bangkok vom Zeitpunkt, als Sie in das Taxi vom Flughafen eingestiegen sind, bis zu Ihrer Festnahme, möglichst mit ungefähren Zeitangaben.«

Remmler kam der Aufforderung nach, Saranyas Stellvertreter notierte gewissenhaft und bemerkte zum Schluss: »Es ist Ihnen erlaubt, Ihr Smartphone zu benutzen. Wir werden es Ihnen zukommen lassen, wenn Sie uns erlauben, Ihr Anrufprotokoll aufzunehmen.« Der Officer reichte ihm einen Notizblock mit einem Bleistift. »Ich bitte daher um das Passwort.«

Saranya verabschiedete sich auf Deutsch. »Ich werde mich bald bei Ihnen melden – hoffentlich mit positiven Nachrichten. Herr Aree wurde von Ihrem Arbeitgeber mit Mitteln ausgestattet, die es ihm erlauben, einige Maßnah-

men zur Verbesserung Ihres Aufenthaltes hier zu treffen. Er kennt den Gefängnisdirektor persönlich und hat bereits etwas in die Wege geleitet. Haben Sie sonst noch Fragen?«

»Nein, aber bitte denken Sie daran, dass der Vorwurf absurd ist. Bevor ich Journalist wurde, war ich selbst Polizist in der Drogenfahndung.«

»Ein ehemaliger Kollege? Schade, dass wir nicht Gelegenheit hatten, uns beruflich auszutauschen.«

»Mein Dienst bei der Polizei liegt schon einige Zeit hinter mir. Trotzdem habe ich speziell in der Drogenkriminalität noch einige Kenntnisse. So weiß ich, dass Methamphetamin in Asien hergestellt wird und oft über Thailand zu uns kommt. Wenn man mich beschuldigt, *Yaba* eingeführt zu haben, geht das eher in die falsche Richtung. Wer trägt schon Eulen nach Athen?«

»Ist das ein Witz, Herr Remmler?«

»Nein, es ist ein Idiom für eine überflüssige Tätigkeit. Athen ist die Stadt der Eulen. Niemand würde Eulen dahin tragen.«

»Wir denken darüber nach. Aber ein ehemaliger Drogenfahnder wird nicht automatisch als unschuldig angesehen. Im Gegenteil, man geht von Insiderwissen aus.«

»Dann sollten Sie auch in Erwägung ziehen, dass mein Wissen ausreichen würde, nicht auf diese Weise ins Netz zu gehen. Es wäre purer Dilettantismus. Mir *Yaba* unterzuschieben, war aber auch dilettantisch. Vielleicht hatte man

gerade nichts anderes zur Hand. Wenn Sie Ihre beschlagnahmten Drogen gut dokumentiert haben, sollten Sie einmal nachsehen, ob etwas fehlt.«

»Auch daran haben wir bereits gedacht, Herr Remmler.« Etwas spitz fügte sie hinzu: »Ihr Vertrauen in den Zustand unserer Behörde scheint nicht besonders ausgeprägt zu sein. Wir werden uns bemühen, das zu ändern. Aber natürlich sind wir dankbar für jeden hilfreichen Hinweis. Wir sehen uns.«

Kurz nachdem die Drei das Gefängnis verlassen hatten, kam einer der Wächter und führte Remmler in eine neue Zelle mit einem Bett, einer Dusche und einem frischen Handtuch mit Seife.

Mit übertriebener Höflichkeit und breitem Lächeln wandte er sich an den Gefangenen. »Ihr Konto wurde inzwischen mit einer respektablen Summe aufgefüllt. Wir erlauben uns, die Kosten für Handtuch und Seife davon in Rechnung zu stellen. Die Fußketten, Mister Remmler, sind leider die ersten vier Wochen ihrer Haft Vorschrift. Aber haben Sie einen bestimmten Essenswunsch?«

23 Tod im Chao Praya

Saranyas Mannschaft hatte im Polizeihauptquartier bereits gute Arbeit geleistet. Auf eine Nachricht aber waren sie nicht vorbereitet. Einer der Polizisten, die Remmler verhaftet hatten, wurde schon kurz nach der Verhaftungsaktion beim Fährterminal Kiak Khai, tot aus dem Chao Praya gefischt.

Saranya war alarmiert. Ein wichtiger Zeuge war tot. »Haben die Ärzte seine Todesursache ermittelt?«

»Es war Wasser in der Lunge – mit anderen Worten, er ist ertrunken, aber…«

»Was aber?«

»Es wurde ein zweiter Mediziner hinzugezogen. Es gibt Anzeichen, dass er zuvor betäubt wurde. Man fand einen kleinen Einstich, vermutlich eine Injektion. Die Gerichtsmedizin arbeitet noch daran.«

»Also eine Tötung unter Vortäuschung eines Unfalls. Das kann bedeuten, dass man verhindern wollte, dass der Mann als Zeuge verhört wird. Wo sind die beiden anderen?«

»Sie warten im Verhörraum.«

Die beiden Polizisten schienen sich nicht wohlzufühlen. Saranya bat einen der Männer, aus dem Raum zu gehen. Mit betretener Mine setzte sich der andere Mann Saranya gegenüber.

Nach einem Blick auf die Schulterklappen des Polizisten startete Saranya ein Aufnahmegerät. »Corporal, beantworten Sie mir wahrheits-

gemäß einige Fragen. Wo genau lag der Beutel mit den *Yaba*-Pillen, den Sie angeblich bei Mister Remmler gefunden haben?«

»Er lag im Koffer des Mannes.«

»War er irgendwie versteckt, zum Beispiel in einer Seitentasche, oder im Kulturbeutel?«

»Ich weiß es nicht, ich konnte es nicht sehen. Es war der Kollege, der den Koffer untersucht und den Beutel gefunden hat.«

»Sie meinen den toten Kollegen?«

»Ja, Sir, ich untersuchte gerade den Schrank und die Kleidung, der andere Kollege bewachte den Verdächtigen. Der Tote war der Ranghöchste und hat das so angeordnet.«

»Das ist interessant. Gut, hatten Sie vor der Verhaftung das Gefühl, dass ihr Gruppenführer etwas nervös war? Konnte er zeitweilig nicht erreicht werden oder gab es sonst irgendwelche Merkwürdigkeiten?«

»Nein, Captain, mir ist nichts Besonderes aufgefallen. Kurz vor dem Einsatz war er aber kurz weg, ohne dass wir informiert wurden, wohin er wollte.«

»Und ich nehme an, der Telefonanruf, durch den der Mann angezeigt wurde, hatte ebenfalls Ihr Gruppenführer angenommen.«

»So ist es.«

»Ist der Anruf auf seinem Diensttelefon erfolgt?«

»Ich weiß es nicht, aber er hatte, wie wir alle, auch ein privates Smartphone.«

»Wann haben Sie Ihren Gruppenführer zuletzt gesehen?«
»Nachdem wir den Gefangenen in Bangkwang abgeliefert hatten. Er sagte, er müsse dringend nach Hause. Er wohnt in Suan Luang, in der Nähe der Airport Rail Link Station Hua Mak. Wir hätten ihn in Phaya Thai absetzen können. Stattdessen wollte er an der MRT Bang Pho aussteigen.«

»Nicht gerade die Richtung zu seinem Haus. Das fanden Sie nicht merkwürdig?«

»Jetzt, wo Sie es sagen.«

»Schön, oder auch nicht so schön, das war es vorläufig. Sie halten sich bitte weiter zu unserer Verfügung und garantieren Ihre Erreichbarkeit.« Saranya machte einen Wink zu den hinter dem Einwegfenster stehenden Kollegen und bat den Mann, sich zu entfernen. Das Verhör des zweiten Mannes brachte keine neuen Erkenntnisse.

»Es sieht also danach aus, als hätte er eine Verabredung bei Bang Pho gehabt, ist dort betäubt und in den Fluss befördert worden. Die Strömung hat ihn dann bis Kiak Khai getrieben. Wer hat ihn denn gefunden?«

Sergeant Major Nitchapa sah auf ihre Notizen. »Es war ein Fischer. Der Tote hatte sich in Ufernähe irgendwo verfangen.«

»Darauf werden wir zurückkommen. Wie sieht die Lage sonst aus? Habt Ihr den

Aufenthalt von Mister Remmler rekonstruieren können?«

»Ja, sogar minutiös. Wir haben sein Google Maps-Bewegungsprofil ausgelesen. Er war am Morgen nach seiner Ankunft im Großen Palast und ist gleich danach wieder mit einer Fähre zurück zum Hotel. Am nächsten Tag war er mit dem Taxi beim deutschen Konsulat, ist aber nicht hineingegangen. In einem Café in der Nähe hat er dann gegessen und mit seinem Smartphone etwas im Internet erledigt. Danach hat er es vorgezogen, zu Fuß in die Silom Road zu gehen und sich im Amüsierviertel Patpong umzusehen.«

»Ist er dort länger geblieben oder gibt es Hinweise, dass er sich in einem der Etablissements aufgehalten hat?«

Nein, er ist gelegentlich stehen geblieben, hat sich aber kurz danach die BTS von der Station Sala Daeng bis Saphan Taksin genommen. Von dort hat er das kurze Stück die öffentliche Fähre, es war die ›Orange Flag‹, zum Oriental Pier genommen. Im Hotel angekommen, hat er sich in seinem Zimmer aufgehalten, bis er verhaftet wurde.«

»Also außer Patpong kein Aufenthalt in den einschlägigen Vierteln, Sukhumvit, Klong Toei und andere. Keine außergewöhnlichen Stopps bei der Taxifahrt?«

»Definitiv nicht.«

»Das ist schon eine ganze Menge, aber ich weiß nicht, ob das schon reicht, den Richter zu überzeugen.«

Ihr Stellvertreter nickte. »Zu klären ist also, hat man ihm das Päckchen untergeschoben und warum. Hat er das *Yaba* mitgebracht oder hat er es hier aufgenommen, um es auf dem Rückflug mitzunehmen. Sie haben wirklich den gesamten Inhalt seines Koffers gesehen, Sir?«

»Ich kann nicht ausschließen, dass mir das Päckchen in seinem Koffer entgangen ist, wenn es etwa hinter einer Kofferverkleidung verborgen war. Aber für mich steht fest, er müsste verrückt sein, es mir überlassen zu haben, den Inhalt des Koffers zusammen zu sammeln. Sein Einwurf, dass *Yaba* in Asien hergestellt wird und es eher unwahrscheinlich ist, dass er es mitgebracht hat, ist richtig.«

»Eine Übergabe hätte dann danach erfolgen können, um es auszuführen.«

»Aus seinem Bewegungsprofil geht das jedenfalls nicht hervor. Es ist auch schwer vorstellbar. Er hat ein Flugticket für drei Wochen Aufenthalt. Nach einer Woche Bangkok gibt es eine Buchung auf Kho Chang. Wer das Zeug auf dem Rückflug mitnehmen will, trägt es nicht drei Wochen mit sich herum. Das ist nicht die *roadmap* eines Drogenkuriers. Aber Sie haben recht, es reicht vielleicht für die Kaution. Um ihn rauszuholen brauchen wir etwas mehr. Wir sollten uns um den Toten aus

dem Fluss kümmern. Wenn er ermordet wurde, müssen wir zuerst diesen Fall untersuchen. Dann werden wir auch im Fall des Deutschen weiterkommen.«

»Tötungsdelikte liegen aber nicht in unserer Zuständigkeit. ›SnowWhite‹ und ›Moondance‹ machen nur Mordermittlungen, wenn wir einen Zusammenhang mit Drogenkriminalität oder mit den Fällen von ›Moondance‹ nachweisen können.«

»Das…« *Verd…das hatte ich nicht bedacht.* »Ja, wir brauchen die Zustimmung von Supattra. Noch haben wir diese Beweise nicht. Stellt bitte trotzdem sofort einen Antrag wegen… dringendem Verdacht auf Zusammenhang mit…, den Fall zu übernehmen.« Saranya machte eine kurze Pause, bis die Anwesenden mit ihren Notizen fertig waren.

»Hat man ein Telefon bei dem Toten gefunden?«

Sergeant Major Nichapa sah erneut in ihr Protokoll.

»Er hatte sein Diensttelefon bei sich. Die Anrufnummern darauf werden noch überprüft. Ein weiteres Telefon wurde nicht gefunden.«

»Das wäre auch zu schön gewesen. Hatte er den Anruf auf seinem Diensttelefon entgegengenommen, war er möglicherweise anonym. Erfolgte er auf seinem Privattelefon, muss der Anrufer seine Nummer und auch ihn

gekannt haben. Wie auch immer, es würde mich wundern, wenn der Anruf zurückverfolgt werden könnte. Fragt trotzdem bei den Telefongesellschaften nach, ob auf seinen Namen eine SIM registriert ist. Vielleicht können wir die Nummern der letzten Anrufer auf seinem privaten Phone in Erfahrung bringen. Bitte setzt euch gleich am Montag daran.«

An ihren Stellvertreter gerichtet: »Veranlassen Sie die Kollegen der Bang Pho Polizeistation, und Ansässige zu befragen. Vielleicht hat jemand etwas gesehen. Lassen Sie ein Protokoll von Remmlers Anrufen und seinen Mails erstellen.«

»Es gibt eine Mail-App, aber es waren keine Mails zu finden und es ist auch kein Account registriert.«

»Das werden wir ihn noch erklären lassen. Falls also keine fallrelevanten Daten vorhanden sind, lassen Sie ihm sein Smartphone durch einen Kurier bringen. Die IT soll vorher eines unserer ›tracking tools‹ installieren. Auch wenn er entlassen wird, möchte ich ihn auf dem Schirm behalten. Speichern Sie ihm unsere Telefonnummer und die von seinem Anwalt *Khun* Charuwan ein. Danach machen Sie eine Zusammenfassung und schicken das dem Anwalt.«

»Das ist aber unüblich. Anwälte werden bei uns erst kurz vor der Verhandlung informiert.«

»Ich bin überzeugt, dass der Mann unschuldig ist. Wir haben auch die Aufgabe, Menschen zu schützen. Das sollten wir auf unsere Weise regeln und mit dem Anwalt zusammenarbeiten. *Khun* Charuwan wird das nicht an die große Glocke hängen.«

Die Anwesenden nickten zustimmend.

»Geht jetzt nach Hause. Montag bitte pünktlich zum Dienst. Ich habe jetzt noch etwas für ›Moondance‹ zu erledigen.«

24 Das Verhör

Tareq war bestürzt, als ihm Jantila erzählte, dass sie sein Verschwinden bei der Polizei gemeldet hatte, ließ sich aber nichts anmerken. Sie konnte die möglichen Folgen nicht abschätzen, wenn seine Person überprüft wurde. Er war daher auch wenig überrascht, dass er ins Hauptquartier der Polizei in Phatum Whan zitiert wurde. Er zögerte. Sollte er nicht besser gleich untertauchen? Das Mindeste, was ihm drohte, war eine Geldstrafe wegen nicht registrierter Tätigkeit, im schlechtesten Fall Gefängnis und Ausweisung. Dann hätten sie ihn aber bereits verhaftet, daher entschied er, sich befragen zu lassen.

Er war lange genug im Land, um zu erkennen, dass Captain Saran eine *Kathoey* war, und er wusste auch, dass Transgender aufgrund ihrer Hormonbehandlung recht aggressiv werden konnten. Angenehm überrascht von ihrer sanften Stimme, ließ er sich auf Aufforderung gegenüber Saranyas Schreibtisch nieder.

Saranya war sich noch nicht sicher, was sie erwartete. Wenn Rashid etwas mit verschwundenen Touristen zu tun hatte und Supattra mit Rashid Kontakt hatte…? Ein ungeheuerlicher Verdacht.

Nein, beide wären dann in die ›Moondance‹-Fälle verwickelt. Will ich das eigentlich alles wissen?

»*Khun* Rashid, wissen Sie, warum ich Sie sprechen will?«

Tareq zögerte. War den Behörden seine illegale Tätigkeit doch entgangen?

»Ich nehme an, es geht um mein kurzzeitiges Verschwinden, das meine Freundin Jantila angezeigt hat. Sie hatte sich unnötig Sorgen gemacht. Es war ein harmloser Scherz von alten Bekannten.«

»Wer waren sie denn, Ihre alten Bekannten?«

»Es waren Mitarbeiter meines früheren Arbeitgebers.«

»Sie meinen APSARA Ltd.?«

»Ja, es war eine harmlose Sauftour, die mit dickem Kopf irgendwo endete.«

»In einem der Massage-Parlours, nehme ich an.«

»Da liegen Sie falsch. Ich habe für so etwas nichts übrig. Ich liebe Jantila und ich würde ihr so etwas nicht antun.«

Es hörte sich glaubwürdig an. Saranya musste gegen ihr Misstrauen ankämpfen.

»Na schön, Sie sind also ein guter *Farang*. Das haben Sie ja schon einmal bewiesen, als sich ein Mann in Ihrem Hotel an Ihrer Freundin vergreifen wollte. Es gibt aber noch einen anderen Punkt, den ich ansprechen muss. Sie sind weiter oder wieder für APSARA Ltd. tätig und das ohne Anmeldung.«

»Das war sicher ein Versäumnis, das ich nachholen muss. Ich wollte zunächst nur auf Probe wieder dort arbeiten, um zu sehen, ob der Verdienst für meinen Lebensunterhalt

reicht. Der Job als Rezeptionist ist nur unzureichend bezahlt.«

»Was machen Sie da eigentlich?«

Auf diese Frage war Tareq vorbereitet. »Ich war früher Grafiker und entwerfe Muster für Textilien.«

»Das wäre also geklärt. Ich werde davon absehen, Sie bei der Immigration zu melden. Holen Sie die Anmeldung nach, falls Sie sich doch nicht entscheiden, ausschließlich als Rezeptionist zu arbeiten. Für diese Tätigkeit haben Sie ja bereits eine Zulassung.«

»Danke, das werde ich, Sir.«

»Nun habe ich aber noch eine Sache, die mir nicht ganz klar ist.«

»Ja, Captain?« Tareqs Anspannung eingangs des Verhörs hatte sich bereits etwas gelegt, wurde aber nun erneut in den Alarmmodus versetzt.

»Sie wurden einmal im Zusammenhang mit einer verschwundenen Touristin verhört, die sich mit Ihnen getroffen hatte.«

Tareq hatte Mühe, Ruhe zu bewahren. Davon hatten ihm seine Arbeitgeber nichts erzählt. Wie er es selbst erlebt hatte, war sein Doppelgänger recht fleißig darin, neue Bekanntschaften zu machen.

Um etwas Zeit zu gewinnen, antwortete er ausweichend. »Das ist schon eine ganze Weile her. Ich kann mich kaum daran erinnern.«

Saranya hatte wohl bemerkt, dass sie ihren Gesprächspartner mit dieser Frage in Verlegenheit gebracht hatte, interpretierte es aber falsch. Ihr ging durch den Kopf, dass der Mann es damals irgendwie geschafft hatte, Supattra zu schmieren, um der weiteren Überwachung zu entgehen. Mit der Antwort auf ihre nächste Frage keimte in ihr aber noch ein anderer Gedanke.

»Wo hatten Sie denn die Frau kennengelernt?«

Tareq war sofort klar, dass mit der Antwort auf diese Frage seine ganze Existenz auf dem Spiel stand, aber er sah keine Möglichkeit dem auszuweichen. Mit einer zwanghaft betont lockeren Körperhaltung unternahm er einen letzten Versuch, sich aus der Schlinge zu ziehen.

»Das steht doch sicher in Ihrer Akte.«

Saranya war sich nun sicher, den Mann in die Ecke getrieben zu haben, und bluffte. »Ja, es war in Huahin.«

»Sie sagen es.«

Nun habe ich dich. Es war Bangkok. Aber warum solltest du lügen? Oder du weißt es gar nicht, aber dann bist du nicht Karim Rashid.

Saranya beschloss, vorläufig ihre Erkenntnisse bei sich zu behalten. »Noch eine letzte Frage, Mister Rashid. Kennen Sie zufällig einen Polizeigeneral mit Namen Supattra?«

Tareq war sicher, den Namen noch nicht gehört zu haben, trotzdem verband ihn eine undefinierbare Assoziation mit dem Namen. Er

verdrängte den Gedanken und konzentrierte sich auf das Verhör. Erleichtert darüber, sich anscheinend aus der Situation befreien zu können, lehnte er sich entspannt zurück. »Captain, ich bin ein unbedeutender Rezeptionist. Wie soll ich mit einem Polizeigeneral Kontakt unterhalten?«

»Danke, Mister Rashid, ich habe nun keine weiteren Fragen mehr, Sie können gehen.«

Saranyas Smartphone meldete sich mit dem Namen ihres Stellvertreters auf dem Display.

»Was gibt es?«

»Ich bin im Asservaten-Archiv.«

»Wegen des *Yaba*? Fehlt etwas?«

»Ja, von den Eingangsprotokollen fehlt eine Seite. Der Bestand nach den übrigen Protokollen ist nachweisbar. Was auf der fehlenden Seite angegeben war, ist nicht mehr zu ermitteln.«

25 Verdacht bestätigt

Erleichtert nahm Remmler sein Smartphone in Empfang und stellte befriedigt fest, dass das mobile Internet-Guthaben noch weitgehend unverbraucht war. Als Erstes setzte er eine WhatsApp-Nachricht an Scholow ab und bedankte sich für die Hilfe. Scholow drängte ihn nicht zu weiteren Erklärungen, stattdessen schickte er einen von ihm selbst verfassten Entwurf eines Artikels, den er dem Auswärtigen Amt zukommen hatte lassen. Titelzeile:

Journalist des *Hanseblattes* unschuldig in den Fängen der thailändischen Justiz.

Es folgten drastische Beschreibungen der Zustände in den Gefängnissen und dezente Hinweise über das völlige Fehlen von rechtsstaatlichen Prinzipien. Der Artikel endete mit der unverblümten Drohung, auch das Königshaus nicht zu schonen.

»Sie haben uns bereits mitgeteilt, dass sie sich der Sache angenommen haben und bitten um vorläufige Zurückhaltung. Ich hoffe, sie holen dich da bald raus.«

»Bitte Sandro, geh' nicht zu weit. Gerade was die Monarchie angeht, sind sie hier schnell angefressen. Solche Schüsse könnten nach hinten losgehen. Ich werde hier ganz gut vertreten.«

»Gut, aber melde dich, wie es läuft und auch wenn du weitere Hilfe benötigst.«

»Mach' ich, danke.« *Keine Vorwürfe, keine Belehrungen? Ich entdecke ganz neue Seiten an dir, mein Freund. Ich habe dich wohl unterschätzt.*

Remmler hatte seinen Chef noch nie so fürsorglich erlebt. Er hatte nicht das Gefühl, dass nur die Eigentümerin des Blattes dahinterstand. Sie war ihm, nach einer Recherche über das Verschwinden ihres Mannes wohl gesonnen.

In den vergangenen Stunden hatte er immer wieder die Zeit von seiner Ankunft bis zu seiner Verhaftung gedanklich durchgespielt, um zu ergründen, warum er in dieser Situation war. Als er auf das Gespräch mit dem Rezeptionisten kam, lief es ihm kalt über den Rücken.

Er muss es gewesen sein, er hat mir das eingebrockt. Der Kerl weiß, dass ich ihn erkannt habe.

Saranya blickte auf ihr Smartphone und sah, dass Remmler sie sprechen wollte. »Wie geht es Ihnen, Herr Remmler? Ich hoffe, die Maßnahmen von *Khun* Charuwan haben dafür gesorgt, Ihren Aufenthalt etwas erträglicher zu gestalten.«

»Danke, Captain, ja, es geht den Umständen entsprechend, wenn man davon absieht, dass ich mich etwas in Askese üben muss. Aber das Hotelbett war mir ohnehin etwas zu weich.«

»Immerhin haben Sie Ihren Humor noch nicht verloren.«

»Das ist reiner Sarkasmus. Ich rufe Sie an, weil mir etwas eingefallen ist, das ich bisher in meiner Sache nicht für wichtig gehalten habe. Es war mir klar, dass es auch die Behörden interessieren dürfte, aber ich hatte den Auftrag, etwas für mein Blatt zu recherchieren. Bis jetzt war ich mir nicht sicher, ob ich mit meiner Vermutung richtig lag. Es geht um den Rezeptionisten Karim Rashid.«

Saranya richtete sich in ihrem Schreibtischsessel auf. »Und nun sind Sie sich sicher? Ich bin gespannt. Glauben Sie, er hat mit Ihrem Fall etwas zu tun?«

»Ja, ich bin mir fast sicher. Ich habe den Mann aufgrund seiner Ähnlichkeit mit einer Person angesprochen, die vor Jahren aus Deutschland geflohen ist und angeblich beim Tsunami getötet wurde. Er hat geleugnet, dass er je in Deutschland war. Meine Zeitung hatte über den Fall berichtet und mein Chefredakteur hat mir den Artikel per Mail zugesandt.«

»Das ist eine interessante Information. Wir haben auf Ihrem Telefon keine Mails gefunden und wollten Sie diesbezüglich noch befragen.«

»Ich halte keine Mails auf meinem Phone. Sie sind nur über die Einwahl in meinen Account zugänglich. Ich schicke Ihnen den Artikel zu. Es gibt ein Foto von dem Mann. Er heißt Tareq Avani. Ich glaube, er hat es irgendwie geschafft,

mir diese Falle zu stellen, weil er gespürt hat, dass ich ihn erkannt habe.«

»Eine gewagte Hypothese, aber ich muss zugeben, es würde einige Fragen klären, allerdings auch neue aufwerfen. Der Mann war auch schon bei uns im Fokus. Die Frage ist, wie er es angestellt hat, die Polizei für seine Zwecke einzuspannen.«

»Hm, ich will Ihren Kollegen nicht zu nahetreten, aber es scheint, dass man hier…«

»Nennen Sie es ruhig, was es ist: Korruption oder Bestechung. Nur sollten Sie sich Ihre Gesprächspartner sorgfältig auswählen, wenn Sie das Thema ansprechen. Unterschiedliche Kulturen bedeuten auch unterschiedliche Empfindlichkeiten. Mir gegenüber können Sie offen sein. Mit Geld lässt sich hier einiges bewirken. Ich weiß noch nicht, wie und ob wir mit dieser Information weiterkommen, aber wir haben einen neuen Ansatz. Auch bei uns gibt es Hinweise, dass in unserer Behörde nicht alles mit rechten Dingen zugeht. Mit Karim Rashid oder Tareq Avani werden wir uns beschäftigen. Noch eine Frage, Herr Remmler, welchen Beruf hatte Tareq Avani in Hamburg ausgeübt?«

»Sein Beruf war Grafiker. Er und sein Vater hatten eine Kunstdruckerei in Hamburg.«

Sie beendeten das Telefonat. *Der Kreis schließt sich.* Saranya machte eine Gesprächsnotiz und rief ihren Stellvertreter in ihr Büro. »Es gibt

Neuigkeiten, der Rezeptionist aus dem Hotel, in dem Mister Remmler wohnte, könnte in die Sache mit dem Drogenfund involviert sein. Er lebt hier unter einem falschen Namen. Verteile bitte diese Gesprächsnotiz und lege sie zur Akte. Gibt es etwas Neues zur Befragung bei der mutmaßlichen Ablagestelle des Polizisten im Chao Praya bei Bang Po?«

»Es wurden Reifenabdrücke an einer Stichstraße neben der Royal Thai Army Quartermaster School gefunden. Der Hausmeister hat ein helles SUV bemerkt, das direkt vom Ufer kam und mit zwei Männern davonfuhr. Es gibt eine zeitliche Übereinstimmung. Unterricht zu dieser Zeit fand nicht statt. Daher ist nicht mit weiteren Zeugen zu rechnen. Genauere Angaben zum Fahrzeug konnte er nicht mit Sicherheit machen. Wir haben einen Reifenabdruck gemacht. Es ist nach den Untersuchungen der Abdruck von hinten rechts. Ich habe aber noch etwas. Supattra hat es abgelehnt, den Mordfall uns zu übertragen.«

»Warum wundert mich das nicht?«

Ihr Stellvertreter blickte etwas irritiert zu ihr. »Wie meinen Sie das?«

»Nichts weiter, er ist Bürokrat und befolgt die Regeln.«

Saranya pflegte einen vertrauensvollen Umgang mit ihren Mitarbeitern, aber über ihr

Verhältnis zu Supattra war nur Sergeant Major Nichapa eingeweiht.

»Supattra möchte über den Stand der Ermittlungen zum Fall Remmler informiert werden – heute noch. Er hofft, dass dieser Drogenkurier bald seiner Strafe zugeführt wird. Er hat den Staatsanwalt gebeten, das Verfahren zu beschleunigen.«

»Das war zu befürchten. Uns läuft die Zeit davon. Das übernehme ich selbst.«

»Und Karim Rashid?«

»Er heißt Tareq Avani. Nehmen Sie zwei Kollegen und nehmen ihn wegen Vortäuschung einer falschen Identität fest. Ich gehe zum General.«

26 Supattra

»Captain, schön, dass Sie kommen konnten. Es scheint mir, der Fall des Deutschen kommt nicht so recht voran. Gibt es noch etwas zu klären? Die Beweislast ist erdrückend. Ich möchte diesen Fall so schnell wie möglich abgeschlossen haben.«

»Sicher, General, es ist nur so, dass es inzwischen neue Indizien gibt, die Mister Remmler möglicherweise entlasten.«

»Und die wären?«

»Wie sie wissen ist ein Polizist tot aus dem Chao Praya geborgen worden. Unsere Ermittlungen haben ergeben, dass er an der Verhaftung des *Farang* beteiligt war. Es könnte sich um eine Tötung handeln.

»Wie kommen Sie darauf?«

»Die Forensik hat festgestellt, dass er vor dem Ertrinken betäubt wurde. Sie haben meinen Antrag abgelehnt, den Fall zu untersuchen. Ich vermute aber, dieser Fall hängt mit dem Fall des Deutschen zusammen.

»Ich gebe zu, dieser Verdacht ist nicht unbegründet. Gute Arbeit Captain.«

»Es gibt aber noch einen weiteren Hinweis, dem wir nachgehen müssen. Der Rezeptionist des Hotels, in dem Mister Remmler abgestiegen ist, hat eine falsche Identität. Er ist ein Flüchtiger aus Deutschland. Mister Remmler hat ihn erkannt und vermutet, dass er es

irgendwie geschafft hat, das *Yaba* in seinem Koffer zu platzieren.«

»Haben Sie den Mann verhört?«

»Ja, aber da hatte ich diese Erkenntnis noch nicht. Beamte meines Teams sind unterwegs, ihn zu verhaften.«

»Gut, dann übernehmen Sie den Fall des toten Polizisten und finden Sie heraus, ob dieser Rezeptionist etwas damit zu tun hat.«

»Das werde ich, danke, General.«

Etwas verwundert über die plötzliche Nachgiebigkeit ihres Chefs, nahm Saranya den Aufzug zu ihrem Büro und bereitete sich auf die Vernehmung des Tareq Avani vor.

Supattra wartete einen Moment und griff zu seinem zweiten Privattelefon.

Tareqs Display zeigte, dass Chan ihn sprechen wollte. »Du hast maximal zehn Minuten zu verschwinden. Sie kommen, um dich zu verhaften. Komm hierher.«

Die Hotel-Lobby war leer. Seit seiner Flucht aus Hamburg hatte er eine gewisse Neurose entwickelt, die ihn ermahnte, alle wichtigen Privatsachen griffbereit zu halten. Sein Rucksack enthielt Pass, Kreditkarte, eine gewisse Summe Bargeld, sein Notebook und einige Toilettenartikel. Hastig notierte er etwas auf einen Zettel, schlich sich zu dem Umkleideraum der Frauen, wo er die Notiz unter die Tür von Jantilas Spind schob. Sein

Mobiltelefon schaltete er aus. Die Aufforderung, sich in die Arme von APSARA Ltd. zu flüchten, würde er ignorieren. Es gab einen Zufluchtsort, von dem kaum jemand wusste. Zumindest für einige Zeit konnte er sich dort verstecken. Ein Taxi brachte ihn zur MRT-Station Lumphini. Dort stieg er in die Bahn zur Station Sukhumvit und stieg in die BTS um. Von der BTS-Station Ekkamai erreichte er zu Fuß sein Ziel.

27 Vor Gericht

Das vergitterte Fahrzeug der Gefängnisverwaltung kämpfte sich durch Bangkoks Straßenverkehr. Remmler saß, befreit von seinen Fesseln, aber flankiert von zwei Gefängnisbeamten, auf einer ungepolsterten Bank. Ihm gegenüber saß der Anwalt Charuwan Aree mit einer Aktentasche und versuchte, ihn auf das Kommende vorzubereiten.

»Mister Remmler, leider wurde der Haftprüftermin überraschend zeitlich vorgezogen. Das kann damit zusammenhängen, dass Ihre Botschaft einen gewissen Druck erzeugt hat, oder es gibt ein Interesse, den Fall schnell abzuschließen.«

»Ich habe meinen Arbeitgeber gebeten, nicht voreilig aktiv zu werden. Ich denke, auch die Botschaft wird sich mäßigen.«

»Wie auch immer, Captain Saran hat mich freundlicherweise bereits über den Stand der Ermittlungen informiert, daher sind die Unterlagen, die ich vor der Verhandlung bekomme, nichts Neues für mich. Das ist normalerweise nicht üblich. Ich konnte mich daher vorbereiten.«

»Wird das, was Sie in der Hand haben, ausreichen?«

»Ich weiß es nicht, um ehrlich zu sein. Die gute Nachricht ist, der Richter gehört nicht zum Typ ›Racheengel‹. Er nimmt seinen Job ernst.«

»Wie läuft das Ganze nun ab?«

»Sie werden leider zur Passivität verdammt sein. Die Gerichtssprache ist thailändisch. Nur wenn der Staatsanwalt oder das Gericht Fragen an Sie haben, kann ein Dolmetscher hinzugezogen werden. So ist die thailändische Strafprozessordnung.«

»Das können Sie doch machen.«

»Ich bin nicht als Dolmetscher vereidigt und auch nicht neutral. Außerdem müsste es in Ihrem Fall ein Dolmetscher für die deutsche Sprache sein.«

»Wie wollen Sie vorgehen?«

»Zuerst wird der Staatsanwalt die Klageschrift vorlesen. Er hat natürlich auch alle Ermittlungsunterlagen und weiß, dass die Anklage nicht wasserdicht ist. Er wird Captain Saran in den Zeugenstand rufen, die nur auf seine Fragen antwortet. Das werde ich danach ebenfalls tun und ich weiß, was ich zu fragen habe. Es geht darum, die Klageschrift soweit zu löchern, dass dem Richter gar nichts übrig bleibt, als Sie auf freien Fuß zu setzen.«

Remmler war sich nicht sicher, wie er das Minenspiel des Thailänders zu deuten hatte. Er wusste inzwischen, dass in Asien ein Lächeln keine Rückschlüsse auf die Gedankenwelt eines Gesprächspartners erlaubte. Scheinbare Freundlichkeit konnte auch das Gegenteil bedeuten. Strahlte er die Selbstsicherheit eines

erfolgreichen Anwaltes aus oder wollte er ihm nur Mut machen?

»Und wenn die Löcher nicht groß genug sind?«

»Mister Remmler, die Rechnung, die ich an Herrn Scholow schicken werde, könnte von den wirklichen Drogenkurieren, die diesem Umfang eines Vergehens beschuldigt werden, nicht bezahlt werden. Sie werden von ihren Auftraggebern fallen gelassen. Dieses Geschäft ist eine empathiefreie Zone, sowohl seitens der Hintermänner, allerdings auch seitens der Justiz. Bisher wurde ich noch nie in einem solchen Fall beauftragt. Das alleine wird dem Richter zu denken geben. Ich bin jetzt sicher, dass zumindest eine Kaution akzeptiert wird.«

Die Verhandlung am Ratchada Criminal Court war kaum eröffnet, als sie auch schon vorbei war. Zunächst schleuderte der Richter dem Staatsanwalt mit zorniger Tonlage eine Tirade auf Thai entgegen, der dann kleinlaut etwas entgegnete. Danach wandte er sich an Remmlers Anwalt. Remmler versuchte erfolglos, dem Minenspiel der Wortführenden etwas zu entnehmen. Es war offensichtlich, dass er ein Problem mit dem Staatsanwalt hatte. Unvermittelt wandte er sich zum Schluss überraschend auf Englisch an Remmler.

»Mister Remmler, das Gericht wird aufgrund der Umstände nicht in der Lage sein, ein Urteil zu fällen. Sie werden vorläufig gegen eine Kaution von einer Million Thai-Bath auf freien Fuß gesetzt. Halten Sie sich weiter zur Verfügung.

Es ist Ihnen erlaubt, sich innerhalb der Grenzen von Bangkok frei zu bewegen. Ihr Pass bleibt vorläufig eingezogen. Lassen Sie sich von Ihrem Anwalt über die Einzelheiten informieren. Die Verhandlung ist geschlossen.«

Rechtsanwalt Aree griff nach seiner Tasche. »Mister Remmler, wir nehmen ein Taxi in Ihr Hotel. Sie müssen nicht mehr zurück nach Bangkwang. Das, was Sie dort an Eigentum haben, Ihr konfisziertes Gepäck, Ihr Geld und die Kreditkarte, wird Ihnen ins Hotel gebracht. Ruhen Sie sich erst einmal aus, wir sehen uns heute Abend. Ich hole Sie mit Captain Saran um 18 Uhr ab. Wir werden Ihnen alles erklären.«

»Okay, aber wie sieht es für mich aus?«

»Es ist noch nicht vorbei. Aber in Ihrem Fall ist die Entlassung auf Kaution mehr, als nur ein halber Freispruch.«

Der Hotelmanager des ›Black Hong‹ erwartete ihn persönlich und war sichtlich verlegen. »Mister Remmler, man hat mich informiert. Wir entschuldigen uns, was Ihnen widerfahren ist. Wir gewähren Ihnen ein *Upgrade* in unsere Suite.«

Charuwan Aree hatte auf der Dachterrasse eines Restaurants mit einem überwältigenden Blick auf das Wat Arun einen Tisch reserviert. Er deutete auf das bildschöne sakrale Monument buddhistischen Glaubens. »Gleich

wird die Sonne hinter dem zentralen Stupa verschwinden und die Selfie-Gemeinde aus aller Welt zwischen New York und Tokio ebenfalls. Wählen wir uns etwas zu essen.«

Sie orderten, während sich der Himmel hinter dem Wat rötlich verfärbte und die Sonne allmählich hinter dem Horizont abtauchte. Paare standen eng beieinander und versuchten, sich mit ihren Smartphones optimal zu positionieren. Zwei Japaner hatten ihre beeindruckende Fotoausrüstung auf Stativen platziert und machten Serienaufnahmen. Das Spektakel war schneller als erwartet vorbei und die drei wandten sich ihrem Essen zu.

Remmler zügelte seine Ungeduld. Auf Empfehlung Captain Sarans hatte er ein *Khao Soi* bestellt, das vorzüglich schmeckte. Inzwischen hatte sich die Dachterrasse nahezu geleert und Charuwan Aree kam auf die Verhandlung zu sprechen.

»Ich war vor der Verhandlung zwar verhalten optimistisch, aber nicht sicher.«

»Das konnten Sie aber gut verbergen.«

»Ja, als Anwalt sollte man generell etwas Optimismus ausstrahlen. Als ich die Anklageschrift gelesen hatte, war mir klar, dass die Klageschrift des Staatsanwaltes, auf der Basis von Supattras Unterlagen, nur unvollständig war. Der Richter hatte aber, wie ich auch, Kenntnis der gesamten Ermittlung. Saranya, hast du eine Idee woher?«

»Er hat mich angerufen und ich habe gesagt, wie ich das sehe.«

»Du hast Supattra übergangen, das kann dich den Kopf kosten.«

Remmler registrierte verblüfft die vertrauliche Anrede mit einem weiblichen Vornamen, hielt sich aber mit der auf der Zunge liegenden Frage zurück.

»Das wird sich zeigen, außerdem war es der Richter, der den General übergangen hat. Unsere Ermittlungen gehen auf der Basis neuer Erkenntnisse weiter.

Erstens, wir haben den richterlichen Auftrag, den Tod des Polizisten zu klären. Inzwischen wissen wir, dass er ermordet wurde.«

»Ist er also nicht ertrunken?«

»Doch, aber er wurde zuvor mit einer Injektion von Propofol betäubt. Es wird bei kleinen medizinischen Eingriffen zur Kurznarkose benutzt. Ich bin leider nicht dazu gekommen, das vorzutragen.

Zweitens, ich habe dich bereits über den Verdacht gegen den Rezeptionisten des ›Black Hong‹ auf Mister Remmlers Hinweis informiert. Das habe ich auch Supattra in meinen Bericht zum vorläufigen Stand der Ermittlungen vorgetragen. Danach habe ich mein Team zum ›Black Hong‹ geschickt, um Tareq Avani alias Karim Rashid zu verhaften. Er ist kurz zuvor gewarnt worden und ist verschwunden. Rashid war ehemaliger

Mitarbeiter der kambodschanischen Firma mit Namen APSARA Ltd. Ihr Geschäftsfeld ist Im- und Export von Textilien. Außerdem betreiben sie Zuckerrohranbau und die Verarbeitung der Melasse.

Nun arbeitet Tareq Avani neben seinem Job als Rezeptionist unter dem Namen Karim Rashid für die Kambodschaner. Wir fahnden nach ihm.

Drittens sind wir dem Telefonat nachgegangen, durch das Mister Remmler angezeigt wurde. Es kam von einer nicht registrierten SIM. Der Anrufer befand sich in Bangkok. Auch diese Angelegenheit wird uns noch beschäftigen. Es steht noch nicht fest, wessen Kopf am Ende der Ermittlungen fällt.«

»Ich glaube, wir sollten Mister Remmler nun darüber informieren, was der Richter gesagt hat«, sagte der Anwalt.

Remmlers Geduld war nun ausgiebig strapaziert. Aber er hatte begriffen, dass hier die Uhren anders ticken. »Ja, das interessiert mich tatsächlich.«

Saranya nickte kurz zu Charuwan Aree. »Der Richter war, vorsichtig ausgedrückt, recht ungehalten über die nachlässige und unvollständige Anklageschrift. Der Staatsanwalt verteidigte sich mit Hinweis auf die Informationen von Supattra. Das war aber nicht der Hauptgrund für den plötzlichen Abbruch der Verhandlung.«

Auf Remmlers fragenden Blick antwortete Saranya: »Dem Richter wurde ein finanzielles Angebot gemacht, Sie schnell abzuurteilen. Das hat ihn in Rage versetzt. Er hat sich für befangen erklärt und will das Verfahren einem Kollegen übergeben. Der Richter gehört zu einer der reichsten Familien des Landes.«

»Und ist somit nicht bestechlich?«

»Ich denke nicht. Er hat einen guten Ruf. Es kann aber auch sein, dass die Bestechungssumme nicht hoch genug war. Ein reicher Mann kann das als Beleidigung auffassen. Wie auch immer, es lief nicht so, wie von der Anklage gewünscht, und ist für Ihre Verteidigung nun von Vorteil.«

»Und wann soll es weiter gehen?«

»Dem Bestechungsversuch wird eine Sonderermittlung nachgehen. Ihr Fall wird unabhängig davon von uns weiter untersucht.«

»Werden Sie Tareq Avani finden?«

»Eine Frage der Zeit. Ein *Farang* kann in Thailand auf Dauer nicht untertauchen. Für uns ist er im Moment nur ein wichtiger Zeuge. Seine Freundin Jantila aus dem ›Black Hong‹ behauptet, sie weiß nicht, wo er ist. Sie haben eine gemeinsame Wohnung. Kaum vorstellbar, dass er dort anzutreffen ist. Priorität hat aber zunächst die Aufklärung des Polizistenmordes. Vorher wird nichts entschieden. Versuchen Sie, den Aufenthalt in Bangkok zu genießen, Herr Remmler. Geben Sie sich ausgiebig dem thai-

ländischen Lebensprinzip *Sanuk* hin. In Thailand ordnen wir das gesamte Leben der Lebensfreude unter. *Sanuk* bedeutet ›Spaß haben‹. Wir prüfen bei allem, was wir tun, ob es *Sanuk* ist. Wenn etwas nicht *Sanuk* ist, versucht man es zu umgehen. Aber natürlich muss man auch Dinge tun, die nicht *Sanuk* sind. Dann unternimmt man alles, um dem Unumgänglichen mit etwas *Sanuk* zu begegnen.«

»Ich werde es versuchen. Zumindest kann ich ja einmal Ihrer Empfehlung folgen, mir eine Thai-Massage zu gönnen.«

»Gute Idee. Gerade ihr Deutschen könntet etwas mehr *Sanuk* vertragen. Es ist ja auch das, was *Farang*s nach Thailand zieht. Leider ist die Polizeiarbeit nicht immer *Sanuk*, aber dafür habe ich jetzt gut gegessen. Ich ziehe mich nun zurück, da noch Arbeit auf mich wartet. Vielleicht haben die Herren noch etwas zur Verteidigungsstrategie zu besprechen.«

Aree informierte Remmler über einige Besonderheiten des thailändischen Gesetzes. Danach konnte Remmler es sich nicht verkneifen, den Anwalt zu seiner Beziehung zu Saranya zu befragen.

»Mister Aree, entschuldigen Sie die Frage. Sie haben den Captain mit Saranya angesprochen. Ist sie…?«

Aree blickte etwas schelmisch zu Remmler. Er wusste, dass das Thema ›Ladyboy‹, wie es von

den meisten *Farang*s bezeichnet wird, oft im Zusammenhang mit dem Nachtleben diskutiert wird. »Nein, Saranya ist immer noch ein ›Er‹, aber auf dem Weg zu einer Frau. Ja, sie ist eine *Kathoey* und unter Freunden schätzt sie es, wenn man sie mit Saranya anspricht. Ich kenne sie schon lange.«

28 Hoover

Saranyas Empfehlung sich dem *Sanuk* hinzugeben, empfand Remmler nicht einfach umzusetzen, solange ihm noch ein Prozess bevorstand. Zumindest war der Aufenthalt in seiner Suite so angenehm, dass er mit dem Komfort einer Klimaanlage, die er aber eher sparsam nutzte, ausgiebig seine Situation überdenken konnte. Zuerst hatte er ein längeres Telefonat mit Nora, in dem er aber seinen Gefängnisaufenthalt verschwieg. Danach rief er Scholow an, bedankte sich noch einmal für die Unterstützung und informierte ihn über den Stand der Ermittlungen gegen ihn.

»Wir sind jetzt sicher, dass es Tareq Avani ist. Er hatte einen Doppelgänger, den er in Khao Lak getroffen hat und der beim Tsunami getötet wurde. Die Gelegenheit, eine andere Identität anzunehmen, war wohl unwiderstehlich. Er hat wahrscheinlich meine Verhaftung angezettelt.«

»Schön, dass sie dich rausgelassen haben. Wenn du dich frei bewegen kannst, such' ihn doch, worauf wartest du?«

»Sandro, ich bin hier in einer Zehnmillionenstadt und spreche die Sprache nicht. Außerdem sucht ihn die Polizei bereits.«

»Seit wann wartest du auf die Polizei? Ich kenne dich. Dir fällt doch sicher etwas ein. Melde dich, wenn es etwas Neues gibt.«

Schon ist er wieder der Alte. Remmler unterdrückte seinen Ärger über Scholles kurzangebundene Schnoddrigkeit, gestand sich aber sogleich ein, dass auch er bereits denselben Gedanken hatte.

Es gab zwei Ansatzpunkte, dem Flüchtigen auf die Spur zu kommen: Captain Saran hatte seine Freundin Jantila und die Firma APSARA Ltd. genannt.

Die Tageshitze hatte sich etwas gelegt. Remmler entschloss sich, das Thai-Massagestudio aufzusuchen, und zeigte einem Taxifahrer den Zettel mit der Adresse, die der Captain ihm notiert hatte.

Die freundliche, etwa vierzigjährige Frau führte ihn in einen kleinen Raum mit einer Massageliege. Sie bat ihn, sich bis auf die Unterhose zu entkleiden und eine weitgeschnittene Baumwollhose und ein ebenso aus Baumwolle weitgeschnittenes Hemd anzuziehen. Nachdem Remmler auf Nachfrage seinen immer noch gezerrten Arm genannt hatte, begann sie an den Füßen und bearbeitete mit einer Kombination aus Stretch-Dehnungs- und Druckbewegungen den gesamten Muskelapparat. Außer ihren unerwartet kräftigen Händen, kamen auch ihre Daumen, Knie, Ellenbogen und Füße, gelegentlich recht robust, zum Einsatz. Remmlers ursprünglich eher skeptische Einstellung in Bezug auf den Erfolg musste er

nach einer Stunde revidieren. Er fühlte sich hervorragend.

Mit dem Bedürfnis, etwas zu essen, schlenderte er danach in der Umgebung seines Hotels durch die lebhafte Charoen Krung. Sie war beiderseits voller Straßenhändler und kleinen, billigen Street-Food-Küchen, die sich bis zur Fahrbahn ausbreiteten. An einer der Küchen wurde Reis und zwei Hühnerschenkel für unglaubliche siebzig Thai-Bath, entsprechend zwei Euro, angeboten. Auf einem einfachen Plastikhocker verzehrte Remmler genussvoll eine Portion mit einer Flasche Wasser und beobachtete fasziniert das Leben auf der Straße.

Ein junger Mann trat an seinen Tisch. Er trug ein T-Shirt mit dem Aufdruck ›FBI‹ und hatte einen Arm voller I-Phone-Ladekabel die er offensichtlich verkaufen wollte. Nachdem er sich etwas bestellt hatte, sprach er Remmler auf Englisch an:

»Amerikaner?«

»Nein, Deutscher.«

»Ah gut, Bayern München.«

»Sorry, ich komme aus Hamburg.«

»Also HSV. Wie ist dein Name?«

Remmler hatte schon gelegentlich erlebt, dass Deutsche von Ausländern oft nach Fußballclubs verortet werden, und der Münchener Club war immer an erster Stelle.

Es muss wohl mit den auf Fußball reduzierten TV-Programmen zu tun haben, dachte er.

»Ich heiße Paul.«

»Ich bin Jay, meine Freunde nennen mich Hoover.«

»Wie der ehemalige FBI-Direktor?«

»Genau.«

»Du kennst dich ja gut aus im deutschen Fußball.«

»Ich war sogar schon einmal in Deutschland. Mein Bruder ist Koch in Frankfurt.«

»Dann sprichst du auch Deutsch?«

»Ja, alles klar, ich liebe dich«, entgegnete er auf Deutsch.

»Danke, vielleicht bleiben wir doch besser beim Englischen. Das – scheint mir doch etwas fortgeschrittener zu sein.«

Hoovers Minenspiel ließ keine Rückschlüsse zu, was er dachte. Entweder war er nicht zugänglich für Remmlers subtile Ironie, oder er ignorierte sie.

»Du hast recht. Ich habe eine Schwester in den USA. Dort war ich schon oft.«

»Und dort hast du für das FBI gearbeitet?« Die Frage war eher scherzhaft gemeint, aber Hoover ging ernsthaft darauf ein.

»Leider nein. Ich habe mich beworben und sie haben wirklich lange überlegt. Aber dann haben sie mir abgesagt. Schade, ich glaube, ich kann das.«

Remmler zauberte seine ›ich-kann-dich-so-gut-verstehen-Mine‹ auf, die er immer für Nora parat hatte. Gelegentlich behauptete sie, nichts zum Anziehen zu haben, obwohl ihr Kleiderschrank zum Bersten voll war.
»Da kann man wohl nichts machen. Und nun verkaufst du diese Ladekabel?«

»Vorübergehend, willst du eines?«

»Danke nein, ich bin gut ausgestattet, aber sag mal…« Der Gedanke kam aus dem Nichts. »Hast du Lust, etwas für mich zu erledigen. Ich bin Journalist und schreibe etwas über den Textilhandel zwischen Thailand und Kambodscha. Mich interessiert eine Firma mit dem Namen APSARA Ltd. Alles, was ich weiß, ist, dass sie einen Firmensitz in Bangkok hat. Ich möchte gerne wissen, wer die Firma leitet und wo sie ihr Büro hat. Vielleicht kannst du auch einmal versuchen herauszufinden, wo sich der Geschäftsführer abends so herumtreibt. Ich möchte ihn interviewen. Natürlich bezahle ich dich.«

»Klar, Paul, was lässt du springen? Ich bin Profi und nicht billig.«

»Ich habe keine Ahnung, was ein Profi so nimmt.«

»Lass mich überlegen. Sagen, wir fünfhundert pro Tag plus Spesen sollten es schon sein.«

Die Forderung war mit circa fünfzehn Euro denkbar gering, aber er hatte sich bereits darauf eingestellt zu handeln.

»Sagen wir vierhundert plus Spesen, zuzüglich einhundert als Erfolgsprämie.«

Hoover hob die Hand zum Abklatschen, senkte sie aber wieder. »Wenn ich auch abends tätig sein muss, ist das ja Spätschicht.« Mit listigem Blick äugte er fragend auf seine neue Einnahmequelle.

Remmler spielte mit. »Ja, das hatte ich nicht bedacht. Machen wir es einfach. Beide Schichten sechshundert plus Spesen plus einhundert Erfolgsprämie.«

»Mann, Paul, mit dir kann man wirklich Geschäfte machen.« Remmler schlug ein und hatte schon ein schlechtes Gewissen bezüglich des lächerlichen Tagessatzes.

Sie verknüpften ihre WhatsApp-Kontakte und Remmler wandte sich erneut an seinen ›Agenten‹.

»Dann hätte ich noch etwas, dieses Mal ganz privat. Es geht um eine Frau – du weißt schon.« Den letzten Satz hatte er mit Verschwörer-Mine fast geflüstert. »Ich will eigentlich nur wissen, wo sie wohnt, wo sie ausgeht und mit wem. Dann kann ich sie einmal ›zufällig‹ treffen und sie zum Essen einladen. Sie arbeitet in meinem Hotel, aber dort will ich sie nicht ansprechen. Das geht nicht, du weißt doch, wie Frauen so sind. Außerdem könnte sie Probleme bekommen. Das Hotel ist sehr auf einen guten Ruf bedacht.«

Hoover grinste breit, lehnte sich lässig zurück und deutete mit dem Zeigefinger auf Remmler.

»Paul, du willst sie flachlegen, gib es zu.«

»Na ja, sie interessiert mich schon. Aber mal sehen, wie das läuft. Ich zeige dir, wer sie ist. Das Hotel ist nicht weit von hier. Es ist das ›Black Hong‹. Kennst du es?«

»Klar, Mann.«

Remmler googelte das Hotel auf seinem Smartphone. Auf der Homepage erschien eine lächelnde Jantila, die auf den Eingang des Hotels deutete.«

»Ist sie das?«

»Ja, sie heißt Jantila.«

»Nicht übel, Paul. Sie ist bestimmt scharf auf einen *Farang*.«

»Meinst du wirklich? Wie du siehst, ich bin nicht mehr der Jüngste.«

»Das ist kein Problem. Glaub mir, ich kenn mich mit Frauen aus. Weißt du, welche Dienstzeiten sie hat und wann sie das Hotel verlässt?«

»Gute Frage. Da bin ich leider überfragt. Ich habe aber beobachtet, dass einige Angestellte ab 18 Uhr das Haus verlassen. In der Rezeption hängt eine Art Plan in Tabellenform. Es könnte ein Dienstplan sein. Er ist leider auf Thai geschrieben. Es wäre gut, wenn du abends checkst, wo sie so hingeht.«

»Okay, Paul, überlass' das mir. Mach' dir keine Sorgen. Das werde ich erledigen. Sag mal, ein

kleiner Vorschuss zu den Spesen ist doch wohl auch möglich. Ich muss vielleicht BTS, MRT, Taxi, Bus oder Tuktuk fahren und ich bin vorübergehend etwas klamm. Wie wäre es mit tausend für Auslagen?«

Bei ihm scheint einiges vorübergehend zu sein.

»Okay, aber da fällt mir noch etwas ein. Wenn sie einen längeren Trip macht, solltest du in der Lage sein, ihr zu folgen.«

»Ja, das könnte schwierig sein.«

Remmler überlegte kurz und startete eine Suche in seinem Smartphone. »Hier kann man doch sicher Elektronik-Artikel kaufen. Besorge dir einen GPS-Tracker mit Magnethalterung.«

Interessiert betrachtete Hoover das Gerät auf Remmlers Phone. »Schick' mir den Printscreen. Für so etwas gibt es hier einen riesigen Markt. Äh…«

»Schon gut. Hier hast du zweitausend Bath für das Gerät und eintausend Vorschuss für die Spesen. Das sollte reichen. Steigt sie in ein Taxi, versuche das Gerät an dem Fahrzeug anzubringen.«

»Nicht einfach.«

»Nein, das ist es nicht, aber versuch' es. Ich denke, so als Profi…«

»Klar, Paul, irgendwie bekomme ich das hin.«

»Und ich sehe dich garantiert wieder? Großes FBI-Ehrenwort?«

Remmler reichte ihm das Geld. Hoover griff in seine Hemdtasche und förderte eine gold-

verspiegelte Ray Ban aus mutmaßlich chinesischer Produktion zutage und setzte sie sich auf.

»Ehrenwort, Paul, ab jetzt bin ich im Dienst.«

29 Problemlösung

»Wir haben ein Problem. Rashid ist verschwunden. Ich glaube, er hat geahnt, was ihn erwartet.« Chans Anruf ließ bei Nian Soun die Alarmglocken läuten.

»Ja, er ist nicht dumm, aber du musst ihn finden. Er weiß vermutlich Dinge, die über seinen Arbeitsbereich hinaus gehen. Wir können kein Risiko eingehen.«

»Ich habe bereits jemanden bei seiner Wohnung postiert. Dort ist er nicht aufgetaucht. Seine Freundin ist dort alleine. Ich könnte sie greifen.«

»Nein, die Polizei ist bereits auf Rashid aufmerksam geworden und es ist zu erwarten, dass seine Muse auch schon ins Blickfeld gerückt ist. Besser, du überwachst sie. Früher oder später wird sie sich mit ihm in Verbindung setzen.«

»Glaubst du, die Behörden kennen sein Doppelleben?«

»Mein Informant hat den Kontakt abgebrochen, seit wir versucht haben, den Deutschen mithilfe des Richters in Bankwang zu entsorgen. Er hat heiße Füße bekommen.«

»Seit DU das versucht hast. Das – war ein großer Fehler.«

Chan konnte nicht sehen, wie Nian Soun missbilligend sein Gesicht verzog. Sein Geschäftsführer in Bangkok hatte ihn noch nie

kritisiert und er wusste nicht, wie er damit umgehen sollte.

Schroff erwiderte er: »Du solltest dich um deine Arbeit kümmern.«

Der Zurechtgewiesene vermied es, darauf einzugehen. »Gut, was machen wir mit ihm? Was soll ich machen, wenn ich ihn finde?«

»Nichts, er muss verschwinden, aber das wird der *Provider* erledigen. Du rufst mich an, wenn du weißt, wo er sich versteckt hält.«

Nachdenklich drückte Chan auf die rote Taste. *Wie lange geht das noch gut? Er hat das nicht mehr im Griff.*

30 Untergetaucht

Tareq kam zu einem ernüchternden Ergebnis, als er seine Situation versuchte zu analysieren. Seit er sich abgesetzt hatte, war die Polizei hinter ihm her und nun auch seine neuen ›Freunde‹ von APSARA Ltd. Je nachdem, wer schneller war, hatte er die Wahl zwischen Bankwang oder den abgründigen Lösungen seines Arbeitgebers. Nach dem, was er über seine Firma wusste, würde er sogar Bankwang vorziehen. Vorläufig war er sicher, aber es musste bald eine Alternative gefunden werden. Nach langer Überlegung hatte er einen Entschluss gefasst.

Das Apartment war von Jantila gemietet. Hier wohnte sie, bevor sie zu ihm gezogen war. Da sie sich ihrer Beziehung noch nicht sicher war, hatte sie es vorläufig behalten. Nur wenige wussten davon. Bisher war er noch nicht wieder ausgegangen. Alles, was er brauchte, Essen und Getränke, konnte er sich liefern lassen.

Tareq blickte auf seine Uhr. Sie sollte gleich kommen, um ihm eine neue SIM-Karte zu besorgen und um das Weitere zu besprechen. Er hatte vor, Jantila in sein Doppelleben einzuweihen.

Erwartungsgemäß war sie schockiert und benötigte einen Moment, um das Gehörte zu verdauen.

»Und nun erwartest du von mir, dass ich mal eben von Karim auf Tareq umschalte?« Jantila

trocknete ihre Tränen, ließ sich aber zögerlich in den Arm nehmen.

Ich glaube, wenn ich ihr nun sage, dass mein ursprünglicher Name Tamir war, wird das zuviel.

»Was wird nun aus uns?«

Sie saßen auf einer Couch und Jantila schmiegte sich an Tareq. Sie hatten schon eine Weile keinen Sex gehabt und er spürte plötzlich ein Verlangen. »Tareq, bitte nicht jetzt, ich bin am Nachdenken.« Einen Moment schwiegen sie.

»Ich will versuchen, den thailändischen Behörden aus dem Weg zu gehen. Gleichzeitig habe ich vor, mich den deutschen Behörden zu stellen. Ich werde sie bitten, mich wieder einzubürgern und dich mit einem Visum auszustatten. Offiziell bin ich ja tot.«

»Ja, wenn dich APSARA nicht vorher erwischt.«

»Ich habe etwas in der Hand, um sie der Polizei auszuliefern.«

»Und glaubst du, die Deutschen nehmen mich einfach so auf?«

»Wir werden vorher heiraten. Hast du etwas gehört, was mit dem deutschen Hotelgast ist?«

»Du meinst Mister Remmler. Es geht ihm gut, er ist wieder zurück und bewohnt die Suite. Seine Verhaftung war wohl ein Irrtum.«

»Das ist gut. Ich habe vor, ihm eine Nachricht zukommen zu lassen. Er ist Journalist und ich kann ihm eine interessante Geschichte liefern.

Vielleicht kann er uns helfen. Er hat bei seiner Reservierung eine Mail-Adresse hinterlegt. Ich habe sie mir nicht gemerkt. Kannst du sie mir besorgen?«

»Ja, das ist einfach. Wie du weißt, habe ich Zugriff auf die Zimmerbelegung. Dort sind auch die Reservierungen hinterlegt.« Sie sahen sich beide in die Augen und unvermittelt löste sich bei Jantila die Anspannung. Sie küssten sich und die zögernd beginnende, zarte Annäherung steigerte sich zu einem ekstatischen Rausch der Sinne.

31 Der Profi

Am späten Nachmittag saß Remmler im Frühstücksraum des Hotels und trank einen Kaffee. Als er aus dem Fenster blickte, hätte er sich fast verschluckt. Hoover stand mit seiner Sonnenbrille gegenüber dem Hotel im Schatten der Markise eines Souvenirgeschäftes und schien wie aus einem persiflierten Agententhriller entsprungen. Abgesehen von seinen etwas verfilzten schwarzen Haaren, die aus einem breitkrempigen Schlapphut bis auf die Schulter quollen, sah er aus wie eine Mischung aus Columbo und Humphrey Bogart. Trotz der Hitze trug er eine Art Trenchcoat mit hochgeschlagenem Kragen. Aus dem oberen, nicht zugeknöpften Bereich des Mantels war sein FBI-Shirt zu erkennen. Außerdem hatte er anscheinend Shorts an, die aber von dem Mantel verdeckt wurden. Seine braunen Beine endeten in ein paar ADIDAS-Turnschuhen, die bereits aus der Entfernung als gefaktes Produkt erkennbar waren. Die drei berühmten Streifen waren in der falschen Richtung aufgenäht.

Eine perfekte Tarnung. Niemand würde in ihm einen Geheimdienstler vermuten.

Remmler griff schmunzelnd zum Telefon. »Hoover, äh – ich finde deine Tarnung wirklich genial für einen Agenten des FBI. Niemand würde in dir einen Agenten vermuten, aber ich fürchte, in Thailand wirst du damit auffallen.

Wenn du jemanden verfolgst, wird er oder sie dich überall wiedererkennen, wenn sie sich einmal umdrehen. Ich könnte mir vorstellen, ein thailändischer Agent sieht eher aus – nun, wie ein Thailänder. Was hältst du davon, ein T-Shirt ohne Aufdruck anzuziehen sowie den Trenchcoat und den Hut wegzulassen? Es ist ohnehin zu heiß dafür. Außerdem solltest du nach Sonnenuntergang die Sonnenbrille abnehmen. Was denkst du? Es ist nur ein Vorschlag, du bist der Profi.«

Hoover verstummte einen Moment. »Paul, danke für den Hinweis. Ich bin heute nur hier, um mich etwas umzusehen. Du hast sicher recht. Ich habe noch ein T-Shirt ohne Aufdruck.«

»Ich halte das für besser.«

»Klar, Paul. Ich weiß übrigens schon, wann sie Dienst hat.«

»Oh, wie hast du das herausgefunden?«

»Ich war vorhin in der Rezeption und habe gesagt, ich habe eine Nachricht für einen Hotelgast. Als er in seinen Reservierungen nachgesehen hat, ob es den Gast gibt, habe ich den Plan heimlich abfotografiert. Wie du vermutet hattest, es ist der Dienstplan. Sie hat heute Nachtdienst. Morgen hat sie frei, aber übermorgen ist ihr Dienst um 18 Uhr beendet. Dann werde ich da sein.«

»Okay, du rufst mich an, wenn du etwas herausfindest.«

»Klar, Boss, morgen werde ich mich um das Büro von APSARA Ltd. kümmern. Vielleicht kann ich dir dann schon etwas sagen.«

Remmler verbrachte den Tag im Hotel. Der Hotelmanager stellte ihm einen Laptop mit Schreibprogramm zur Verfügung und er begann, seinen Bericht für das *Hanseblatt* zu schreiben.

Gedanklich bei seinem Artikel für das *Hanseblatt,* schlenderte er am Abend durch die nähere Umgebung. In Jacks Bar direkt am Ufer des Chao Praya beobachtete er das lebhafte Treiben auf dem Fluss. Neben dem Fährverkehr fuhren ständig privat betriebene Shuttle-Boote zu den am Fluss liegenden Kondominiums und Hotels. Auf größeren Touristenbooten in bunter Beleuchtung herrschte Partystimmung mit entsprechender Musik. Nach mäßigem Bierkonsum, bei angenehm kühlender Brise fand er frühzeitig den Weg zurück ins Hotel.

32 Ekkamai Heaven

Hoover hatte kein Problem, den Sitz von APSARA Ltd. ausfindig zu machen. Unter dem Firmenschild stand Chan Khiĕv, CEO. An einer gegenüber liegenden schattigen Häuserzeile begann er, den Eingang zu überwachen. Es war bereits am späten Nachmittag des Tages, als er eigentlich damit beginnen wollte, die Aktivitäten von Jantila zu überwachen. Aus dem Haus trat ein Mann, der in einen weißen SUV stieg. Der Verkehr floss um diese Zeit sehr zäh. Hoover winkte ein Tuktuk heran und wies den Fahrer an, dem Fahrzeug zu folgen. Der SUV hielt ohne erkennbaren Grund auf dem Parkplatz eines Apartmenthauses. Der Fahrer stellte den Motor ab und zündete sich eine Zigarette an. Hoover holte sich eine Coke aus einem gegenüberliegenden Verkaufsstand und stellte sich daneben.

Es war 18:30 Uhr, als eine Frau auf das Eingangsportal des Hauses zuging und in dem Eingang verschwand. Anders als viele der Kondominiums in Bangkok hatte es keine Rezeption und war unbewacht. Hoover war erstaunt, als er Jantila erkannte. Der Mann im SUV blickte ebenfalls zu der Frau, rührte sich aber nicht von der Stelle.

Nach einer Stunde trat Jantila erneut auf die Straße, musterte kurz die Umgebung und ging zielstrebig auf die nächste MRT-Station Silom

zu. Der Fahrer des SUV stieg aus und folgte ihr im Abstand.

Diese Frau scheint nicht nur einen Verehrer zu haben, dachte Hoover und löste sich aus seiner Position. Die Sonne war bereits untergegangen und im Schutz der Dunkelheit folgte er dem Mann und der Frau in die MRT. Die Bahn war brechend voll und beide Verfolger belegten einen Stehplatz in Jantilas Nähe.

Nach dem Wechsel in die BTS bei der Station Sukhumvit folgten sie ihr bis zur Station Ekkamai und beobachteten, wie sie in der Lobby des Kondominiums ›Ekkamai Heaven‹ verschwand. Während der SUV-Fahrer sich daraufhin zurückzog, ging Hoover in die Lobby und sah sich kurz um.

Ein Portier trat auf ihn zu und musterte ihn misstrauisch.

»Suchen Sie etwas?«

Es schien, als wollte er noch ein ›Sir‹ hinzufügen, unterließ es aber, nachdem er Hoover gemustert hatte. Portiers haben einen sicheren Instinkt, die soziale Stufe ihrer Gäste einzuordnen. Mit einem kurzen, abschätzigen Blick hatte er sein Urteil gefällt.

Hoover hatte die ganze Zeit den Aufzug im Blick behalten und sah, wie er im 27. Stockwerk anhielt.

»Ich – ich suche eine Wohnung«, und deutete auf eine Informationstafel mit Angeboten.

Der Portier verzog mit trockener Arroganz sein Gesicht. »Die Mietpreise hier dürften Ihre finanziellen Mittel deutlich überschreiten, junger Freund.«

Deine aber auch, du Wichser. Ich glaube, ich muss meine Garderobe doch noch etwas aufpolieren.

»Vielleicht haben Sie recht, entschuldigen Sie bitte.«

Hoover verließ das Gebäude, begleitet von dem immer noch misstrauischen Blick des Portiers.

Paul wird staunen, was ein Profi alles herausfindet.

33 Der weiße SUV

Saranya war überzeugt, dass die Ermordung des Polizisten der Schlüssel zum Fall Remmler war. Ein Zusammenhang mit Tareq Avanis Verschwinden war ebenfalls nicht ausgeschlossen. Nachdem die Verhaftung nicht vollzogen werden konnte, hatten ihre Kollegen die Wohnung überprüft, aber nur Jantila angetroffen.

Ihre Aufmerksamkeit konzentrierte sich auf einen neuen Fall. Ein weiterer Tourist war verschwunden. Das war insofern von Bedeutung, als die Anzeige kurz nach dem Verschwinden erstattet wurde. Die meisten ungeklärten Fälle wurden erst nach langer Zeit aktenkundig. Trotz der engen Personaldecke hatte für Saranya der Polizistenmord weiter Priorität. Um weiter zu kommen, hatte sie den Geschäftsführer von APSARA Ltd. vorgeladen, um ihn zu Tareq Avani zu befragen.

»*Khun* Chan, wussten Sie, dass Karim Rashid in Wirklichkeit Tareq Avani heißt und unter einer falschen Identität bei Ihnen arbeitete?«

»Nein, Captain, das war mir nicht bekannt.«

»Nach den Unterlagen unserer Visa-Behörde hat er schon früher bei Ihnen gearbeitet. Wie wir inzwischen wissen, war es damals aber der wirkliche Karim Rashid. Sie sehen sich sehr ähnlich, aber Sie hätten den Unterschied sicher bemerken können.«

Chan bemühte sich, einen erstaunten Eindruck zu vermitteln. »Ich bedaure Captain, es ist mir nicht aufgefallen.«

»Aber Karim Rashid hatte damals nicht, wie Tareq Avani, für Sie als Grafiker gearbeitet. Welche Aufgaben hatte er?«

Auf diese Frage war der Kambodschaner nicht vorbereitet. Saranya bemerkte sein kurzes Zögern.

»Äh – er war eine Art Public Relations Manager.«

»Und Sie wussten nicht, dass er dem Tsunami in Kao Lak zum Opfer gefallen ist?«

»Nein, er war verschwunden und wir dachten, er wollte nicht mehr für uns arbeiten.«

»Und dann haben Sie ihn plötzlich wieder gefunden und nach einer feucht-fröhlichen Nacht als Grafiker wieder eingestellt.«

Chan begriff sofort, dass das Tareqs Legende war. »Ja, so war es. Wir kannten sein Talent als Grafiker bis dahin nicht. Er hat es uns angeboten.«

»Nun ist er wieder verschwunden und ich nehme an, Sie haben keine Ahnung, wo er ist.«

»So ist es, Captain, wir wissen nicht, wo *Khun* Karim ist. Wir versuchen, ihn zu finden.«

»Wie gesagt, er heißt Tareq, aber das können Sie halten, wie sie wollen. Lassen Sie das künftig mit der Suche. Dafür ist nun die Polizei zuständig. Wir haben uns verstanden?«

»Sicher, Captain.«

Aus ihrem Bürofenster beobachtete sie, wie Chan in seinen SUV stieg. Es war ein weißer VW Touareg. Sie notierte sich das Kennzeichen und griff zum Telefon.

»Nicha, schicke ein Team zur Spurensicherung zu APSARA Ltd. und lasse einen Reifenabdruck hinten rechts am VW-Tuareg von Chan Khiĕv machen. Sie sollen ihn mit dem Profil des Fahrzeuges an der Stelle des mutmaßlichen Polizistenmordes vergleichen.«

34 Mission accomplished

Remmler war sich nicht so sicher, ob Hoover seinen Auftrag ausführen würde. Als Jantila ihre Tagesschicht beendet hatte, war sein ›Agent‹ nicht auf dem Posten. Er hatte sich gerade überlegt, ihn anzurufen, als das Display seines Smartphones den Anruf anzeigte.

»Paul, *mission accomplished.*« Seine Stimme strotzte vor Selbstbewusstsein.

»Wie, du hast beide Aufträge erledigt? Ich habe dich bei Schichtende von Jantila nicht gesehen.«

»Du unterschätzt mich, Boss. Das hättest du auch nicht, wenn ich da gewesen wäre. Ich war nur genötigt, eine kleine Planänderung vorzunehmen.«

»Welche Planänderung?«

»Wie wäre es, wenn wir uns kurz treffen?«

»Okay, wir sehen uns in Jacks Bar am Fluss. Das kennst du sicher.«

»Klar, bis gleich.«

»Ich habe zuerst den Sitz von APSARA Ltd. ausfindig gemacht. Das Büro ist in der Soi Damrong Phipat. Auf dem Firmenschild steht der Name Chan Khiĕv. Das ist ein kambodschanischer Name«, fügte er hinzu.

»Und für Jantila war es dann zu spät?«

»Ja, aber jetzt wird es spannend. Ich bin diesem Chan gefolgt und was glaubst du, wo er hin ist?«

»Ich höre.«

»Er ist bis zu Jantilas Wohnung gefahren, hat auf sie gewartet und, als sie wieder herauskam, ist er ihr mit MRT und BTS bis nach Ekkamai gefolgt.«

»Und du?«

»Was denkst du, Paul? Ich bin natürlich hinterher. Sie ist in der Nähe von Ekkamai in einem Kondominium verschwunden, genau gesagt im 27. Stock. Es ist das ›Ekkamai Heaven‹. Chan hat sich dann verkrümelt.«

»Das ist wirklich eine Überraschung. Du hast dir dein Geld verdient.«

»Hm, es wäre wohl schlauer gewesen, ich hätte dafür etwas länger gebraucht.«

»Darüber mach' dir mal keine Sorgen. Du bekommst eine extra Prämie.«

»Sag mal, die beiden Aufträge, Chan und Jantila zu observieren, mir scheint, sie haben etwas miteinander zu tun?«

»Ja Hoover, aber das wusste ich bisher auch nicht. Ich wusste nur, dass ihr Freund, der Rezeptionist des ›Black Hong‹, etwas mit Chan zu tun hat. Ich muss mir jetzt etwas überlegen. Du könntest solange Jantila weiter beobachten.«

»Das werde ich, Paul. Ich kenne ihren Dienstplan. Wenn sie das Hotel verlässt, bin ich zur Stelle. Du bekommst regelmäßig Bericht.«

»Es ist nicht nur, weil sie mich interessiert. Es kann sein, dass sie in Gefahr ist.«

Hoover war inzwischen überzeugt, dass sein deutscher Freund noch andere als persönliche Interessen verfolgte.

»Paul, du bist ja wirklich sehr an ihr interessiert.«

»Okay, Hoover, ich gebe zu, es hat auch mit meiner Tätigkeit als Journalist zu tun.«

»Kein Problem, Paul. Ich werde den Job erledigen.«

Remmler war sicher, dass es nur eine Erklärung dafür gab, dass Chan ebenfalls Tareqs Freundin gefolgt war. Tareq hatte sich anscheinend auch nicht von seinem Job abgemeldet und APSARA hatte dieselbe Idee wie er. Nun versuchen sie Avanis Aufenthaltsort über seine Freundin zu ermitteln.

Die Antwort auf einen Teil seiner Fragen erfuhr er, als er im Hotel auf seinen E-Mail-Account zugriff.

35 Der Abt

»Ich habe ihn gefunden. Er ist in einem Kondominium in der Nähe der BTS Ekkamai untergetaucht. Es ist das ›Ekkamai Heaven‹.«

»Gut, dann geh' wieder deiner Arbeit nach. Den Rest übernimmt der *Provider.*«

Chan war nicht verwundert, dass Nian Soun das kurze Gespräch so schroff unterbrach. Er hatte ihn kritisiert und das ließ er ihn nun spüren. Egal, er hatte bereits seine eigenen Pläne und war vorbereitet.

Nach dem Verhör war ihm klar, dass ihm nicht viel Zeit verblieb. Er hatte bereits die Speicher der Computer gelöscht und weiteres Material, das auf seine Geschäfte hinweisen konnte, beiseite geschafft. Alles, was er mitnahm, passte in eine geräumige Tasche. Danach fuhr er in den Norden der Stadt. In der Nähe des Flughafens Don Muang stellte er sein Fahrzeug an einer wenig befahrenen Seitenstraße ab und lief zu Fuß zu einem Gebrauchtwagenhändler. Über den Kauf eines billigen japanischen Kleinfahrzeuges wurde er schnell handelseinig. Dann fiel ihm ein, dass er etwas Wichtiges im Büro vergessen hatte.

Zu spät, ich kann dort nicht mehr hin.

Der Abt Maha Ananda Chandra war eine weise, hochgeachtete Autorität unter den Mönchen des Theravada Buddhismus. Er musste in Kambodscha unter den Roten Khmer das

Abschlachten vieler seiner Brüder durch die entfesselten Kindersoldaten mit ansehen, konnte aber rechtzeitig nach Thailand fliehen. Dort gründete er das Kloster ›Wat Saraburi‹ im Nordosten der Hauptstadt Bangkok.

Den Tag, an dem der seltsame Gast zu ihm kam, würde er nicht mehr vergessen. Nachdem er ihn empfangen hatte, bat er um seine Aufnahme als Novize und darum, das Zufluchtsgelübde ablegen zu dürfen. Obwohl er einen sehr einfachen Eindruck hinterließ, ging aus dem Gespräch hervor, dass er viele Sprachen beherrschte. Er war entschlossen, den Rest seines Lebens im Kloster zu verbringen, und hoffte, dass die Zeit ausreichte, seine Verfehlungen zu tilgen. Die Schuld, die der Mann auf sich geladen hatte, war so schockierend, dass Maha Ananda Chandra den Mann bat, nach ein paar Tagen zurückzukommen.

Der Abt, mit vollem Namen Samdech Preah Maha Ananda Chandra, zog sich zur Meditation zurück. Nach innerer Einkehr fasste er einen Entschluss. Dieser stellte seine bisherigen Überzeugungen auf den Kopf. Grundlage seiner Wandlung war die Erkenntnis, dass es auch im Buddhismus eine bemerkenswerte Auslegung zur Gewaltanwendung gab. Die Aussage war, dass ›das, was der Verbreitung des

Dharma[1] hilft, erlaubt ist, auch wenn damit die Anwendung von Gewalt verbunden ist‹.
Diese Auslegung konnte auch durch

›das, was die Verbreitung des Dharma verhindert oder verhindert hat, bekämpft werden kann, auch wenn damit die Anwendung von Gewalt verbunden ist«

erweitert werden.

Beim zweiten Treffen stellte er dem Mann gegen die Erfüllung einer Aufgabe die Aufnahme als Novize in Aussicht.

»Du kannst bei uns wohnen und du lernst die zehn Gebote für Novizen in Pali[2]. Nach deiner Ordination wirst du den Auftrag erfüllen.«

Der Mann, der sich als Chan vorgestellt hatte, verabschiedete sich mit einem *Wai* und einer begleitenden Verbeugung als Demutsbekundung.

[1]Der Dharma ist das vom Buddha erkannte und verkündete Daseinsgesetz.
[2]Alt-thailändische Sprache des Theravada Buddhismus mit komplizierter Aussprache indischen Ursprungs.

36 Kontaktaufnahme

Remmler öffnete die Mail und fand eine überraschende Nachricht auf Deutsch:

Herr Remmler, ich entschuldige mich dafür, was Ihnen widerfahren ist. Es war nicht meine Absicht und ich habe das auch nicht veranlasst. Trotzdem trage ich eine Mitschuld. Sie hatten recht mit Ihrer Vermutung, ich bin Tareq Avani. Ich möchte jetzt nicht näher darauf eingehen, wie ich nach Bangkok kam, denn ich bin hier in großen Schwierigkeiten. Ich möchte mich den deutschen Behörden stellen, würde aber gerne, wie Sie sicher verstehen können, den thailändischen Behörden aus dem Weg gehen. Ich biete Ihnen dafür eine Story mit Interna und Namen über ein verbrecherisches Unternehmen. Ich bitte um Rückmeldung.

T.A.

Remmler antwortete:

Herr Avani, Ihr Angebot ist für mich interessant, aber so etwas kann einige Zeit in Anspruch nehmen. Ich nehme an, Sie sprechen von der Firma APSARA Ltd. Daher muss ich Sie warnen. Ich weiß, wo Sie sich derzeit aufhalten, aber von mir haben Sie nichts zu befürchten. Sie sollten wissen, dass auch Herr Chan, dessen Geschäfte ich derzeit versuche zu durchleuchten, Ihr Versteck gefunden hat. Von der Polizei weiß ich es nicht. Entscheiden Sie selbst, was das bedeutet, aber vielleicht ist es besser, Sie ziehen um. Bleiben Sie über diesen Mail-

Account mit mir in Verbindung. Ich werde mich um Ihr Anliegen kümmern.

P.R.

Tareq war sicher, dass ihm nur noch wenig Zeit blieb. Trotz seiner Abneigung gegen Pattaya mietete er über das Internet ein billiges, aber trotzdem komfortables Apartment mit Balkon und *wlan*-Anschluss. Es lag inmitten von Nachtbars und zweifelhaften Massagestudios. Die Mindestmietdauer war sechs Monate. Der Eigner war ein Italiener, der einen Monat Vorauszahlung und eine Monatsmiete Kaution verlangte. Ansonsten kümmere er sich wenig um die Legitimierung seiner Mieter. Der Schlüssel wurde ihm in einem 7up-Shop hinterlassen. Mit einigen Vorräten richtete er sich auf eine längere Wartezeit ein und hoffte auf Nachricht von Remmler. Kurz erwog er, Jantila zu informieren, unterließ es aber.

37 Der Provider

Der *Provider*, ein Brite mit Namen George Walker, hatte wie üblich seine Anweisungen per Telefonat erhalten. Nian Souns Netzwerk war es inzwischen gelungen herauszufinden, wo das Apartment im ›Ekkamai Heaven‹ lag und auf wen es gemeldet war. Der letzte Bewohner, Karim Rashid, war mit unbekanntem Ziel abgereist, bevor der *Provider* tätig werden konnte.

»Es dauert zu lange, bis du herausgefunden hast, wo er steckt. Schnapp dir seine Freundin und schaff sie zu mir nach Pailin. Die Grenzer kennen dein Fahrzeug und du hast einen ›laissez passer‹. Sie werden dich wie immer durchwinken. Schick an das Hotel eine Lösegeldforderung als Ablenkung. Nichts Schriftliches. Ich schicke dir die Nachricht für die Forderung auf Thai, lass das von einem unserer Wachposten ablesen und nimm es mit dem Smartphone auf. Das lässt du dann von einem Internetshop aus vom Anrufbeantworter des Hotels aufnehmen. Ich werde das an die *Bangkok Post* lancieren. Wenn das in der Presse erscheint, wird er sich melden.«

»Kann Chan das nicht übernehmen, wir bekommen bald eine neue Lieferung.«

»Chan ist verschwunden. Du musst das übernehmen. Ich bin dabei herauszufinden, wo er ist. Es scheint aber so, als hätte er sich abgesetzt, das heißt, du wirst auch seine übrigen

Aufgaben übernehmen müssen. Ich möchte, dass du dir das Büro und seine Wohnung vornimmst. Vielleicht gibt es da Hinweise. Es sollte nichts Verwertbares für die Polizei zu finden sein. Sieh zu, dass du alles wegräumst. Wenn du die Frau ablieferst, werden wir die Details, auch deine höheren Zuwendungen besprechen.«

38 Tracking

Hoover hatte sich abermals gegenüber dem Haus postiert, in dem Jantila zusammen mit ihrem verschwundenen Freund wohnte. Sie hatte kurz zuvor ihren Dienst im Hotel beendet und hielt sich in ihrer Wohnung auf.

Bereits etwas gelangweilt, beobachtete er den vorbeiziehenden Verkehr und das Eingangsportal des observierten Hauses. Ein schwarzer Jeep, der direkt vor dem Eingang vorfuhr, schien zunächst wenig interessant, bis ein großer, grobschlächtiger *Farang* ausstieg und auf den Eingang zuging. Der Mann fummelte umständlich an dem Portal herum, wobei er mehrmals den Kopf zur Beobachtung der Straße drehte. Als der Mann im Eingang verschwunden war, konzentrierte Hoover seine gesamte Aufmerksamkeit auf den Eingang. Nach dreißig Minuten trat der riesige *Farang* wieder auf die Straße und hatte einen aufgerollten, zusammengeschnürten Teppich über die Schulter geworfen und warf das Paket achtlos auf den Rücksitz. Hoover war wie elektrisiert, als er den Teppich leicht zucken sah und sich an Remmlers Warnung erinnerte, dass sie in Gefahr war.

Als der Jeep anfuhr, war keine Zeit mehr, den Sender anzubringen. Es gelang ihm gerade noch rechtzeitig, ein Taxi herbeizurufen und den Fahrer anzuweisen, dem Jeep mit Abstand und einem Fahrzeug dazwischen zu folgen. Es

war dichter, stockender Feierabendverkehr. Hoover war erleichtert. Nun würde er eine Chance haben, den Sender anzubringen. Das Fahrzeug des *Farang* fuhr auf direktem Weg auf den Sirat Express Way, die Maut-Verbindung zum internationalen Airport Suvarnabhumi. Die Gelegenheit bot sich an der Maut-Station. Der Jeep war zwei Fahrzeuge vor ihm und wartete auf die Durchfahrt. Der Taxifahrer wollte protestieren, als er ausstieg, aber Hoover konnte ihn beruhigen.

»Ich komme gleich wieder, oder was denkst du, wo ich hier hin sollte?«

Hinter dem Jeep sah er sich mehrmals um, vorgebend, etwas zu suchen. Dann bückte er sich zu dem Fahrzeug, wobei sein Körper dem nachfolgenden Fahrzeug die Sicht nahm. Die Magnethalterung des Gerätes klickte. Wieder aufgerichtet, machte er eine Geste des Bedauerns, als die Fahrzeugschlange sich langsam wieder in Bewegung setzte. Den fragenden Blick seines Taxichauffeurs ignorierte er und wies ihn an, bei der nächsten Gelegenheit zu wenden und zurückzufahren.

Während der Fahrt beobachtete er mithilfe seiner Tracking-Software auf dem Smartphone den Kurs des schwarzen Jeeps. Er war vor dem Flughafen abgebogen und auf dem Weg in Richtung Chon Buri. Als das Taxi ihn in der Nähe seiner Unterkunft absetzte, konnte Hoover kein Signal mehr empfangen. Der letzte

Standort war kurz vor Chantaburi. Er scrollte zu Remmlers Nummer und betätigte die Ruftaste seines Smartphones.

39 Das Angebot

Der Anruf erreichte Remmler beim Frühstück im ›Black Hong‹.

Es war Captain Saran. »Herr Remmler, ich habe eine gute Nachricht, die ich Ihnen zu überbringen habe. Sie bekommen demnächst über Ihren Anwalt die offizielle Mitteilung, dass die Anklage gegen Sie fallen gelassen wurde. Ihr Pass wird Ihnen ebenfalls zugestellt. Ich gratuliere.«

»Das ist erfreulich, ich bin Ihnen zu Dank verpflichtet.«

»Sie werden noch Gelegenheit haben, mir Ihren Dank auszudrücken, indem Sie sich etwas kooperativer verhalten.«

»Wie ist das zu verstehen?«

»Wir haben die Entführung von Jantila, der Freundin Tareq Avanis, beobachtet und wir wissen auch, dass ihr Freund Hoover hinter dem schwarzen Jeep her war. Leider war er bei der Verfolgung etwas erfolgreicher als meine Mitarbeiter. Ich werde davon absehen, Sie wegen Ihrer eigenmächtigen Ermittlungen zu belangen, aber es wird Zeit, uns an Ihrem Wissen teilhaben zu lassen. Haben Sie mir etwas zu sagen?«

Remmler wand sich peinlich berührt. Um etwas Zeit zu gewinnen, antwortete er: »Sie kennen Hoover?«

»Ich stelle jetzt die Fragen, oder soll ich Sie in unser Hauptquartier bestellen? Was glauben

Sie, unter welchem Druck ich stehe? Der Hotelmanager des ›Black Hong‹ hat uns das Verschwinden seiner beiden Mitarbeiter gemeldet. Ich musste eingestehen, dass wir bereits davon Kenntnis hatten, aber leider nichts dagegen unternehmen konnten.«

»Selbstverständlich, Captain. Glauben Sie mir, ich hätte Sie heute informiert. Es ist so, dass es Hoover gelungen ist, einen GPS-Tracer an dem Fahrzeug anzubringen. Wir haben den Kurs bis Chantaburi verfolgt und ihn dann verloren. Entweder ist das Gerät verloren gegangen, oder es gibt Probleme mit dem Sender.«

»Nun, das ist schade, aber inzwischen belanglos. Wir hatten eine Fahndung veranlasst. Danach ist der schwarze Jeep beim Grenzübergang nach Pailin in Kambodscha beobachtet worden. Der Fahrer war ein *Farang*. Wir wissen noch nicht, wer er ist. Aus unerklärlichen Gründen konnten unsere Zollbehörden den Grenzübertritt nicht nachvollziehen. Ihr Freund Hoover wird uns hoffentlich eine gute Beschreibung liefern. Ich erwarte ihn noch heute.«

Remmler benötigte einen Moment, die Nachricht zu verarbeiten und sein schlechtes Gewissen zu bekämpfen.

»Captain, wie Sie wissen, war ich selbst Polizist in der Drogenbekämpfung. Falls ich Ihnen irgendwie helfen kann, lassen Sie mich das wissen. Mein ›Visum on arrival‹ wird bald

auslaufen. Entweder ich fliege nach Hause, oder ich mache einen *Visarun* ins Ausland und lasse mir bei der Wiedereinreise ein neues Visum ausstellen. – Also, Kambodscha würde mich auch sehr interessieren, die Tempel der alten Khmer…«.

»…und nicht zufällig Pailin, die wahrscheinlich langweiligste Stadt in Kambodscha?« Saranya konnte nicht verhindern, dass ihr Gesicht einen amüsierten Ausdruck annahm, und war froh, dass Remmler es nicht sehen konnte. Ihr Versuch etwas Strenge in ihre Stimme zu legen, gelang nicht besonders gut. »Ich fasse es nicht, Remmler, Sie sind wirklich hartnäckig. Aber zugegeben, Ihr Angebot ist recht verlockend. Es ist Ihnen klar, dass Sie dort nicht einmal in Gottes Hand sind? Er hat das Land schon lange verlassen.«

»Ich glaube nicht, dass er je da war. Ich passe lieber auf mich selbst auf.«

»Ich werde mir Ihr Angebot überlegen. Guten Tag, Herr Remmler.«

Sergeant Major Nichapa betrat Saranyas Büro mit einem Laborbericht in der Hand.

»Wir haben den Bericht zu der Analyse des Reifenprofils.«

»Lassen Sie hören.«

»Leider war die Behörde für kriminaltechnische Untersuchungen bereits sehr beschäftigt und die Identifizierung eines

Reifenabdrucks hatte nur geringe Priorität. Daher hat es lange gedauert. Nun ist Ihr Verdacht mit hoher Sicherheit bestätigt. Nach Vorlage der Beweise habe ich bereits bei der Staatsanwaltschaft die Anweisung zur Verhaftung Chans und die Durchsuchung des Firmengebäudes veranlasst, da Eile geboten war. Chan war nicht anzutreffen und das Grundstück und die Büroeinrichtungen wirkten aufgeräumt. Die Spurensicherung konnte keine Hinweise auf illegale Tätigkeiten finden. Wir haben das Gebäude versiegelt und lassen nach Chan und seinem Fahrzeug fahnden.«

»Schade, er ist uns entwischt, aber trotzdem gute Arbeit, Nicha.«

Sergeant Major Nichapa entfernte sich. Auf Saranyas Computer ging eine Meldung ein. Die Mitteilung des polizeiinternen Nachrichtendienstes war kurz und nüchtern.

Wir teilen mit, dass Lieutenant General Supattra zum Leiter der neu geschaffenen Dienststelle in Pattani zur Bekämpfung muslimischer Umtriebe an der Grenze zu Malaysia befördert wurde. Wir wünschen ihm bei seiner neuen Aufgabe viel Erfolg. Als Nachfolger im Amt wurde der Police General Arnon Junnak benannt. Wir wünschen auch ihm eine glückliche Hand bei seiner verantwortungsvollen Tätigkeit.

Der Commissioner

Dass die Degradierung Supattras als Beförderung deklariert wurde, löste im Hauptquartier Erstaunen aus, aber niemand wagte es, das zu kommentieren. Saranya war vorbereitet. Sie hatte zuvor einen Hinweis bekommen. Die Untersuchungskommission zur Klärung der Bestechung des Richters im Fall Remmler war zu einem Ergebnis gekommen. Einzelheiten wurden nicht mitgeteilt. Den Bericht hatte man zur Geheimsache deklariert.

40 Die Ordination

Chan war ein fleißiger und folgsamer Novize und bereitete sich gewissenhaft auf seine Ordination vor. Um für die Ordinationszeremonie die geforderten zehn Gebote aufsagen zu können, musste er sie in der schwer auszusprechenden alten Sprache Pali erlernen.

Chan wusste, dass er gesucht wurde. Nach einem Gespräch mit dem Abt konnte er diesen überzeugen, dass die Durchführung seines Auftrages erheblich erleichtert würde, wenn er bereits ordiniert wäre. In der Mönchsrobe konnte er sich freier bewegen und es war unwahrscheinlich, dass ihn jemand erkannte. Seine Argumente waren so einleuchtend, dass Maha Ananda Chanda zustimmte.

Am Tag der Ordination wurde er ganz in weiß gekleidet. Ein Mönch des Klosters scherte ihm die Haare und auch die Augenbrauen.

Im Tempel zündete er eine Kerze zur Verehrung Buddhas an und verbeugte sich. Die brennende Kerze symbolisiert das künftige Leben als Mönch. Je nachdem wie lange sie aufrecht steht, entspricht es der Länge des Lebens als Mönch. Bei den meisten Novizen neigt sie sich stark, da sie nur vorübergehend in ein Kloster eintreten. Jeder konnte sehen, dass ihr neuer Novize Chan sich entschlossen hatte, für immer zu bleiben.

Nach der Übergabe des safran-orangenen Mönchsgewandes musste er es mit beiden Händen vor den Mönchen hochhalten. Mit lauter Stimme bat er um seine Ordination. Die Ältesten erteilten die Zustimmung und es wurde ihm erlaubt, sich umzuziehen. Dann bat er die Versammlung der Mönche, im Orden aufgenommen zu werden. Vom Abt wurde ihm daraufhin die Almosenschale über die Schulter gehängt.

Am Ende der Feierlichkeiten wurden ihm die zehn Gebote vorgesagt, die er in Pali zu wiederholen hatte. Sie lauten:

- nicht töten.
- nicht stehlen.
- nicht lügen.
- sexuelle Enthaltsamkeit.
- keinen Alkohol.
- keine Mahlzeit nach 12 Uhr Mittag.
- weder singen noch tanzen.
- keine Armbanduhren oder Hüte tragen.
- kein weiches Bett nutzen.
- keine größere Geldspende annehmen.

Bei dem ersten Gelübde, nicht zu töten, schielte er verstohlen zu Maha Ananda Chandra, dessen stoischer Gesichtsausdruck nichts von seinem Innenleben preisgab. Sein Auftrag für Chan war: Töte Nian Soun!

Am Ende der Zeremonie verlieh ihm der Abt seinen Mönchsnamen: Phra Kusalo.

Chan hatte erreicht, als Mönch aufgenommen zu werden, aber es wurde nun schwieriger, den Tagesablauf des Klosters mit seinem Auftrag in Übereinstimmung zu bringen. Ein weiterer Nachteil war, dass er als Mönch kein Fahrzeug steuern durfte. Letzteres hatte er vor zu ignorieren, ohne den Abt zu informieren. Ein fahrzeugsteuernder Mönch könnte zwar etwas Verwunderung auslösen, aber niemand würde ihn ansprechen. Nur für die Ausführung seines Auftrages benötigte er die Erlaubnis des Abtes, sich zu entfernen, die erteilt wurde.

Nach den ersten Erkundungen, die er mit Bus und Taxi unternahm, bemerkte er, dass einige der Mönche ihm mit mehr oder weniger offenem Misstrauen begegneten und sich von ihm distanzierten.

41 Lösegeld

Saranyas Diensttelefon ihres Festnetzanschlusses tönte bereits, als sie frühmorgens ihr Büro betrat. Noch im Stehen nahm sie ab. »Captain Saran, Bangkok Crime Suppression, wer will mich sprechen?«

»Nawin, Direktor des ›Black Hong‹, guten Morgen, Sir. Ich habe eine Lösegeldforderung von einer Million Thai-Bath für die Freilassung unserer entführten *Khun* Jantila erhalten. Von *Khun* Karim fehlt nach wie vor eine Nachricht. Leider gibt es noch eine unangenehme Neuigkeit. Jemand hat die Presse von der Entführung mit der Lösegeldforderung informiert. Die *Bangkok Post* wird morgen darüber berichten.«

Saranya benötigte einen Moment, die Nachricht zu verarbeiten. Sie und ihre Mitarbeiter hatten bereits darüber gerätselt, welchen Sinn die Entführung haben könnte. Aber nun eine Lösegeldforderung für eine nahezu mittellose Angestellte? Es war doch recht unwahrscheinlich, dass das Hotel sich in der Pflicht fühlen würde, die Forderung zu erfüllen.

»Das sind wirklich keine guten Nachrichten. Wie wurde die Nachricht übermittelt?«

»Es war ein Telefonanruf mit der etwas merkwürdigen Stimme eines Thailänders.«

»Warum merkwürdig?«

»Der Text wirkte vorgelesen, stockend, als hätte er Probleme zu lesen, wie das bei wenig Gebildeten oft der Fall ist. Der Text selbst war aber fehlerfrei formuliert.«

»Wurde ein zeitlicher Termin genannt?«

»Das Geld soll innerhalb einer Woche an einem noch zu nennenden Ort deponiert werden.«

»Gut, ich schicke jemanden, der den Anruf aufnimmt. Ich kann Ihnen mitteilen, dass wir in der Sache *Khun* Jantila bereits eine Spur verfolgen. Bei *Khun* Karim sind wir leider noch nicht soweit, aber Sie sollten nicht mit seiner Rückkehr rechnen. Selbst wenn wir ihn finden, wird er in unserer Obhut bleiben, da gegen ihn ermittelt wird.«

»Oh, was liegt denn gegen ihn vor?«

»Es gibt Zweifel an seiner Identität. Aus ermittlungstechnischen Gründen kann ich Ihnen nicht mehr sagen. Bitte verhalten Sie sich ruhig und vor allem bleiben Sie der Presse gegenüber zurückhaltend.«

Saranya informierte Sergeant Major Nichapa über den Stand der Ermittlungen und bat, jemanden ins ›Black Hong‹ zu schicken.

»Saranya…«

Sergeant Major Nichapa war die Einzige im Team, mit der sie sich, wenn sie unter sich waren, über ihre Vornamen beziehungsweise Spitznamen austauschte. Selbst Vornamen sind

in der Thai-Gesellschaft wenig in Gebrauch, viele stellen sich nur mit ihrem Spitznamen vor.

»...wie werden wir es rechtfertigen, diesen Fall weiter zu verfolgen? Das gehört nicht zu unseren Aufgaben!«

»Du hast recht, Nicha, es hängt aber alles zusammen. Mister Remmler hat ohne sein Zutun und ohne es zu wissen offensichtlich in ein Wespennest gestochen. Wir deklarieren das Verschwinden der beiden als Verdachtsfälle für das Team ›Moondance‹.«

Saranya nahm ihr Smartphone und wählte Remmlers Nummer, der sich sofort meldete. Seine Befürchtung, dass nun auch sein Kontakt zu Tareq Avani aufgeflogen war, bestätigte sich nicht.

»Herr Remmler, für die Entführung von *Khun* Jantila wurde eine Lösegeldforderung gestellt. Es gibt nun einen gewissen Druck, der Sache sofort nachzugehen. Stehen sie noch zu Ihrem Angebot? Ich werde als Tourist nach Pailin reisen und Sie könnten mich begleiten. Machen Sie Ihren *Visarun*!«

»Wissen wir denn, wo sie ist?«

»Es gibt Hinweise. Chan hatte Kontakt zu einem gewissen Nian Soun. Unsere Kontaktleute in Kambodscha haben ihn ausfindig gemacht. Er ist anscheinend Chans

Chef und residiert in einer alten Villa am Rand von Pailin.«

»Einverstanden, wie kommen wir dahin?«

»Ich habe ein neutrales Dienstfahrzeug. Morgen früh um 07:00 Uhr bei Ihrem Hotel. Ich werde Sie ab sofort in meine WhatsApp-Kontakte aufnehmen.«

»Das ist sinnvoll. Ich bin da.«

42 Rückversicherung

»Paul, schön, dass du dich meldest. Ich dachte schon, du hast keine Arbeit mehr für mich.« Hoovers Stimme klang echt besorgt. »Ich muss dir leider etwas sagen.«

»Du meinst sicher das Verhör in der Crime Suppression.«

»Du weißt davon?«

»Natürlich, Captain Saran hat mich ganz schön in die Mangel genommen. Aber es ist alles gut. Ich rufe wegen etwas Anderem an. Kannst du ein Fahrzeug, möglichst mit einem großen Kofferraum, besorgen?«

Hoover zögerte etwas. Er hatte zwar gelegentlich den Umgang mit einem Fahrzeug geübt, besaß aber keinen Führerschein. »Ja, natürlich, worum geht es?«

»Ich fahre morgen ganz früh mit Captain Saran nach Pailin über die Grenze nach Kambodscha. Ich hätte gerne jemanden in der Nähe, den ich notfalls um Unterstützung bitten kann.«

»Was soll ich denn machen?«

»Vorläufig nichts. Du gehst in ein Café oder Restaurant, stellst das Fahrzeug in der Nähe ab und wartest, bis ich dich anrufe.«

»Ja, Paul, aber ich brauche Geld.«

»Schon klar. Treffen wir uns in Jacks Bar, du bekommst, was du brauchst.«

Am Abend verschickte Remmler zwei Mails. Die erste Mail ging an Nora.

Sorry, ich bleibe noch eine Weile. Scholow hat einen Auftrag für mich. Ich melde mich.

Gruß Paul

Die zweite Mail ging an Tareq Avani.

Herr Avani, ich bin dabei, zusammen mit der Polizei den Verbleib Ihrer Freundin in Kambodscha zu erkunden. Bleiben Sie, wo Sie sind. Ich werde Sie informieren.

Gruß P.R.

43 Visarun

Während der vierstündigen Fahrt besprachen sie das Vorgehen. Remmler hatte sich schon gefragt, welchen Plan sie verfolgte und war etwas enttäuscht.

»Ich bin immer noch Beamtin und muss mich an Gesetze halten. Wir spüren Jantila auf und ich melde das offiziell der kambodschanischen Polizei, die dann hoffentlich im Rahmen gegenseitiger Behördenhilfe tätig wird.«

»Wie ich höre, steht es aber nicht besonders gut mit den Beziehungen zwischen Ihren beiden Ländern.«

»Das hat hauptsächlich mit Grenzstreitigkeiten an einem direkt an der Grenze liegenden Khmer-Tempel zu tun. Ich verstehe da unsere Leute nicht. Der Tempel wurde bereits von einem internationalen Schiedsgericht Kambodscha zugesprochen. Für mich wäre das damit erledigt. Aber ansonsten wird der Streit nicht auf allen Ebenen weitergeführt.«

»Okay, wir suchen sie und wenn wir sie gefunden haben, melden wir das den kambodschanischen Behörden.«

»Ja, das ist meine Absicht.«

»Wo liegt denn die Villa des Nian Soun?«

»Am Rand von Pailin. Ich habe einen Google Maps Ausschnitt. Einen Moment, ich schicke ihn Ihnen zu.«

Remmler hatte die Lautstärke auf seinem Smartphone herunter reguliert und registrierte über die Vibrationsfunktion einen ankommenden Anruf. Er sah kurz auf das Display und sah zwei Nachrichten. Er erkannte, dass Hoover bereits in Kambodscha war. Die zweite Nachricht war der Kartenausschnitt von Saranya.

Die Abfertigung an der Grenze war zügig. Remmler suchte einen Sanitärraum auf, um Hoover anzurufen.

»Es scheint alles geklappt zu haben.«

»Ja, Paul, ich sitze in einem Café im Zentrum von Pailin und habe das Fahrzeug direkt davor geparkt. Es ist ein grauer Nissan Qashqai.«

»Gut, bleib, wo du bist. Es kann etwas dauern, bis ich mich melde. Eventuell wirst du nichts zu tun bekommen. Ich schicke dir vorsichtshalber einen Google-Kartenausschnitt des Ortes, wo wir uns voraussichtlich aufhalten. Mach dich schon mal schlau, wie du da hinkommst.«

»Okay, bis bald.«

44 Anschluss nicht erreichbar

Der *Provider* hatte, wie vereinbart, Jantila in Nian Souns Villa abgeliefert. Ein Kellergewölbe, das der Hausherr nutzte, um Wein zu lagern, war bereits leer geräumt und mit einigen Hartschaumplatten als Schallschutz ausgestattet. Einige schwere Fußfesseln, die er noch aus seiner Zeit als Scherge der Roten Khmer besaß, verband er mit einer eingemauerten Kette. Vor die Mauer legte er eine alte Matratze. Unter heftiger Gegenwehr schleppte der *Provider* die Frau zu ihrem Gefängnis.

Schnell hatten sie die Modalitäten der weiteren Zusammenarbeit ausgehandelt. Der Brite übernahm sämtliche Aufgaben, die zuvor zu Chans Aufgabenbereich gehörten. Zusätzlich hatte er für den ›Nachschub‹ zu sorgen, für den früher Rashid zuständig war. Dass der *Provider*, anders als der Libanese mit seinen subtilen Methoden, dabei eher robust vorgehen würde, war Nian Soun klar. Die weitere Bearbeitung der Pässe würde man zunächst aussetzen. Er hatte seine ursprüngliche Absicht, Tareq Avani zu eliminieren, geändert. Er wollte den Grafiker noch einmal zur Mitarbeit zwingen. Nach der Empfehlung, zur Vorsicht seinen schwarzen Jeep auszutauschen, entließ Nian Soun seinen Mitarbeiter.

Tareq reagierte bestürzt, als ihn die Nachricht von Jantilas Entführung und die Lösegeldforderung an das ›Black Hong‹ erreichte. Anders als der Polizei und auch Remmler war ihm sofort klar, dass die Lösegeldforderung eine Ablenkung war, die nur den Zweck hatte, dass er sich der Organisation stellte.

Nach Remmlers Mail zwang er sich, konzentriert über seine Möglichkeiten nachzudenken. Die Datei, die er im Computer seines Arbeitsplatzes gefunden hatte, enthielt nicht nur schreckliche Details der Geschäfte von APSARA Ltd., sondern auch Namen und Telefonnummern. Bei der Prüfung stieß er auch auf den Namen ›Supattra‹, nach dem ihn Captain Saran gefragt hatte und er sich damals nicht erinnern konnte, woher ihm der Name bekannt vorkam. Nach weiterer Durchsicht fand er neben der Telefonnummer von Chan, die er schon kannte, auch die Adresse eines Nian Soun im kambodschanischen Pailin. Es musste sich um die Adresse handeln, an der Remmler seine Freundin vermutete. Ein kurzer Check auf seiner Google-Maps-App zeigte ihm den Ort an. Er beschloss, Kontakt aufzunehmen, um die Bedingungen für die Freilassung seiner Freundin herauszufinden. Aber Chans Nummer war nicht erreichbar.

Tareq fasste einen Entschluss. Pailin lag nicht einmal eine Tagesreise von Pattaya entfernt.

45 Die Callas singt hier nicht mehr

Es dauerte nur eine halbe Stunde, bis sie in Pailin ankamen. Während der Durchfahrt erkannte Remmler den grauen Nissan von Hoover vor einem Café. Anhand ihrer Google-Wegbeschreibung fanden sie schnell die Zufahrt zu Nian Souns Villa. Einem schnell auf sie zukommenden Fahrzeug konnte Saranya gerade noch ausweichen. Remmler blickte durch das Seitenfenster, während der Wagen an ihnen vorbeischoss und staunte. Ein Mönch mit dunkler Sonnenbrille und safran-gelber Robe steuerte das Fahrzeug.

Ein Tor, das den Zugang zu dem Grundstück markierte, war weit geöffnet. Sie passierten es und befuhren einen nicht befestigten Weg mit toniger Oberfläche, der trotz der aktuellen Regenzeit trocken war. Die tiefen Fahrrinnen zeugten davon, dass sich der Weg in dieser Zeit normalerweise in eine Schlammpiste verwandelte. Saranya lenkte das Fahrzeug vorsichtig, bemüht, die Rinnen zu umgehen, um den Wagen nicht aufzusetzen.

Nach etwa einem Kilometer sahen sie die Villa, dicht umrankt von tropischer Vegetation. Sie stoppten das Fahrzeug an einer von der Villa nicht einsehbaren Stelle und stiegen aus. Außer einigen undefinierbaren tierischen Lauten und Vogelstimmen aus dem umgebenen Dschungel herrschte Stille.

Saranya und Remmler verständigten sich darauf, den mühsamen Weg durch die Bäume zu suchen, um das Haus von der Seite oder, je nach vorhandener Möglichkeit, von hinten zu betreten. Es gestaltete sich einfacher als gedacht. Je näher sie kamen, desto lauter wurde ein merkwürdig schrilles, sich ständig wiederholendes Geräusch. Sie fanden einen seitlichen unverschlossenen Eingang, den sie betraten. Remmler erkannte in dem Geräusch den Gesang der Maria Callas von einer Schallplatte, deren Rille die Nadel nicht mehr führen konnte. Die Sopranistin mit ihrer kräftigen, hohen Stimme fing an zu singen, wurde aber durch einen abrupten Spurwechsel der Nadel brutal an der Ausübung ihrer Gesangskunst unterbrochen, nur um es erneut zu versuchen.

Aus einem Raum ertönte das Knarren des Dielenbodens, den auch sie bereits beschritten, und mahnte zur Vorsicht. Remmler hatte bereits hochwertiges Teakholz erkannt. Vor ihnen lag eine größere, halb geöffnete Flügeltür, durch die sie vorsichtig einen Blick in den Raum warfen, der nur durch das spärliche Außenlicht eines Fensters erleuchtet war. Sie verständigten sich über einen kurzen Blick und Handzeichen, um zeitgleich in den Raum zu stürmen. Die Person, die sie beobachtet hatten, stand vor einer frei stehenden Bücherwand unbewaffnet neben einer Person, deren Oberkörper leblos

über einem großen Tisch lag. Der Mann war sichtlich überrascht und hob beide Hände zum Zeichen seiner Wehrlosigkeit.

»Bitte, ich war das nicht!«

Remmler und Saranya erkannten Tareq Avani, dessen Blick etwas hilflos von einem zum anderen wanderte. Saranya zögerte nicht.

»Mister Avani, sie sind hiermit verhaftet.«

Tareq hatte sich schnell wieder gefasst, als er die beiden erkannte. »Wir sind hier in Kambodscha, Captain. Ich glaube, Sie haben hier keine Befugnisse.«

»Gut, sie haben recht, wir sollten die kambodschanische Polizei informieren.« Sie griff zu ihrem Telefon.

Bewundernd registrierte Remmler, wie sie bluffte. Es funktionierte.

Tareq hatte sofort begriffen, dass es deutlich schlechtere Optionen gab, als sich von Saranya verhaften zu lassen. Einen Moment blickte er noch hilfesuchend zu Remmler, der aber keine Reaktion zeigte.

»Gut, aber lassen Sie mich erklären.«

»Ich höre. Nehmen Sie meinetwegen die Hände herunter. Und stellen Sie dieses fürchterliche Gerät ab.«

Tareq nahm die Nadel von der Platte. Erst jetzt schenkten sie dem Toten am Tisch ihre Aufmerksamkeit. Er hatte einen geschwollenen Nacken in blauen und grünen Farbtönen und einen seltsam verrenkten Hals. Nur wenig Blut

war ausgetreten. Sein Kopf lag auf einer Vielzahl von Zeichnungen und Plänen, die über den riesigen Arbeitstisch ausgebreitet waren. Auf dem Fußboden lag eine Art Keule aus schwarzem Holz, offensichtlich die Mordwaffe. Eine der Zeichnungen mit Maßangaben zeigte ein riesiges Gebäude mit einer Kuppel ähnlich des Petersdoms in Rom. Es war mit einem Titel in großen handgeschriebenen Buchstaben versehen:

Pailin International Opera House

»Der Hausherr scheint ein Opern-Liebhaber gewesen zu sein. Ich fürchte, Maria Callas wird hier nicht mehr singen. Für einen Life-Auftritt wäre es ohnehin zu spät.«

Während Saranya die Leiche in Augenschein nahm, sah sich Remmler etwas um. Um das Grammophon lagen stapelweise alte Schellackplatten von Maria Callas, Caruso und anderen. Neben dem Grammophon lag noch eine Dose mit der Aufschrift ›Polydor Silbernadeln, Deutsche Grammophon Nadeln made in Germany‹.

»Sehen Sie hier.« Saranya deutete auf ein Foto. Der Tote stand stolz mit der Fahne der Roten Khmer in der einen Hand, in der anderen Hand mit einem Zuckerrohrmesser vor einem Haufen Toter. »Ein ehemaliger Menschen-

schinder der Roten Khmer als Opernliebhaber, ich fasse es nicht.«

Ein kambodschanischer Fitzcarraldo. Verbrecher und Opernliebhaber. Warum auch nicht, Hitler und seine Schergen waren Wagner-Fans, dachte Remmler.

Ein Computer weckte Remmlers Interesse. Der Eigentümer musste noch kurz zuvor an seinem Mail-Account gearbeitet haben. Einige der Mails waren auf Khmer, andere auf Englisch. Kurz entschlossen packte er die Mails und sendete sie an seine Adresse. Im Versandordner löschte er die Mails.

Remmler drehte sich zu Tareq und stellte, ohne es als Frage zu formulieren, fest: »Sie suchen Ihre Freundin. Haben Sie sich schon umgesehen?«

»Nein, ich bin noch nicht dazu gekommen. Ich war gerade angekommen und konnte mich gerade noch verstecken, als ein Mann aus dem Haus hastete und mit einem Auto davon fuhr. Danach habe ich den Toten entdeckt. Ich glaube, es ist Nian Soun, der Besitzer von APSARA Ltd. und dieses Anwesens. Das Merkwürdige ist, der Mann, der ihn getötet hat, war ein Mönch.«

Saranya blickte abrupt auf. »Was sagen Sie da? Ein Mönch?«

»Ja, kahl geschoren mit safran-gelber Kleidung.«

»Haben Sie noch mehr erkannt?«

»Nein, es ist mir sonst nichts aufgefallen. Als er dann das Haus verlassen hat, setzte er eine dunkle Sonnenbrille auf.«

Remmler erinnerte sich. »Er fuhr an uns vorbei, Captain. Es war der Wagen, dem wir ausweichen mussten. Ich habe darin einen Mönch gesehen.«

»Das ist… könnte ein Problem werden.«

»Was haben Sie vor?«

»Ich muss überlegen. Meine Absicht, die kambodschanische Polizei einzuschalten, dürfte hinfällig sein. Wir würden alle für eine Weile in einem kambodschanischen Gefängnis landen und ich würde danach meine Karriere als Wächter in Bankwang beenden. Finden wir zuerst einmal *Khun* Jantila.«

Das schalldichte Kellergewölbe war nicht einfach zu finden, aber schließlich gelangten sie über eine Bodenklappe vor eine unverschlossene Tür. Sie fanden Jantila angekettet, aber in unversehrtem Zustand. Für Remmler, der seit seinen Tagen bei der Kripo immer ein Tool zur Öffnung von Schlössern mit sich führte, war es keine Herausforderung, die Frau zu befreien. Saranya beobachtete ihn interessiert, sagte aber nichts. Tareq schloss seine Freundin in die Arme.

»Wir müssen die Frau wieder zurückschaffen, aber sie hat keinen Pass«, sagte Saranya.

»In unserem Wagen können wir sie nicht verbergen. Herr Avani, wie sind Sie hierhergekommen?«

»Ich bin mit Bus und Taxi gefahren, das letzte Stück natürlich zu Fuß.«

Remmler meldete sich zu Wort. »Ich kann Hoover bitten zu kommen.«

»Das dauert zu lange.«

»Er ist in Pailin mit einem Fahrzeug, das dazu geeignet ist.«

»Wie zum… Sie haben ihn schon hierher bestellt? Haben Sie geahnt, dass wir in eine solche Situation geraten könnten?«

»Nein, aber ich habe gelernt, mich auf möglichst alles einzustellen. Nicht alle deutschen Tugenden sind immer hilfreich. Vorsorge ist eine davon und ist gelegentlich eine gute Idee.«

»Ah richtig, dieser Tugend verdanken Ihre Versicherungen Rekordumsätze. Ich bin schon etwas sprachlos.« Saranya hatte wie bereits zuvor etwas Probleme, die Eigenmächtigkeit des Journalisten zu akzeptieren, musste aber eingestehen, dass Remmlers Voraussicht im Moment hilfreich war. »Damit kommen wir hoffentlich ohne Probleme aus dem Land und Sie retten auch meinen Arsch.«

Remmler und auch Tareq feixten.

»Das ist aber nicht die Art, wie Thailänder so etwas benennen«, sagte Remmler.

»Zugegeben, auf Thai würde ich mich etwas anders äußern, aber ich kenne ja Ihre Direktheit.«

Remmler rief Hoover an. »Es ist soweit, du kannst kommen. Hast du dich über den Weg informiert?«

»Ich komme.«

Saranya nahm das Gespräch wieder auf. »*Khun* Jantila, Sie werden im Kofferraum des Mannes fahren, der sogleich kommt. Herr Avani, Sie kommen mit uns. Sobald wir auf thailändischem Boden sind, nehmen wir Ihre Freundin auf.«

Tareq nickte. Remmler ging vor das Haus, um Hoover zu empfangen, der sich bereits durch eine Staubwolke über dem Weg ankündigte.

Sie bestiegen die Fahrzeuge und Jantila fand einen den Umständen entsprechend komfortablen Kofferraum vor. Ohne weitere Zwischenfälle passierten sie die Grenze nach Thailand und Remmler war mit einem neuen ›Visum on Arrival‹ ausgestattet. Wie geplant, stieg Jantila in Saranyas Fahrzeug und Remmler wies Hoover an, den Leihwagen zurückzubringen.

Saranya fuhr mit mäßigem Tempo und Remmler spürte, dass ihr einiges durch den Kopf ging. Niemand hatte nach diesem Tag besonderen Gesprächsbedarf. Tareq und Jantila saßen auf dem Rücksitz und hielten sich an den Händen.

»Herr Avani«, unterbrach Saranya die Stille. »Ich bin zu dem Entschluss gekommen, dass es in meiner Dienststelle zu viele Fragen aufwerfen würde, brächte ich Sie in eine Zelle. Ich habe mich dazu entschlossen, Sie mit Ihrer Freundin in Ihrer Wohnung zu lassen, allerdings werde ich Ihren Pass behalten. Im Gegenzug versprechen Sie mir, sich zur Verfügung zu halten. Wir haben noch einiges zu klären. Der Kerl, der *Khun* Jantila hierhergebracht hat, ist noch auf freiem Fuß und außer, dass er ein *Farang* ist, wissen wir nichts über ihn.«

Tareq räusperte sich. »Sie nennen ihn den *Provider*. Er ist Brite. Ich habe das so neben meiner Arbeit mitbekommen.«

Seine umfangreichen Kenntnisse wollte Tareq noch für sich behalten. Der Name war in der Datei, die noch weit mehr beinhaltete und die er in seiner Cloud verborgen hatte.

46 Kronzeuge

Im Polizeihauptquartier hatte Saranya einige Mühe zu erklären, wie es gelungen war, die Entführte zu befreien, ohne alle Einzelheiten zu offenbaren. Währenddessen beschäftigte sich Remmler mit der Auswertung der Mails, die er auf Nian Souns Computer gefunden hatte. Die meisten Nachrichten wurden zwischen ihm und Chan auf Khmer ausgetauscht. Einige wenige Nachrichten, besonders zuletzt, waren ohne Anrede auf Englisch an eine anonymisierte Yahoo-Mailadresse gerichtet. Eine Textpassage mit dem Inhalt

›Erledige das wie üblich ab 18 Uhr oder am Feiertag auf dem Schlachthof. Das ist ja nicht weit von unserer Niederlassung‹,

interessierte ihn.

Hoover wusste sofort Bescheid. »Der Schlachthof liegt im Bereich des Klong Toei-Marktes.«

»Gut, Hoover, dann bist du weiter im Geschäft. Beobachte bitte, wer dort nach achtzehn Uhr ein- und ausfährt. Gibt es demnächst einen Feiertag?«

»Ja, wir haben bald *Maga Puja*-Tag, ein hoher buddhistischer Feiertag, der immer an einem Vollmondtag stattfindet. Ich gehe auch ins Wat.«

»Okay, wenn du Zeit hast, schau mal vorbei, sonst am Abend ab 18 Uhr.«

Ein vorläufiger Bericht an seine Redaktion mit der Bitte, mit der Veröffentlichung noch zu warten, rief bei seinem Chefredakteur ungewohnte Begeisterung hervor. Als Anlage schickte er Fotos der Rechnung des Mietwagens und der Benzinkosten, die unkommentiert entgegengenommen wurden.

Die Abrechnung für meinen Mitarbeiter werde ich noch nachreichen. Er ist weiter für mich tätig. Ich bin finanziell noch gut ausgestattet. Man hat mir das Geld aus dem Konto in Bankwang ausgezahlt.

Remmlers Smartphone zeigte an, dass Tareq Avani ihn sprechen wollte.

»Guten Tag, Herr Remmler. Ich möchte mich noch einmal für Ihre Hilfe bedanken. Ich habe inzwischen meine Absicht, mich den deutschen Behörden zu stellen und mich wieder um einen deutschen Pass zu bemühen, aufgegeben. Es ist ja nun leider so, dass ich die Thai-Behörden nicht mehr umgehen kann. Daher habe ich mich entschlossen, mit ihnen zu kooperieren. Die Basis meiner tiefen Kenntnisse des Geschäftsmodells von APSARA Ltd. habe ich Ihnen noch nicht verraten. Es sieht so aus, dass ich nach Aussage von Captain Saran eine Art Kronzeugenschutz bekomme, mit der Aussicht, hier unter einem neuen Namen eingebürgert zu werden. Dem würde ich, auch im Hinblick auf

Jantila und den Einbürgerungsprozess in Deutschland, den Vorzug geben. Trotzdem verspreche ich Ihnen, Sie werden von mir zu gegebener Zeit mit genügend Informationen versorgt, auch ohne weitere Unterstützung bei deutschen Behörden.«

Remmler hatte bereits damit gerechnet, dass der ursprüngliche Plan aufgrund der neuen Entwicklung nicht umsetzbar sein würde. Trotzdem war er froh, denn das zu erwartende zähe bürokratische Verfahren bei den deutschen Behörden würde ihm nun erspart bleiben.

47 Anonyme Anzeige

Saranya hatte sich in einigen Verhören mit Tareq Avani darüber geeinigt, dass dieser nach schriftlicher Zustimmung zur Aufnahme in das Zeugenschutzprogramm sämtliche Kenntnisse zu Verfügung stellen würde.

Nach ihrer Rückkehr fand sie eine bereits mehrere Tage alte anonyme Anzeige auf ihren Schreibtisch. Eine andere Abteilung hatte sich bereits damit beschäftigt und die Anzeige weiter geleitet. Saranya war höchst erstaunt. Der unbekannte Absender behauptete, dass sich ein Mönch des Klosters Wat Saraburi dem Anschein nach mit illegalen Geschäften beschäftigte. Der Name des Mönches war Phra Kusalo.

Obwohl es ihr bei der Nennung eines Mönches als Straftäter in den Ohren klingelte, galt Ihr Erstaunen weniger dem Grund der Anzeige, sondern dem Ort des Klosters. Es war das Kloster, in dem sie selbst ihre Ausbildung genossen hatte und dessen Abt Maha Ananda Chandra ihr Förderer war. Der Leiter der bearbeitenden Abteilung wusste von Ihrer Beziehung zu dem Kloster und bat sie um Amtshilfe. Polizisten versuchen allgemein, sich aus Konflikten mit den Klöstern herauszuhalten.

Ich werde wohl meinem Abt einen Besuch abstatten. Ich hatte das ohnehin bereits geplant.

48 Der Abt ist betrübt

»Ich freue mich sehr, dich wieder zu sehen, meine Tochter.«

Maha Ananda Chandra hatte sich zur Meditation zurückgezogen, unterbrach aber, als ihm ein Mönch einen Zettel mit der Nachricht von Saranyas Ankunft zu seinen Füßen deponierte. Sie hatte zunächst vergeblich versucht, sich mit Ihrem Polizeiausweis Zutritt zum Kloster zu beschaffen. Sie wurde mit Hinweis auf eine gerade beendete Trauerfeier abgewiesen. Hartnäckig insistierte sie und als dem Abt mitgeteilt wurde, wer ihn zu sprechen wünschte, wurde sie vorgelassen.

»Ich sehe, du hast dich zwar dem religiösen Leben entzogen, aber du hast nun eine zweifellos wichtige Funktion in der Gesellschaft.«

Saranya verneigte sich und faltete ihre Hände zum *Wai.* »Dank Ihrer Hilfe, ehrwürdiger Abt.«

»Ich nehme an, du hast sehr viel gelernt, sowohl in Deutschland, als auch auf deinen Schulungen. Bist du weiter beim Muay-Thai aktiv?«

»Ja, ich gehe immer noch regelmäßig zum Training. Leider musste ich es in den letzten Wochen gelegentlich ausfallen lassen, da mich meine Arbeit stark in Anspruch nahm. Neben meinem Bedürfnis, mich auch einmal bei Ihnen zu melden und mich zu bedanken, habe ich

auch einen rein dienstlichen Grund, bei Ihnen vorzusprechen.«

»Ich hoffe, es ist nichts Ernstes. Die Ankunft eines Captains der Ordnungskräfte hat bereits etwas Unruhe unter den Mönchen ausgelöst.«

»Nun, wir wissen noch nicht, ob es einen Grund zur Unruhe gibt. Uns liegt ein Hinweis vor, nach dem ein Mönch Ihres Klosters in illegale Geschäfte verwickelt sein könnte.«

»Oh, das ist ein ernster Vorwurf, dem ich natürlich nachgehen werde. Wer ist es denn?«

»Es ist ein Mönch namens Phra Kusalo.«

»Sind Sie sicher? Er war ein sehr fleißiger Novize und ist erst vor Kurzem in unsere Gemeinschaft aufgenommen worden.«

»Er war?«

Der Abt erhob sich. »Folge mir, meine Tochter.«

Sie gingen über das großzügige Freigelände des Klosters und betraten das klostereigene Wat. Maha Anda Chandra deutete auf eine mit brennenden Kerzen flankierte Urne.

»Phra Kusalo ist vor zwei Tagen nach heftigen Schmerzen im Unterkörper verschieden. Ein bei uns ordinierter Arzt konnte nur noch seinen Tod bestätigen. Wir haben ihn bereits eingeäschert. Die Urne wird nun 49 Tage im Tempel aufbewahrt und dann beigesetzt.«

Saranya blickte misstrauisch in das Gesicht des Mönches. Sie wusste, dass auch er

Kambodschaner war und dass er nur mit Mühe den Roten Khmer entkommen war.

Der Abt lächelte selig wie jemand, dem eine lang getragene Last entfernt wurde.

»Das ist – bedauerlich. Hat man ihn zuvor nicht untersucht?«

»Doch, natürlich. Leider hat man zu spät entdeckt, dass es ein Darmverschluss war. Wir konnten ihn nicht mehr retten.«

»Es muss ein schmerzhafter Tod gewesen sein.«

»Ja, wir sind wirklich betrübt, aber unser Bruder hat es mit Würde getragen.«

»Kann ich erfahren, welcher bürgerliche Name ihr Mönch vor dem Eintritt in das Kloster hatte?«

»Sicher, er war ein Kambodschaner mit dem Namen Chan Khiĕv.«

Der *Provider* wechselte, nachdem er die Frau in Pailin abgeliefert hatte, sein Fahrzeug und ging seiner Tätigkeit weiter nach, wie es vereinbart war. Mitarbeiter von APSARA Ltd. hatten die Anweisung, sich nur notfalls telefonisch zu melden. Der Mann war aber ohnehin überzeugt, selbst zu wissen, was zu tun ist. Hätte er sich noch einmal bei Nian Soun gemeldet und festgestellt, dass dieser nicht erreichbar war, wäre er vermutlich misstrauisch geworden. So aber konnte er nicht ahnen, dass das Unternehmen in Auflösung begriffen war.

49 Lumphini

»Paul«, Hoovers Stimme klang aufgekratzt. »Ich habe heute Morgen am Schlachthof etwas Merkwürdiges beobachtet. Vielleicht sollten wir uns da einmal umsehen. Ich war auf dem Weg zum Wat und habe es nur zufällig gesehen.«

Ohne weitere Fragen zu stellen, willigte Remmler ein. »Ich schlage vor, wir sehen uns um achtzehn Uhr.«

»Können wir uns auf halber Strecke im Lumphini Park treffen?«

»Kein Problem, den Park wollte ich ohnehin einmal besuchen.«

Hoover nannte ihm einen Treffpunkt. »Bis heute Abend.«

Remmler war frühzeitig im Park mit seinen ausgedehnten Wasserflächen. Es waren einige Touristen, aber nur wenige Thailänder unterwegs. Zahlreiche Warane tummelten sich auf dem Rasen und zerbissen einige Fischkadaver. Ein paar Jogger drehten ihre Runden.

Hoover war pünktlich. »Schon lange hier?«

»Ja, eine Weile. Ich wollte mir den Park einmal ansehen.«

»Drüben in Patpong wäre heute auch wenig los – ich meine nur, wenn du…«

»Ha, Hoover, was denkst du? Aber ich bin tatsächlich am Anfang einmal durchgelaufen.«

»Du hast doch nicht…?«

»Nein, natürlich nicht. Ich wollte mir nur einmal ansehen, wofür Thailand so berühmt ist. Irgendwie enttäuschend. Das Viertel passt drei Mal in die Reeperbahn von Hamburg. Aber ich muss zugeben, die Girls sind hübscher und auch jünger. Allerdings Minderjährige waren das nicht, wie so oft behauptet.«

»Die gibt es schon gelegentlich. Hauptsächlich Japaner und Koreaner verlangen danach. Dann tragen sie Schuluniformen mit kurzen Röckchen. Aber du hast recht, oft sehen sie auch deutlich jünger aus, als sie sind. In Thailand ist Sex mit Frauen unter achtzehn Jahren, anders als bei Euch, verboten. Daher läuft das nur mit Bestechung. Die Szene in Bangkok ist tatsächlich überschaubar. Anders sieht es in Pattaya aus. Es ist eines der großen Zentren des Nachtlebens, soweit ich weiß, weltweit.«

»Ich habe davon gehört. In unseren Medien wird oft darüber berichtet.«

»Ja, Thais wissen, dass man deshalb mit den Fingern auf uns zeigt. Wir nehmen das eher gelassen. Diese Entwicklung verdanken wir den Amerikanern. Bevor sie kamen und Pattaya als *recreation center* zur Erholung ihrer GIs vom Vietnamkrieg einrichteten, war das Nachtleben weitgehend in der Hand der Chinesen.«

»Ich habe Bars gesehen mit der Aufschrift *Pingpong Show*. Was wird dort denn angeboten?«

Hoover verzog sein Gesicht. »Das ist weder für Thailand noch für die Kunden eine positive Werbung. In diesen Bars treten Frauen auf, die sich einen Pingpong-Ball unten einführen und das Teil irgendwie durch das Lokal schießen. Ich habe mir das nicht angesehen und denke, das muss man auch nicht.«

Remmler rümpfte die Nase »Woher kommen die Frauen?«

»Aus den armen Regionen im Norden, dem Isaan oder aus Myanmar und Kambodscha. Aber die wenigsten arbeiten für Europäer oder Amerikaner. Die weitaus größte Zahl wartet auf Thailänder und andere Asiaten. Sie sind Sklaven ihrer Familien. Es ist in Thailand schwierig, sich gegen die Familie zu stellen. Solange sie Geld abliefern, haben sie aber einen hohen Status in ihren Dörfern. Jeder weiß, was sie machen, aber niemand redet darüber.«

»Und da sitzen auch die *dirty old men* der *Farangs* in den Bars und finden das amüsant?«

»Da täuschst du dich. Die gibt es auch, aber viele Barbesucher sind *dirty young men.* Sie kommen in Gruppen, saufen und amüsieren sich. Manchmal als Junggesellen-Abschied oder so etwas.«

»Was merkwürdig war, die Mädchen, die vor den Massage-Parlours standen, haben mich nicht eines Blickes gewürdigt.«

»Haha, vermutlich warst du in der Straße, die auf den Bedarf der Asiaten spezialisiert ist. Sie

sind als Kunden einfacher als Europäer handzuhaben und bezahlen auch besser.

»Woher weißt du das?«

»Meine Freundin ist Managerin einer Bar.«

»Und sie…?«

»Nein, ich glaube nicht, sie ist auch nicht mehr so jung. Aber ich frage sie nicht. Sie verdient einiges mehr als ich. Wir kennen uns schon eine Ewigkeit. Sie ist eigenständig und darauf bedacht, unabhängig zu sein. Daher will sie nicht, dass wir zusammen wohnen.«

»Du bist also kein Zuhälter oder so etwas.«

»Paul, so etwas wie bei Euch gibt es hier normalerweise nicht. Wenn sie meinen Schutz braucht, bekommt sie ihn. Ich lasse mich dafür nicht bezahlen. Aber wenn ich mal wieder pleite bin, hilft sie mir. Wenn Frauen alleine sind, gehen sie oft unter die Fittiche einer *Mamasan*. Sie sorgt für die Unterkunft und einen gewissen Schutz. Meist hat sie auch gute Beziehungen zur Polizei. Dafür wird sie bezahlt. Insofern könnte man das auch als Zuhälterei bezeichnen, hat aber nicht die unangenehmen Begleiterscheinungen wie in euren Ländern.«

»Du sprichst die Zwangsprostitution an.«

»Ja, *Mamasans* sind in der Regel recht fürsorglich und plündern ihre Mädchen nicht aus. Außerdem hindern sie keine Frau daran, wieder zu gehen. Sieh dich vor, Paul, Deutsche haben hier einen besonderen Ruf.«

»Welchen Ruf denn?«

»Deutsche gelten als sentimental. Bargirls scherzen über sie als *Weiße Ritter*. Das sind Männer, die sich in diese attraktiven, aber armen Thai-Girls aus dem Norden verlieben. Mancher wurde schon gnadenlos ausgeplündert und stürzte sich danach aus dem Fenster.«

»Verrückt!«

»Pass also auf, Paul. Du bekommst ein Girl aus der Bar, aber nicht die Bar aus dem Girl. Außerdem sind sie, wenn du dich erstmal mit ihnen eingelassen hast, krankhaft eifersüchtig. Abgesehen von den Frauen, die durch ihre Männer eine wirtschaftliche Rundumversorgung genießen, kommt es vor, dass sie zu drastischen Maßnahmen greifen. Du hast sicher die fetten Warane hier gesehen. Es soll schon vorgekommen sein, dass Frauen das beste Stück ihres Mannes an sie verfüttert haben oder es bei Loi Krathong[1] an einem kleinen Heißluftballon schwebend in den Himmel geschickt haben.«

»Wirklich nette Sitten habt ihr hier.«

»Trotzdem sind wir in vieler Hinsicht ein sehr konservatives Land und Sexualität wird weitgehend tabuisiert. Versuche einmal eine Frau aus dem normalen Mittelstand mit eigenem Gehalt kennenzulernen. Du wirst oft scheitern. Für manche Familien bedeutet ein

[1] Lichterfest bei Vollmond im November

Farang in der Familie einen Gesichtsverlust. Allerdings wird manches auch relaxter gehandhabt. Der männliche Phallus wird hier als Glücksbringer gehandelt und hängt als Holzschnitzerei in manchen Häusern herum. Trotzdem hat er vielen Frauen im Land wenig Glück gebracht. Die vielen Single-Frauen mit Kind ohne Unterstützung durch den Vater und schon gar nicht durch den Staat können das bestätigen.«

»Okay, lassen wir das. Wie hast du die Tage verbracht?«

»Ich habe die Zeit genutzt und mich, wie du vorgeschlagen hattest, am Schlachthof postiert. Es ist, wie gesagt, Feiertag. Ich fand es merkwürdig, dass ein Fahrzeug der *Seelensammler* mit einem weißen Ausländer und zwei weiteren Männern auf das Gelände des Schlachthofes in der Soi Damrong Phipat gefahren ist.«

»*Seelensammler*?«

»Es gibt bei uns keine Rettungsambulanz. Daher haben sich gläubige Buddhisten in einer Foundation zusammengefunden, um Unfallopfern oder anderen, die Hilfe benötigen, eine medizinische Erstversorgung zukommen zu lassen. Gegebenenfalls werden sie dann in ein Krankenhaus gebracht. Das ist gut für ihr Karma, aber leider ist inzwischen daraus ein Geschäft mit erbittertem Wettbewerb geworden. Krankenhäuser wetteifern darum,

dass die Verletzten bei ihnen eingeliefert werden, und bezahlen eine Kopfprämie. Natürlich nur für solche mit Geld.«

»Klingt so, als sollte man genügend Bargeld mit sich führen.«

»Du nicht, Paul, bei *Farangs* weiß man, dass sie versichert sind. Ihr seid privilegiert und als Opfer sehr begehrt.«

»Wie beruhigend. Was haben denn die *Seelensammler* dort gewollt?«

»Ich weiß es nicht. Merkwürdig ist nur, am Feiertag ist sonst niemand da. Ich konnte ihnen leider nicht auf das Gelände folgen. Sie sind eine Stunde geblieben. Als sie wieder wegfuhren, habe ich mir ein Taxi geangelt und bin hinterhergefahren. Sie sind auf die Rama IV Road und dann vor dem Lumphini-Park in die North Sathorn Road abgebogen. Bei der BTS-Station Saphan Taksin in der Nähe eines leer stehenden Hochhauses, das im Rohbau aufgegeben wurde, war das Fahrzeug plötzlich verschwunden.«

»Gibt es dort eine Einfahrt?«

»Nein, das Gebäude ist mit einem hohen Zaun gesichert. Das Gebäude ist ein bekannter *lost place* in Bangkok, den jeder kennt. Es ist bekannt, dass der Zugang verboten ist. Er wird bewacht. Sie müssen in eine Garage gefahren sein.«

Remmler konnte sich an das merkwürdige Hochhaus erinnern. Es lag auf der anderen

Seite der BTS-Station an der Soi Charoen Krung und war weithin sichtbar.

»Welchen Zweck sollte das Gebäude haben?«

»Es war als Kondominium für hohe Ansprüche geplant. Jetzt steht es seit zwanzig Jahren mit ungeklärten Besitzverhältnissen leer. Der Zugang ist gesperrt. Was hast du nun vor zu unternehmen?«

»Ich möchte mich im Schlachthof umsehen. Du kannst mir helfen hineinzukommen und draußen aufpassen.«

»Klar, ich hatte schon befürchtet, dass nun mein Job für dich erledigt ist.«

»Nein, es sieht so aus, als könnte ich dich noch weiter gebrauchen.«

»Ich stehe zur Verfügung, Paul. Wann willst du da hin?«

»Heute Abend nach Sonnenuntergang, sagen wir 19 Uhr.«

»Gut, treffen wir uns an der MRT Klong Toei. Das sind nur zwei Stationen von Silom. Dort!« Er deutete auf die MRT-Station direkt am Eingang des Parks. »Von dort nehmen wir ein Tuktuk oder ein Taxi.«

50 Blutmond

Hoover hatte sich vorbereitet. Mit einer kurzen Eisenstange wollte er das Schloss des Tores aushebeln, das die Einfahrt des weitläufigen Geländes des Schweineschlachthofes sicherte. Remmler winkte ab und förderte sein Multitool in Taschenmessergröße zutage, das er immer bei sich führte.

Neugierig sah Hoover zu, wie Remmler sich den Zugang verschaffte.

»Das machst du aber nicht zum ersten Mal.«

»Du hast recht, aber sei unbesorgt. Ich bin kein Einbrecher. Als Journalist benötigt man gelegentlich etwas Fantasie, um an Informationen zu kommen.«

Auch das verschlossene Eingangsgebäude war für das Werkzeug kein Hindernis.

Remmler bat Hoover, die Einfahrt im Auge zu behalten und ihn, falls notwendig, rechtzeitig telefonisch zu warnen.

Am Ende eines kurzen Flurs mit Türen zu zwei Büros öffnete er den Eingang zu einer Kühlhalle, in der drei Reihen von Schweinehälften hingen. Im gefliesten Steinfußboden waren Rinnen mit einem Entwässerungssystem aus Stahl zum Ablauf von Blut und Reinigungswasser eingelassen. Es war nur unzureichend gereinigt. Remmler konnte zunächst nichts erkennen, was auf eine illegale Tätigkeit hindeutete.

Er verließ die Halle und gelangte auf eine Be- und Entladerampe, von der weitere Räume abgingen. Im ersten Raum befand sich ein schwarzer Container mit einem groß aufgemalten Schriftzeichen. Remmler leuchtete mit der Lampen-App seines Smartphones hinein.

Der Anblick war wenig appetitlich. Schlachtabfälle aus Schädeln, Hirn, einigen Augen und nicht identifizierbaren Körperresten. Es waren offensichtlich zur Entsorgung bestimmte, unverwertbare Schlachtrückstände. Das Licht der LED strich über die Knochen- und Gewebemasse. Als er in einer Ecke den Strahl kurz verharren ließ, lief es ihm kalt über den Rücken. Deutlich war inmitten der blutigen Masse eine Gesichtshaut mit Öffnungen an den Stellen für Mund und Augen zu erkennen. Über den Augenöffnungen hing ein Büschel blonder Haare. Remmler sammelte sich und unterdrückte seinen Brechreiz, bevor er ein Foto machte. Er hatte genug gesehen.

Als er auf die Rampe heraustrat, war der Hof mit dem Zufahrtsbereich in ein seltsames Licht getaucht. Remmler blickte nach oben. Dort stand ein ungewöhnlich groß erscheinender Vollmond in einer prachtvollen rötlichen Farbe. Er erinnerte sich an eine Nachricht im Internet, die ein seltenes Himmelsereignis angekündigt hatte, einen Blutmond.

Wie passend, dachte er und sprang von der Rampe, um über die Zufahrt zurück zum Eingang zu gelangen. Plötzlich kam ein schwarzes Fahrzeug, dessen Marke er nicht erkennen konnte, auf den Hof gerast, bremste stark ab und richtete die vollaufgeblendeten Scheinwerfer auf Remmler. Einen Moment stand er geblendet im Licht, schaffte es aber an dem Fahrzeug vorbei, sich in einen dunklen Bereich zu retten. Das Fahrzeug wendete und versperrte die Richtung zum Ausgang. Dabei wurde das von einer Schirmkappe beschattete Gesicht des Fahrers kurz sichtbar. Es war ein Mann und er war kein Asiate. Remmler sprintete in die andere Richtung.

Verdammt, Hoover, wo bleibst du, warum hast du mich nicht gewarnt?

Außer Atem und mit rasendem Herzschlag erreichte er durch parkende Transportfahrzeuge den Zaun, der das Gelände von der Umgebung trennte. Dabei wurde er zum wiederholten Mal an seine mangelnde Kondition erinnert und nahm sich vor, das zu ändern.

Einen kurzen Gedanken, sich ihm entgegenzustellen, ließ er schnell wieder fallen. Der Mündungsknall einer Handfeuerwaffe war eine unmissverständliche Warnung. Der Schuss verfehlte ihn.

Verdammt, das war kein kleines Kaliber, aber kein Gewehr.

Für einen Moment war er beruhigt. Ein Gewehr mit Nachtsichtgerät hätte ihm mehr Probleme bereitet. Der Mann war nun zwar gezwungen, mit seinem Fahrzeug einen Umweg zu machen, war aber plötzlich wieder hinter ihm. Remmler entdeckte einen Container mit einer Leiter an der Grundstücksgrenze. Mit einem Sprung über den Zaun hinweg verließ er das Schlachthofgelände und landete mitten in einem flachen, verschlammten Tümpel. Überzogen von einer triefenden Schlammschicht, wand er sich mit aller Kraft frei. Er stand im Dunkeln, als er vernahm, wie sein Verfolger die Tür zu seinem Fahrzeug zuklappte und ihm auf demselben Weg über den Container folgte. Ein weiterer Schuss verfehlte ihn um Haaresbreite und riss ein Stück Rinde von einem Baum. Unsicher die Umgebung musternd, versuchte er sich zu orientieren. Das dumpfe Aufprallen eines Körpers, der nach einem Sprung auf dem Boden landete, ließ ihn die Flucht sofort fortsetzen. Der Mann kannte die Umgebung, er war dem Tümpel ausgewichen und immer noch hinter ihm her.

Nur weg von dem Schlachthof!

Glücklicherweise standen die Bäume nicht sehr dicht und auch das Unterholz lichtete sich. Plötzlich stand Remmler in einer Ansammlung von Blechhütten. Aus manchen quoll etwas Rauch. Kreuz und quer stolperte er durch die

engen Durchgänge zwischen den Hütten und stolperte fast über ein Tier, das er von der Größe her zunächst für eine Katze hielt. Es war eine Ratte. Schließlich erreichte er eine Böschung, an deren Fuß sich bunt schillerndes Wasser spiegelte. Er verharrte einen Moment und sah plötzlich im Schein des Vollmondes den Mann auf sich zu laufen. Sein Verfolger hatte einen langläufigen Revolver in der Hand.

Im Schatten beobachtete er den Schützen. Er hatte eine große, kräftige Figur. Seine Bewegungen ließen auf einen trainierten Körper schließen. Der Mann würde ihn erkennen, wenn er näherkam. Das Gebüsch am Abhang war der einzige Sichtschutz, der sich anbot. Der Versuch, sich vorsichtig dahinter zu verbergen, schlug fehl. Der Abhang war glitschig und er rutschte hinab in die undefinierbare Brühe, deren Aussehen und Geruch aus einer Mischung aus Kraftstoff und Kloake nur noch entfernt an Wasser erinnerte. Remmler konnte sich gerade noch unter einen überhängenden Ast flüchten, als sein Verfolger den Rand der Böschung erreichte und sich mit seiner Waffe in der Hand umsah. Ein riesiger linker Fuß in zwei Meter Entfernung und ein Revolver, den seine Faust umklammerte, mahnten den Verfolgten, sich trotz seiner misslichen Lage nicht zu rühren. Der Revolver war eine S&W 500 Magnum.

Remmler hatte die Waffe während seiner Zeit beim LKA Hamburg einmal auf einem Schießstand getestet. Die Folgen des Rückstoßes in der Hand hatte er noch ein paar Tage danach gespürt.

Der Mann sah sich immer noch um. Schwarz und bedrohlich hob sich seine Silhouette vor dem roten Vollmond ab.

Bigfoot gehört mit Sicherheit zur humorlosen Sorte.

Es dauerte eine gefühlte Ewigkeit, in der sich Remmler nicht von der Stelle rührte. Einige Insekten hatten ihn bereits als lohnendes Opfer identifiziert. Trotz der Plage wagte er kaum zu atmen. Endlich entfernte sich der Verfolger und er konnte Hoover anrufen. Der Anschluss war nicht erreichbar.

Hat er kalte Füße bekommen und mich im Stich gelassen?

Eine Stunde verharrte Remmler im Sumpf. Der Gestank aus dem Gewässer wurde immer penetranter. Gerade als er sich wieder ins Trockene schleppen wollte, hörte er eine Stimme.

»Paul, wo bist du?«

»Hier, Hoover, verdammt, wo bleibst du? Du solltest mich doch warnen.«

Die Stimme seines Mitarbeiters war nahe und er trat aus dem Schatten. »Sorry, Paul – es ist mir unangenehm.«

Er reichte Remmler die Hand und zog ihn aus dem Graben.

»Ich wusste zwar, dass in der Gegend die Netzabdeckung schlecht ist, aber nicht, dass es auch am Schlachthof Probleme gibt.«

Remmler sah auf sein Phone. Der erste Balken in der Statusleiste war kaum zu erkennen. »Glück, dass du ihm nicht in die Arme gelaufen bist.«

»Ich habe ihn erkannt. Er war es, der Kidnapper von *Khun* Jantila, nur das Fahrzeug hat er ausgetauscht.«

»Allmählich kommt Licht in die Zusammenhänge. Gut, dass du mich gefunden hast. Hast du erkannt, welches Fabrikat es war?«

»Es war ein Toyota.«

»Kennst du dich hier aus?«

»Ich wohne hier in der Nähe.«

»Vorübergehend, vermutlich.«

»Ja, woher weißt du das?«

»War nur so ein Gedanke.«

»Wir sind hier am Rand des Klong Toei-Marktes. Viele Leute, die dort arbeiten, wohnen hier.«

Remmler versuchte, seine Hose etwas von dem Schlamm zu reinigen. »Hast du den Kerl noch einmal gesehen?«

»Ja, ich habe beobachtet, wie er mit seinem Fahrzeug wegfuhr.«

»Gibt es in deinem – Haus etwas sauberes Wasser? Ich rieche wie ein Pavian.«

»Du liebst Scherze, Paul. Du würdest jeden Pavian in die Flucht schlagen. Klar, komm', es ist nicht weit. So würde dich nicht einmal ein Tuktuk befördern.«

Die Hütte war wohnlicher, als es sich Remmler vorgestellt hatte. Der etwa zehn Quadratmeter große Raum hatte ein leicht geneigtes Wellblechdach. Die Ausstattung bestand aus einem schmalen Bett, einer zweisitzigen Couch mit einem kleinen Tisch und einem Bücherregal mit einigen Büchern. Darunter waren einige Bücher mit Titeln in Thai, ein USA-Reiseführer, ein Wörterbuch Englisch-Thai und ein Bildband. Auf einem Regal stand ein Gaskocher, an den eine Gasflasche angeschlossen war, und eine Kühlbox. An einer gespannten Leine hingen ein paar Kleidungsstücke, zwei Handtücher und ein Hemd an einem Drahtbügel. Auf der Rückseite der Hütte war ein mit Strohmatten eingezäunter Bereich, hinter dem Remmler ein Plumpsklo vermutete. Seitlich des Eingangs stand eine Regenwassertonne mit einem Schlauch, der zu einem Duschkopf führte. Auf einer Ablage lag ein Stück Seife. Darunter war eine in Kies eingelegte Steinplatte als Stehbereich verlegt.

Hoover klemmte ein Kabel an die Pole einer Autobatterie. Mit leisem Summen startete eine Gartenpumpe und förderte einen beachtlich

voluminösen Strahl von lauwarmem Wasser durch den Duschkopf.

»Es ist nicht so komfortabel wie in einem Hotel, aber sauber wird man auch. Nimm dir ein Handtuch von der Leine.«

»Danke, es wird schon gehen.«

Remmler entkleidete sich, während Hoover sich in seine Hütte zurückzog. Danach reinigte er seine Hose mit umgebundenem Handtuch, ohne sie ins Wasser zu tauchen, und bekleidete sich wieder.«

Hoover war herausgetreten. »Was willst du nun unternehmen?«

»Es reicht für heute. Hast du ein trockenes Hemd oder T-Shirt für mich?«

»Ja, das mit dem FBI-Aufdruck. Es ist das einzige, das sauber ist.«

»Okay, gib schon her. Du bekommst es wieder. Ich lasse dir mein Hemd hier.«

Hoover nahm von einem der Drahtbügel das T-Shirt. Es reichte Remmler bis knapp über die Gürtellinie.

»Ich bringe dich zur Soi Damrong Phipat. Es gibt einen Tuktuk-Fahrer, den ich kenne. Er hat dort seinen Standort. Vermutlich hat er jetzt so spät keinen Kunden. Bis zum Hotel bist du trocken.«

»Danke, ich melde mich morgen am Vormittag.«

51 Ghost Tower

Remmler genoss die warme Luft während der Fahrt im Tuktuk. Hoover hatte den Fahrer schlafend in seinem Fahrzeug vorgefunden und geweckt. Er war sofort bereit, die Tour zu übernehmen. Auf dem Weg ins Hotel dachte Remmler über die grausige Entdeckung und seinen Verfolger auf dem Schlachthof nach. Er erinnerte sich an Hoovers Bericht über die Verfolgung des *Seelensammlers* bis zu dem verlassenen Gebäude.
...und jeder weiß auch, dass der Zugang bewacht wird und verboten ist. Es kann nicht schaden, sich das Gebäude einmal genauer anzusehen.

Dieser Eingebung folgend, wies er den Fahrer an, in Richtung der BTS-Station Saphan Taksin und an dem Hochhaus vorbei zu fahren. Die Spitze des gespenstisch aufragenden Hochhauses schien in den immer noch über der Stadt stehenden, inzwischen weiter gewanderten Blutmond hineinzuragen.

Das Grundstück war von der Straße durch eine Reihe zweistöckiger Häuser getrennt, in deren Erdgeschoss Kleingewerbe und eine der zahlreichen Suppenküchen einquartiert war. Aus den Fenstern drang kein Licht, und es war auch sonst keine Aktivität zu erkennen. Seitlich führten zwei schmale Nebenstraßen an dem Bauwerk vorbei. Der Zugang war an einer Seite

mit einer Leine abgesperrt. Es war niemand zu sehen. Auf der anderen Seite saß ein paar Meter weiter in der Straße ein uniformierter Posten auf einem Stuhl, der dem vorbeifahrenden Tuktuk keine Beachtung schenkte.

Remmler ließ sich nach einhundert Metern absetzen und ging auf die erste der Seitenstraßen zu. Es war inzwischen Mitternacht und der Verkehr hatte zwar etwas nachgelassen, war aber noch nicht zum Erliegen gekommen. Ein kurzer Blick im Vorbeigehen über die Leine, genügte zu sehen, was er vom Tuktuk aus nicht hatte ausmachen können. Es war eine Stichstraße, an deren Ende ein Kombifahrzeug stand. Es hatte einige thailändische Schriftzeichen und war mit zwei blauen Signalleuchten ausgestattet. So hatte Hoover das Fahrzeug der *Seelensammler* beschrieben.

Remmler war am Restaurant angekommen und verbarg sich im Schatten des Hauseinganges. Durch eine große Scheibe seitlich des Eingangs erkannte er das schlichte Mobiliar aus Plastikmöbeln, einer Theke und einem Regal mit einigen Behältern. Im hinteren Bereich entdeckte er eine große Glastür. Sie führte anscheinend in einen Hinterhof, der aber trotz der mondhellen Nacht im Schatten des *Ghost Towers* lag.

Nachdem er sich vergewissert hatte, dass niemand von ihm Notiz nahm, öffnete er die

Eingangstür mithilfe seines Werkzeuges und durchquerte den Speiseraum des Restaurants bis zur hinteren Glastür. Sie war unverschlossen, verursachte aber ein leicht schleifendes Geräusch beim Öffnen. Vorsichtig öffnete er sie einen Spalt, gerade genug, um sich durchzuzwängen. Hinter dem Raum öffnete er eine ebenfalls unverschlossene Tür und betrat ein ungepflegtes Grundstück, das mit einigen kleinen begrünten Flecken bedeckt war. Es wurde von einer zwei Meter hohen Hecke begrenzt, hinter der der *Ghost Tower* lag. Bei näherem Hinsehen verbarg die Hecke einen Zaun, der an einer Stelle mit beiden Enden überlappend unterbrochen war. Nachdem Remmler durch die Lücke geschlüpft war, lag das Gelände an der Front des Gebäudes vor ihm. Herumliegende Betonplatten und stählerne Bewehrungen, Leichtbetonplatten und andere vorgefertigte Bauteile einschließlich eines Treppensegmentes bedeckten den größten Teil der Fläche. Quer durch das Grundstück führte ein freigeräumter Weg, an dessen Ende ein Tor war, hinter dem das Fahrzeug der *Seelensammler* stehen musste.

Vorsichtig bewegte sich Remmler auf ein riesiges, säulenflankiertes, offenes Portal zu, hinter dem offensichtlich eine Eingangslounge eingerichtet werden sollte. Mit seiner Smartphone-LED leuchtete er den Raum ab und sah einige Spuren im Staub, denen er zu

einer Treppe in ein Untergeschoss folgte. Geräusche wie von einer Häckselmaschine drangen aus einem tieferen Stockwerk. Der erste Raum, in den er sich durch eine nachträglich provisorisch gesicherte Holztür Eintritt verschaffte, entpuppte sich als Lager mehrerer Gewebesäcke. Neugierig richtete er das Licht darauf, als er ein Geräusch hinter sich wahrnahm. Der Schlag auf die Schläfe traf ihn unvermittelt.

Als er wieder zu sich kam, hing er gefesselt an einem Balken. Sein Schädel pochte. Er spürte eine massive Beule, begann aber allmählich die Gedächtnislücke der letzten Stunden wieder aufzufüllen.

52 Entsetzen

»Was zum Teufel treibt der Kerl?« Fragend blickte Saranya zu Sergeant Nichapa, die ihr das Bewegungsprofil Remmlers vorgelegt hatte. Sie hatten sein Smartphone nach der Beschlagnahmung mit einer Überwachungssoftware ausgestattet und regelmäßig ausgelesen.

Ihre Mitarbeiterin reichte ihr eine Zusammenfassung der Erkenntnisse. »Bisher gab es keine Auffälligkeiten, aber nun…«

»Ich sehe, er war zuerst am Schlachthof beim Klong Toei-Markt, als das Signal für ein paar Stunden aussetzte.«

»Ja, das ist zu erklären, es gibt dort eine Deckungslücke des Mobilfunks.«

»Dann wurde das Signal plötzlich wieder in der Nähe erfasst. Er fuhr, dem Fahrverhalten nach zu urteilen, mit einem Tuktuk in die Nähe des Sathorn Unique Tower, wo das Signal wieder aussetzte.«

»Und das mitten in der Nacht. Bisher hat er sich nicht wieder eingeloggt.«

»Wir sollten in seinem Hotel nachfragen, ob er dort ist.«

»Das habe ich bereits. Er hat gestern Abend seinen Schlüssel an der Rezeption abgegeben und ist seither nicht wieder auf seinem Zimmer gewesen.«

Das fragende Gesicht der Polizistin forderte eine Antwort und Saranya ahnte, welche Frage ihr auf der Zunge lag.

»Du hast recht, ich könnte mich in ihm getäuscht haben, aber das werden wir bald in Erfahrung bringen.«

»Sollen wir eine Fahndung veranlassen?«

»Nein, noch nicht. Ich werde vorher selbst noch etwas prüfen. Gibt es sonst etwas Neues?«

»Wir konnten inzwischen Chans SIM-Karte zuordnen. Es ist der Anschluss, über den Mister Remmler angezeigt wurde. Außerdem sind seine Telefonate mit Nian Soun registriert.«

»Checkt das bitte noch im Einzelnen.«

»Ja, wir sind dabei, aber da ist noch etwas.«

»Und?«

»Er hatte einen Anruf von einer nicht registrierten Nummer in Thailand.«

»Es sind sicher noch einige im Umlauf.«

»Ja, aber dieser Anruf kam aus diesem Haus, dem Polizeihauptquartier.«

»Bist du sicher? Das kann uns eine Menge Ärger einhandeln. Wer weiß davon?«

»Nur ein Beamter der IT und ich.«

»Kennst du ihn? Ist er zuverlässig?«

Eine leichte Röte flog über das Gesicht des Officers.

Saranya verstand und hakte nicht nach.

»Dann bitte ich dich und deinen – Bekannten, diese Angelegenheit vorläufig aus den Protokollen heraus zu halten. Das muss

zweifelsfrei verifiziert werden. Wir werden uns bei Gelegenheit überlegen, wie wir dem Anrufer auf die Spur kommen. Dein IT-Bekannter kann sich ja schon einmal diskret damit beschäftigen.«

»Du hast einen Verdacht?«

»Du weißt, wen, aber nun, vielleicht spielt das jetzt keine Rolle mehr.«

Es war bereits nach 19 Uhr, als Saranya mit einer Stablampe in der Hand gegenüber der dunkel aufragenden Bauruine des Ghost Towers stand. Auf den ersten Blick war nichts ungewöhnlich, auch nicht, dass die Wache schlief. Das Fahrzeug in der Seitenstraße hinter dem Schlafenden hatte sie zunächst der Wachmannschaft zugeordnet. Nun erkannte sie das Fahrzeug der *Seelensammler,* das neben einer Tür zum Gelände des Ruinengrundstücks stand. Leise trat sie an der Wachmannschaft vorbei ein und folgte den Spuren in das Treppenhaus, aus dem maschinelle Geräusche drangen.

Remmler hing mit dem Rücken zum Eingang, der sich öffnete. Ein warmer Luftzug durchströmte den Raum. Wer es auch war, es war ihm egal, Hauptsache, er würde nun aus seiner misslichen Lage befreit werden.

Anstatt, wie zu erwarten, Stimmen einer Begrüßung, waren nur zwei kurz hintereinander

ertönende Schreie, gefolgt von zwei knackenden Geräuschen, zu hören, die Remmler eindeutig zuordnen konnte: Es war das Splittern von Knochen.

Nach einer kurzen Pause kam eine Stimme aus dem Halbdunkel. »Herr Remmler, Sie verursachen nur Probleme. Könnte es sein, dass Sie etwas nerven, oder haben Sie meine Empfehlung, sich *Sanuk* zu widmen, falsch verstanden? Es wird Zeit, dass Sie etwas für Ihr Karma tun, sonst werden Sie als Ratte wiedergeboren.«

Remmler spürte er etwas wie Erleichterung, als er die Stimme von Saranya erkannte. Trotz der Schmerzen und der nahezu tauben Gelenke machte er sich bereits Gedanken, wie er seinen Aufenthalt hier würde rechtfertigen können.

»Ich... kommen Sie jetzt nicht auf falsche Gedanken. Hoover hat etwas auf dem Schlachthof in der Soi Damrong Phipat beobachtet. Ich bin da hin und – es ist ziemlich übel. Auf meinem Smartphone ist ein Foto. Er hat dort ein Fahrzeug gesehen, dem er hierher gefolgt ist. Ich wollte mich hier nur einmal umsehen. Holen Sie mich bitte herunter.«

»So sieht das also aus, wenn sich der Herr Remmler nur umsehen will. Ich bin wirklich beeindruckt.«

Saranya löste das über eine Rolle geführte Seil, an dem der Reporter hing, von einem Haken. Remmlers Kniegelenke knickten ein und er fiel

dumpf auf den Fußboden aus Beton. Während er sich die Beine massierte, sah er im Liegen das Gesicht eines seiner auf dem Boden liegenden, bewusstlosen Bewacher. Es hatte merkwürdig verzerrte Züge und eine verschobene Kinnlade. »Ihre Bewacher werden uns nicht mehr stören. Kommen Sie, ich möchte diese Räume hier noch etwas untersuchen.«

Remmler deutete auf die Säcke.

»Das hat Zeit, haben Sie das Geräusch gehört? Es ist verstummt. Schauen wir zuerst einmal in die anderen Räume.«

Remmler erhob sich, noch etwas unsicher. In der Tasche eines seiner leblosen Bewacher fand er sein Smartphone, das unbeschädigt war.

»Ich zeige Ihnen das Foto.«

»Später, kommen Sie.«

Ein angrenzender Raum mit Matratze diente offensichtlich als Schlafbereich. Ein Raum weiter war ein Essbereich mit einem Tisch und einigen Plastikhockern eingerichtet. An der Wand standen Regale mit einem Spirituskocher, etwas Geschirr, einer Schüssel und einigen gefalteten Handtüchern.

Einige Meter weiter entlang eines unverputzten Flurs betraten sie einen dunklen Raum, den Saranya mit ihrer Stablampe ausleuchtete.

Entsetzt starrten sie zuerst auf einen Haufen bleicher Knochen. Daneben lagen in unterschiedlichen Stadien mumifizierte Leichen. Ein Anblick, der üblicherweise nur Archäologen bei der Entdeckung von Katakomben vergönnt war.

Im Licht der Taschenlampe verharrten ihre Blicke einen Moment fassungslos auf der gespenstischen Szene. Remmler ging näher heran. Die Mumien hatten keine Gesichtshaut und abgeschnittene Fingerkuppen.

»Kein Gesicht, keine Fingerkuppen. Jemand will eine Identifizierung verhindern.«

Als sie sich gefangen hatten, war hinter ihnen ein Geräusch zu hören. Im Türrahmen stand eine riesige Gestalt, die Remmler bekannt vorkam. Als er dann eine Pistole auf sich gerichtet sah, wusste er, dass sie es mit *Bigfoot* zu tun hatten. Er hatte dieses Mal auf sein großkalibriges Werkzeug verzichtet.

»Okay, Ende der Besichtigung, jetzt macht keine unnötig verdächtigen Bewegungen«, sagte er.

Kaum hatte er zu Ende gesprochen, da traf ihn von hinten ein Schlag mit einer Stange. Der Mann schüttelte sich und wankte etwas. Im Moment, als Remmler fast aus der Schussrichtung war, löste sich der Schuss und streifte seinen Oberarm. Ein zweiter Schuss verfehlte ihn. Ohne auf den neben ihm

stehenden Captain zu achten, stürmte er nach vorne.

Gegen dieses Monster hilft nur ein Tritt in die Kronjuwelen.

Das Aufstöhnen seines Gegners zeigte an, dass Remmler sein Ziel zwischen den Beinen präzise anvisiert hatte. Der Mann klappte zusammen wie ein Taschenmesser mit ausgeleierter Arretierung. Remmlers T-Shirt klebte an der Haut. Ein weiterer Schlag des Unbekannten gab dem Angreifer den Rest. Er rührte sich nicht mehr. Erst jetzt erkannte Remmler, wer ihnen zu Hilfe gekommen war.

»Hoover, wie…?«

Ohne zu antworten, deutete Hoover stumm hinter ihn auf den am Boden liegenden Captain.

»Paul, wir haben ein Problem.«

53 Im Seelensammler

Remmler und Hoover beugten sich zu Saranya. Sie blutete stark aus der Gegend oberhalb des Herzens.

»Sprinte in den nächsten Raum. Dort liegen Handtücher in einem Regal«, bat Remmler seinen Partner.

Während er mit der Hand und einem Zipfel von Saranyas Hemd auf die Wunde presste, versuchte er, das Büro der Polizistin zu erreichen – ohne Erfolg. Hoover kam mit den Handtüchern und gemeinsam legten sie einen Notverband an. Danach kümmerten sie sich um Remmlers blutenden Oberarm.

»Wir sollten sie in ein Krankenhaus bringen«, sagte Remmler, »aber wie?« Er stellte fest, dass er sich bereits darauf festgelegt hatte, Saranya als Frau anzusehen.

Vielleicht freut sie sich darüber.

Hoover erwies sich erneut als unverzichtbare Hilfe. »Pack an, Paul, draußen steht das Fahrzeug der *Seelensammler*. Ich denke, der Schlüssel steckt. Die Straße wird ja bewacht.«

»Einen Moment.« Remmler nahm die Waffe von *Bigfoot* und entsorgte sie in einem der Säcke, nachdem er sie entladen hatte. Dabei stellte er fest, dass die Säcke voll weißem Pulver waren.

Schade, ich könnte sie vielleicht noch gebrauchen. Aber das fehlte mir noch, dass ich mit einer Waffe erwischt werde.

Die beiden anderen Bewusstlosen waren unbewaffnet.

Ohne das Gebäude weiter zu durchsuchen und die Herkunft des Geräusches zu identifizieren, trugen sie die Verletzte nach oben zum Fahrzeug. Der Zündschlüssel steckte tatsächlich.

»Setze du dich ans Steuer«, sagte Remmler. »Ich achte darauf, dass sie sich nicht zu stark bewegt. Fahr uns zum nächsten Krankenhaus.«

Hoover zögerte kurz und setzte sich auf den Fahrersitz »Einen Moment, ich muss den Schalter für die Blaulichter finden. Das wird uns freie Bahn schaffen. Er fand, was er suchte, und vollbrachte, nachdem er den Motor abgewürgt hatte, einen Blitzstart. Die inzwischen aufgewachte Wache preschte auseinander, als der Wagen auf die Soi Charoen Krung schoss und mit quietschenden Reifen rechts abbog.

Remmler fischte nach seinem Smartphone und wählte die Nummer von Saranyas Büro in der Hoffnung, dass eine Weiterleitung eingerichtet war – ohne Erfolg.

Hoover fuhr wie ein Verrückter mit pausenlosem Hupen, während Remmler Saranya festhielt.

»Wir wollen alle lebend ankommen, Hoover.«

»Natürlich, sorry, Paul. Ich bin nicht so gut im Fahren, aber wir schaffen es.«

»Was heißt, nicht so gut im Fahren? Du hast gerade einen Brückenpfeiler knapp verpasst,

einem Fahrzeug die Vorfahrt genommen, ein Tuktuk von der Fahrbahn gedrängt und fast den einzigen Fußgänger weit und breit erledigt.«

»Ja, nochmal sorry, Paul. Ich habe keinen Führerschein.«

»Was? Du bist doch nach Pailin gefahren.«

»Das war ein Fahrzeug mit Automatik-Schaltung, wie es meine Freundin hat. Damit bin ich schon gefahren. Das hier ist ein wirklich altes Fahrzeug. Das Getriebe scheint noch nicht einmal synchronisiert zu sein.«

»Das hört man.«

»Mach dir keine Sorgen, ich bring uns schon dahin. Außerdem fahren wir mit Blaulicht. Das wird respektiert.«

Einen Moment hielt Remmler die Luft an.

Es ist wohl zu spät, Augen zu und durch.

»Wo willst du hinfahren. Ist es noch weit?«

Das Fahrzeug bremste abrupt und Hoover gab erneut Gas. Der Motor heulte kurz auf und flog über eine Kreuzung. Remmler war sicher, sein Fahrer hatte Gas und Bremse verwechselt.

»Wir sind gleich da. Das St. Louis Hospital liegt nur zwei Kilometer entfernt.«

Saranya schlug die Augen auf.

»*Sawatdee kha*[1]. Du wirst jetzt nicht abtreten, Saranya.«

[1] Thai für ›Hallo‹

Sie lächelte schwach. »Saranya? Du weißt es? Wenn ein Mann das sagt, heißt es *Sawatdee krap*. Aber du bist auf einem guten Weg.« Sie schloss erneut die Augen.

Remmler fühlte ihren Puls. Er schien normal. Die Blutung war gestoppt.

Als sie an der Auffahrt des Hospitals ankamen, wurde sein Anruf endlich durchgestellt. Es meldete sich eine weibliche Stimme auf Thai. Remmler gab sich auf Englisch zu erkennen. Stumm hörte sie sich seinen Bericht an.

»Wir werden sofort den *Ghost-Tower* räumen und uns danach um den Captain kümmern. Er ist ja jetzt in guten Händen.«

»Nehmen Sie gleich die Forensik mit. Machen Sie sich auf eine grauenhafte Szene gefasst. Wir haben einige Tote gesehen. Da gibt es einiges zu klären. Dort liegen auch drei bewusstlose Männer, die wir unschädlich gemacht haben, darunter ein großer *Farang*. Er hat Ihren Captain angeschossen. Ich hoffe die Drei sind noch nicht wieder fit. Passen Sie besonders auf den *Farang* auf. Er ist gefährlich, aber seine Waffe habe ich in einem der Säcke mit dem weißen Pulver entsorgt.«

Mit quietschenden Bremsen stoppte Hoover das Fahrzeug vor dem Eingang des Hospitals. Ein weiß gekleideter Mann kam auf sie zu. Hoover empfing ihn mit einem Wortschwall, der seine Wirkung erst entfaltete, als die Wörter

›Police‹ und ›Captain‹ fielen. Auf einen Wink zur Rezeption erschienen zwei Männer mit einer Trage. Saranya wurde vorsichtig umgebettet und eingeliefert.

Der Mann in Weiß wandte sich an Remmler. »Sie sind verwundet.«

»Ja, und versichert.«

»Das ist wirklich wunderbar.« entgegnete der Mann mit deutlich ironischem Unterton. »Ich bin Arzt. Lassen Sie mich das untersuchen.«

Remmler zog seine Jacke aus.

»Das muss behandelt werden«, konstatierte er nach einem Blick auf die Wunde. Ich mache erst mal eine antiseptische Creme darauf und gebe Ihnen eine Spritze gegen Schmerzen.«

»Wo haben Sie den Captain hingebracht?«

»Er ist Officer und hat Anspruch auf eine Vorzugsbehandlung. Im Moment ist er im OP.«

»Und wo ist der OP?«

»Er ist in besten Händen. Setzen Sie sich.«

»Ich will zum OP!«

Der Arzt machte eine säuerliche Mine. »Jetzt schalten Sie mal einen Gang runter. Sie wird gut versorgt. Ich sehe genug Gründe, mich nun um Sie zu kümmern. Außer der Wunde sind Sie in einem schlechten Zustand und ich vermute auch ein Trauma. Sie sind auch sonst etwas derangiert. Fühlen Sie sich wohl in dem Dreck?«

Remmler sah an sich herunter. Der Staub des Fußbodens, auf den er gefallen war, hatte sich

mit dem Blut aus Saranyas Wunde gemischt. Hoover, der lässig an dem Fahrzeug lehnte, sagte: »Paul, lass das. So kommst du ohnehin nicht ins Hospital.« Mit betrübtem Blick deutete er auf sein FBI-Shirt. »Es ist wohl nicht mehr zu retten.«

Remmler nickte stumm. Hoovers FBI-Shirt war total verdreckt und aufgerissen.

Der Arzt hatte inzwischen eine Spritze aufgezogen.

»Hose runter, bücken Sie sich und stützen Sie sich auf der Ladefläche Ihres Fahrzeuges ab.«

»Wie, in den Arsch?«

»Sie haben es erfasst. Die Erfahrung zeigt, dass das besonders auf Männer sehr beruhigend wirkt. Psychologen behaupten ja, dass wir alle irgendwie anal orientiert sind.«

Welcher Psycho war das denn?

»Ich…«

»Jetzt halten Sie mal die Luft an und tun Sie, was ich sage. Danach behandle ich die Wunde. Eine Helferin kommt gleich mit einer Schüssel mit warmem Wasser. Wir werden Sie etwas säubern. Vielleicht bekommen wir dann schon Nachricht, wie die OP gelaufen ist. Also machen Sie mal schön den Kotau vor dem Onkel Doktor. Gleich wird es Ihnen besser gehen.«

Remmler fügte sich. Der Stich war nahezu schmerzfrei. Der Arzt säuberte die Einstichstelle.

»Woher kennen Sie den Captain?«

Remmler zog seine Hose wieder hoch. »Wir… hatten Kontakt auf professioneller Ebene.«

»Es war eine Schussverletzung. Vielleicht bekommen Sie ja einen Orden für die Rettung des Captains.«

»Ich brauche Urlaub und keinen Orden.«

»Das eine schließt das andere nicht aus. Widerstehen Sie aber der Versuchung, den Orden an die Badehose zu heften. Das käme einer Majestätsbeleidigung gleich. Auf dem Orden ist der König abgebildet.«

»Ah ja? Dann spendet mir das Königreich vermutlich einen Urlaub im *Bangkok Hilton*.«

»Gratuliere, Sie kennen sich ja hervorragend aus bei uns. Sie sind Deutscher, nicht wahr? Sieht man und ich weiß, ihr seid sehr belesen – zumindest was Reiseliteratur betrifft. Jeder Deutsche, der hier eingeliefert wird, hat einen *Lonely Planet* oder so etwas. Ich habe mir das einmal durchgelesen und manche guten Tipps zum Verhalten in Thailand gefunden. Nur lesen sollte man sie schon. Gelegentlich drängen sich da gewisse Zweifel auf.«

Die angekündigte Krankenschwester kam, reinigte die Wunde und legte einen Verband an.

»Ich muss nun wieder auf meine Station«, sagte der Arzt. »Warten Sie hier, man wird Sie informieren.«

»Paul!«

Remmler drehte sich zu Hoover.

»Was machen wir mit dem Fahrzeug?«

»Hast du eine Idee?«

»Ich kenne jemanden, der im Moment kein Auto hat und eines benötigt.«

»Vorübergehend vermutlich? Okay, den Wunsch können wir deinem Freund wohl nicht abschlagen.«

»Er wird sich freuen.« Hoover zwinkerte mit den Augen und stieg in das Fahrzeug.

Remmler widerstand der Versuchung, Hoover zu bitten, ihn ins Hotel zu fahren.

Ich sollte mein Schicksal nicht unnötig herausfordern.

»Ruf mich an, Paul.«

»Das werde ich.«

Kurz darauf erschien ein anderer Arzt.

»Herr Remmler, die OP ist geglückt, aber der Captain ist noch nicht über den Berg. Er schläft jetzt.«

Remmler winkte sich ein Taxi. Nachdem er sich vergewissert hatte, dass das Taxameter eingeschaltet war, bat er den Fahrer, ihn ins ›Black Hong‹ zu fahren.

Bereits auf dem Weg ins Hotel fuhren zahlreiche Fahrzeuge der Polizei mit schrillen Sirenen und Blaulicht in Richtung des Ghost-Towers. Zwei Hubschrauber erfüllten mit dem Knattern ihrer Rotoren den Nachthimmel über dem *Ghost-Tower*, der weithin sichtbar in Flutlicht getaucht war.

Nach einer ausgiebigen Dusche, bei der er seinen Verband trocken hielt, legte er sich hin und schlief bis spät in den Morgen.

Remmlers Smartphone meldete sich mit den ersten Takten von *It's all over now…* von Van Morrison.

»Sergeant Major Nichapa hier. Der Captain ist außer Lebensgefahr. Es war ein Steckschuss, haarscharf am Herz vorbei. Die Ärzte konnten die Kugel entfernen. Sie kann leider noch nicht aufstehen. Ich danke Ihnen für die Hilfe. Wir haben im *Ghost-Tower* aufgeräumt. Der *Farang* war aber nicht mehr dort. Die beiden anderen lagen mit gebrochenem Genick auf dem Boden.«

»Ich hatte mir die beiden nicht so genau angesehen, aber es sah nicht danach aus, als wären sie tödlich verletzt. Hat der Captain sie tatsächlich…?«

»Captain Saran gehört zu Thailands besten Muay Thai-Kämpfern. Nein, ein Muay-Thai-Fußtritt kann tödlich sein, aber der Captain weiß, wie er diese Technik einsetzt. Die Tritte haben die beiden am Kopf und im Gesicht getroffen. Die Folgen wären vermutlich starke Kopfschmerzen mit Gehirntrauma. Die Unterkiefer waren stark derangiert. Unvermeidlich bei diesen Verletzungen sind Probleme beim Essen und Schlucken, aber sie hätten überlebt und gute Chancen gehabt, ihr

Gewicht etwas zu reduzieren; beide hatten deutliches Übergewicht. Ich nehme an, der dritte Mann hat sie als mögliche Zeugen aus dem Weg geschafft. Er wird jetzt gesucht.«

54 Tareks Geheimnis

Der Mail-Anhang hatte es in sich, aber das Begleitschreiben war aktuell noch interessanter.

Herr Remmler, ich weiß, was Ihnen und Captain Saran widerfahren ist. Wie Sie wissen, verfüge ich über einige Detailkenntnisse zur Organisation APSARA Ltd.. In der Datei, die ich Ihnen und auch Captain Saran nun zugestellt habe, waren leider keine Lokalitäten aufgeführt, sonst hätte ich Sie selbstverständlich gewarnt. Da Captain Saran nun im Moment nicht handlungsfähig ist, befürchte ich, dass es zu lange dauert, bis man alle Beweise zusammen hat. Aus der Datei werden Sie erkennen, dass APSARA Ltd. einen schwunghaften Handel mit Pässen von getöteten Touristen betrieben hat. Chan war ein Perfektionist. Er wollte das perfekte Verbrechen. Die Polizei wird nun anhand der Fotos und anderer Indizien in der Lage sein, sämtliche Vermisstenmeldungen aufzuklären. Die Datei wurde von meinem Vorgänger aus mir unbekannten Gründen angelegt. Sicher nicht im Auftrag von APSARA Ltd. Er muss Helfer gehabt haben, die ihm auch die Fotos der mumifizierten Leichen besorgt haben. Was nicht aus den Daten hervorgeht, ist das Depot der Pässe und was sie mit den Leichen gemacht haben. Zumindest für das Lager der Pässe habe ich einen Hinweis. Chans Wohnung und seine Büroräume wurden sicher bereits durchsucht und verschlossen. Sie sollten dort noch einmal nachsehen. In einem der Räume seiner Wohnung liegt ein Teppich, unter dem sich eine Platte des Fußbodens entfernen lässt. Wie, das weiß ich nicht. Dort sollten Sie nachsehen. Die

Pässe sind die, die ich im Auftrag der Organisation manipuliert habe. Anhand der noch originalen Passnummern lassen sich die ehemaligen Besitzer ermitteln. Bitte behalten Sie es für sich, dass Sie auch im Besitz der Datei sind und sparen Sie das auch in Ihren Berichten aus.

Ich vermute, wir werden uns nicht mehr sehen. Ich werde in den nächsten Tagen, zusammen mit Jantila, mit neuem Pass und Namen an einen anderen Ort verbracht. Ich wünsche Ihnen viel Glück und seien Sie weiter vorsichtig, so lange der *Provider* auf freiem Fuß ist.

T.A.

55 Das Depot

Remmler zögerte. Sollte er sich in Begleitung der Polizei Zutritt zu Chans Büroräumen verschaffen? Es war wenig wahrscheinlich, dass sie seine Begleitung erlaubten. Er wollte aber nun doch gerne wissen, wer alles den Verbrechern von APSARA Ltd. zum Opfer gefallen war und ob auch Deutsche darunter waren. Scholow würde danach fragen. Danach konnte er die Pässe immer noch abliefern.

Mit einem Taxi ließ er sich zur Niederlassung von APSARA Ltd. fahren. Einhundert Meter vor dem Haus, das Chan angemietet hatte, stieg er aus und ging zu Fuß. Es war 18:30 Uhr, kurz vor Anbruch der Dunkelheit.

Obwohl das Türschloss einen höheren Sicherheitsgrad besaß, gelang ihm der Zutritt und er stand in der großzügigen Wohnung mit einem angrenzenden Büro. Da nicht überall Teppiche ausgelegt waren, fand er sofort, was er suchte. Die Bodenklappe war so gut angepasst, dass man die Kanten kaum erkennen konnte. Es war aber rätselhaft, wie sie zu entfernen war. Remmler sah sich um. Nirgendwo war ein Schalter, Hebel oder etwas Ähnliches zu entdecken, mit dessen Hilfe ein Hebemechanismus ausgelöst werden konnte. Danach unterzog er den hölzernen Fußboden einer weiteren Prüfung und entdeckte in einer Ecke, nahezu verdeckt durch ein Regal, eine weitere eingelassene Platte von wenigen

Quadratzentimetern. Auf Druck öffnete sie sich lautlos und legte einen Schalter frei, den Remmler betätigte. Die Bodenplatte hob sich langsam und förderte eine offene Kiste zutage, in der eine große Anzahl von Pässen lag. Remmler ging auf die Knie und nahm sich einen Pass nach dem anderen vor. Mit seinem Smartphone fotografierte er die Personaldaten mit den Fotos und den Passnummern. Als er die Bodenplatte wieder schließen wollte, richtete sich eine bekannte Stimme an ihn.

»Ich gratuliere, ohne deine Hilfe hätte ich das Versteck vielleicht nicht gefunden.« Noch bevor er sich umdrehte, wusste er, wer hinter ihm stand, und er ahnte auch schon, dass eine eindrucksvolle Waffe auf ihn gerichtet war.

Langsam erhob er sich und blickte zu dem Briten. Es war wieder eine Magnum, die auf ihn gerichtet war.

»Ich finde, Sie laufen etwas breitbeinig. Sind sie noch geschwollen?«

Das Gesicht des *Providers* verfärbte sich zu einer wütenden Grimasse. »Das Scherzen wird dir noch vergehen. Ich werde dich, wie unsere anderen Klienten, einer Sonderbehandlung unterziehen.«

»Sie meinen im Schlachthof? Es ist ja nicht weit.«

»Schnauze! Los, stell' dich an die Wand und halte die Hände nach oben.«

Remmler fügte sich. Der *Provider* bückte sich und legte die Pässe in eine Sporttasche. Eine Stimme aus Richtung der Tür ließ ihn erstarren. »Rühren Sie sich nicht oder wir schießen. Sie sind verhaftet.«

Zwei weibliche Uniformierte standen an der Tür mit Waffen auf den Mann gerichtet. *Bigfoot* war anscheinend nicht vom Ernst seiner Lage überzeugt und bezweifelte den Willen der Frauen, ihre Drohung wahr zu machen. Ein schwerer Irrtum. Die schnelle Drehung, mit der er seine schwere Magnum in Anschlag bringen wollte, konnte er nur zur Hälfte ausführen. Die beiden Polizistinnen zögerten keinen Moment. Eine Kugel im Oberarm seiner Waffenhand und eine im rechten Knie trafen den Verbrecher. Schmerzgekrümmt ließ er seine Waffe fallen und fiel zu Boden. Eine der Frauen kickte die Waffe außer Reichweite. Wenig zimperlich auf seine Verletzungen achtend, legten die beiden Frauen ihm die Handschellen an. Der *Provider* biss seine Zähne zusammen und konnte nur mit Mühe ein Stöhnen unterdrücken.

Die ältere der beiden Frauen wandte sich an Remmler. »Mister Remmler, ich bin Sergeant Major Nichapa. Auf Anordnung von Captain Saran gehen Sie jetzt in Ihr Hotel und bleiben dort. Wir werden diesen Herrn versorgen und mithilfe unserer Gerichte wird er hoffentlich auch bald entsorgt. Ich kann bereits jetzt

versichern, dass er den Rest seiner Tage in Bangkwang verbringen wird, wenn man ihn nicht gleich zum Tode verurteilt.«

»Sie wussten, dass ich hier bin?«

»Was denken Sie? Glauben Sie, die Königliche Polizei Thailands schläft? Tourismus ist bei uns sehr erwünscht, aber die Probleme, die sich daraus ergeben, halten uns recht wach.«

56 Ungelöste Fragen

Remmler saß über seinem Bericht. Es schien alles klar, nur fehlte ein Detail. Tareq Avani hatte das perfekte Verbrechen erwähnt. Als ehemaliger Kriminalist wusste Remmler, welche Maßnahmen dazu nötig waren. In erster Linie geht es darum, Leichen unauffindbar zu entsorgen. Keine Leiche, keine Strafverfolgung. Das ist nicht so einfach, wie es sich im ersten Moment anhört. Selbst die Auflösung in einem Säurefass ist selten rückstandsfrei zu bewerkstelligen. Auch für das Verbrennen müsste man ein Krematorium zur Verfügung haben.

Als sein Telefon sich meldete, ahnte er, ohne auf das Display zu sehen, sofort, wer ihn sprechen wollte.

»Saranya hier.«

»Ich bin froh, von dir zu hören. Sie haben dich erfolgreich wieder hergestellt?«

»Es war knapp, aber wir haben gute Ärzte.«

»Äh, danke für das unkomplizierte Verfahren durch deine Mitarbeiterinnen in Chans Wohnung.«

»Allzu oft kann ich dir nicht mehr helfen. Du wirst dich jetzt hoffentlich ruhig verhalten.«

»Habt ihr Chan inzwischen geschnappt?«

»Er war der Mönch, der Nian Soun erschlagen hat. Chan lebt nicht mehr. Er ist in einem Kloster gestorben. Ich glaube, jemand hat uns die Arbeit abgenommen. Es ist aber nicht

nachzuweisen. Es gibt auch kein Interesse daran.«

»Ich bin gerade dabei, meinen Artikel zu schreiben. Du könntest mir nicht zufällig ein paar nähere Informationen zu euren forensischen Untersuchungen im Ghost-Tower geben? Es ist mir immer noch ein Rätsel, was die dort mit den Mumien vorhatten und was das weiße Pulver in den Säcken war.«

»Du weißt, dass ich das eigentlich nicht darf, aber da wir ja nun über unser Kambodscha-Abenteuer ein kleines Geheimnis teilen, werde ich mich mit dir unterhalten. Du musst mir aber versprechen, dass du dich mit Angaben über die Quelle zurückhältst.«

»Einverstanden.«

»Dann komme heute Abend um 18 Uhr an den Ausgang zu den Piers bei der BTS Saphan Taksin. Es ist ja in deiner Nähe.«

57 Das perfekte Verbrechen

Saranya kam pünktlich und in Zivil. Remmler sah sie bewundernd zum ersten Mal als Frau gekleidet. Sie trug ein schwarzes Kostüm, wie er es schon oft bei Frauen gesehen hatte, die aus dem Büro kamen. Unter ihrer Bluse wölbte sich noch das dicke Paket eines Verbandes.
Das wird noch etwas als Frau mit ihr. Ihren Beinen sieht man nicht an, dass man sich davor fürchten muss.

Gemeinsam bestiegen sie eine Fähre zum anderen Flussufer in den Stadtteil Thonburi. Hierhin hatte Reichsgründer Taksin einst die Hauptstadt verlegt, um zum Schutz vor den kriegerischen Birmanen den Chao Praya vor sich zu haben.

Nach einer kurzen Taxifahrt gingen sie einen schmalen, mit Betonplatten ausgelegten Weg in Richtung Fluss. Am Ende war ein kleines Restaurant, dessen Terrasse auf Stelzen bis in den Fluss hineinragte. Saranya deutete auf einen Tisch.

»Hier bin ich manchmal, wenn ich ungestört bleiben möchte. Ich habe hier noch nie einen Touristen gesehen. Die Speisekarte ist auch nur auf Thai.«

»Gut, bestelle mir bitte ein Padthai mit Glasnudeln. Bitte etwas entschärft und ein Chang Bier.«

Die Polizistin nickte. »Das Essen ist sehr einfach, aber gut und frisch.«

Nachdem sie für beide eine Bestellung aufgegeben hatte, fing sie unaufgefordert an, über die Ermittlungen zu berichten.

»In den Säcken, die du auch gesehen hast, war ein weißes Pulver. Zuerst dachten unsere Leute, ich war ja noch in der Klinik, an Heroin oder etwas in der Richtung. Aber bereits nach einer organoleptischen Prüfung konnte das ausgeschlossen werden.«

»Und was war es?«

»Warte, es kommt noch dicker. In einem Raum darunter stand ein Mahlwerk.«

»Das Geräusch, dessen Herkunft wir nicht mehr erkunden konnten?«

»Ja, es war eine relativ moderne Knochenmühle chinesischer Produktion mit Elektroantrieb. Darin wurde das Pulver produziert, und zwar aus den Knochen der Mumien. Vermutlich haben wir dort jemanden bei der Arbeit gestört.«

»Es war also Knochenmehl. Sie haben die Körper zuvor austrocknen lassen.«

»Ja, durch das Mikroklima in den unteren Geschossen des *Ghost-Towers* wurde das begünstigt.«

»Aber was soll das mit dem Knochenmehl?«

»Eine absurde Geschichte. Als unser Forensiker, ein Mann mit einer recht universellen Bildung, erfahren hat, dass die

Firma in der Zuckerrohrproduktion tätig war, ging ihm ein Licht auf.«

»Und?«

»Er hat uns einen interessanten Vortrag über die Schlacht von Waterloo im Jahr 1815 gehalten. Es gab etwa zwanzigtausend Gefallene, von denen lange jede Spur fehlte. Es war ein Rätsel, bis Wissenschaftler es lüfteten. Die Gebeine wurden zermahlen und in den Fabriken der aufkommenden Zuckerindustrie verwendet. Das als Knochenkohle bezeichnete Mehl war so begehrt, weil es nichts Besseres gab, um den Zucker zu filtern und zu entfärben. Mit den Millionen von Kilogramm Knochen haben sich die lizenzierten Händler eine goldene Nase verdient.«

»Da bekommt das Versprechen an die Soldaten, den ›süßen Tod fürs Vaterland‹ zu sterben, eine recht zynische Bedeutung.«

»Ja, die Bande hat das Verfahren genutzt, um Tote unwiederbringlich verschwinden zu lassen. Keine Toten, keine Beweise. Sie haben aber vorwiegend tierisches Knochenmaterial verwendet und das menschliche Knochenmehl untergemischt. Dazu hatten sie eine Lizenz und bekamen Zutritt zu den Schlachthöfen. Wo das Material verarbeitet wurde, hat niemand überprüft. Der Gerichtsmediziner meinte, der Letzte wurde an dem Tag ermordet, als du auf dem Schlachthof warst. Es war roter Vollmond, auch als Blutmond bezeichnet.«

»Ja, das ist mir aufgefallen. Und was bedeutet das?

»Wir bekamen von höchster Stelle den dezenten Hinweis, dass die Mörder keine Buddhisten sein konnten. Ein unnötig vorsorglicher Hinweis. Wir wussten ja schon, dass die Mörder keine gläubigen Buddhisten waren. Es war der *Maga Puja*-Tag, einer der wichtigsten Feiertage im Theravada-Buddhismus. Wir erinnern uns an Buddhas Lehre. Ein Tag der inneren Einkehr.«

»Das befolgen anscheinend nicht alle.«

»Es war eine ungeheure Vorstellung, dass es thailändische Buddhisten gewesen sein könnten, die für diese Verbrechen verantwortlich waren. Man wollte sichergehen. *Farang*s sind für meine Vorgesetzten sicher eine elegantere Lösung. Buddhisten als Täter hätte Gesichtsverlust bedeutet.«

»Kambodschaner sind doch auch Buddhisten.«

»Ja, aber nicht die Roten Khmer. Sie hassten die Buddhisten und haben sie ermordet, wann immer sie in ihre Hände fielen.«

»Wer war Karim Rashid?«

»Ein Menschenfänger offensichtlich. Tareq Avanis Datei ist recht aufschlussreich. Es ist für uns manchmal nicht zu begreifen. Es gibt Menschen, die nichts hinterlassen, weder Trauer noch Erleichterung, dass sie nicht mehr da sind. Nur nichts. Die Datei wird uns noch

lange beschäftigen. Es sind weitere Namen genannt, auch aus höchsten Kreisen. Wir müssen davon ausgehen, dass darunter noch weitere dieser Schlepper sind. Ich fürchte, sie werden jetzt untertauchen und wir werden sie vielleicht nie zu fassen bekommen.«

»Ich kann mich an meine eigene Zeit bei der Kripo erinnern. Es kann frustrierend sein, die selbst gesteckten Ziele nicht zu erreichen.«

»Man lernt, damit zu leben.«

»Ich werde mich in zwei Tagen auf den Heimweg machen. Meine Redaktion drängelt. Sehen wir uns noch einmal?«

»Wann fliegst du?«

»Zwei Uhr nach Mitternacht.«

»Ich hole dich um einundzwanzig Uhr morgen Abend ab und fahre dich zum Airport.«

»Danke.«

58 Hoover lacht

Remmler hatte bereits gepackt. Es blieb nur noch, sich von Hoover zu verabschieden. Zuvor hatte er noch in der Wäscherei des Hotels ein Paket mit Wäsche abgeholt. In der Rezeption war ein kleines Paket für ihn hinterlegt. Es enthielt ein weißes T-Shirt mit einem FBI-Aufdruck, das er online bestellt hatte. Außerdem entnahm er von der großen Summe Bargeldes aus seinem Bankwang-Konto dreißigtausend Bath und legte sie in ein Kuvert.

Sie trafen sich in einem Café in der Nähe. Das Fahrzeug der *Seelensammler* fuhr vor und parkte dreist direkt davor. Der Wagen war etwas hergerichtet und gereinigt. Die Blaulichter waren an ihrer Stelle belassen. Hoover hatte seine gefakte Ray-Ban auf, die er im Café abnahm.

»Hast du keine Angst, dass du Probleme bekommst, den Wagen hier abzustellen?«

»Ich bin jetzt als *Seelensammler* unterwegs und ich denke, man lässt mich in Ruhe.«

»Und deine Karriere als Agent?«

»Es ist ja nur…«

»…vorübergehend.«

Beide lachten so laut, dass sich einige im Café umdrehten. Hoover legte einen Zeigefinger auf den Mund. »Thais tun das nicht.«

»Ich versuche, mir das zu merken. Ich habe noch etwas für dich. Du solltest wenigstens

deinen Führerschein machen.« Remmler legte das Päckchen mit dem Shirt und den Briefumschlag auf den Tisch. »Hier hast du dein T-Shirt zurück und eine Sonderprämie für deine Arbeit. Wenn ich wieder hierher komme, werde ich dich als Touristenführer mit Fahrzeug buchen.«

Hoover wagte einen schüchternen Blick in den Umschlag und riss die Augen auf. »Ich bin sprachlos, Paul.« Zum ersten Mal, seit sie sich kannten, verneigte er sich und faltete seine Hände zum *Wai.*

»Vielleicht gibst du das Fahrzeug auch einmal in die Werkstatt und lässt den Motor einstellen. Bangkoks Klima, die Bevölkerung und auch die Touristen werden es dir danken.«

Noch einmal faltete er seine Hände. »Das werde ich machen, Paul.«

»Noch eine Frage: Woher wusstest du, dass ich im *Ghost-Tower* war?«

»Ich habe den Tuktuk-Fahrer gefragt, ob du gut ins Hotel gekommen bist. Als er mir dann gesteckt hat, dass er dich am *Ghost Tower* abgesetzt hat, und du telefonisch nicht erreichbar warst, dachte ich, schau mal lieber nach.«

»Danke, das war sicher eine gute Idee.«

Ich sollte das auch Saranya fragen.

Draußen verabschiedeten sie sich vor dem Fahrzeug. Hoover hatte noch angeboten, ihn ins Hotel zu fahren, zeigte aber Verständnis für

Remmlers Wunsch, zu Fuß zu gehen. Nach einem Wink ging er zum Fahrzeug und drehte sich noch einmal um. »Ein Deutscher sollte eigentlich Mercedes fahren.«

»Wenn ich wieder komme, mache ich eine Ausnahme – vorübergehend natürlich.«

Hoover hob den Daumen. »Natürlich.«

Nach dem Start des Fahrzeuges drehte er im ersten Gang die gequälte Maschine hoch, um danach mit einem furchtbaren Knarren des Getriebes hochzuschalten. Der *Seelensammler* bog um eine Ecke und verschwand in einer Abgaswolke.

59 Fahrt zum Airport

Saranya erschien mit Dienstwagen und Uniform. Auf Remmlers fragenden Blick antwortete sie. »Ich will mich nur davon überzeugen, dass du wirklich gehst – dienstlich.«

Remmler enthielt sich eines Kommentars und lud seinen Koffer ein. Saranya fuhr los. Trotz der Abendstunde herrschte immer noch dichter Verkehr.

»Es gibt etwas, was ich dich noch gerne fragen würde. Was hast du in Deutschland gemacht?«

»Ich war in Thailand in einem Kloster, dessen Abt mir ein Stipendium für ein Priesterseminar der Jesuiten in Bamberg vermittelt hat. Ich musste mich beeilen, solange ich noch als Mann durchgehe. Mein Thema war eine vergleichende Arbeit über Reliquien der Katholiken und der Buddhisten.«

»Ausgerechnet Bamberg, das deutsche Zentrum der Hexenverfolgung? Ist die Arbeit gelungen?«

»Ich habe sie fertiggestellt und mit einem Bachelor abgeschlossen. Es schien, zum Schluss wollte man mich nur noch loswerden. Zu viele Fragen, zu wenig Glaube. Gegen Ende meiner Arbeit fuhren wir auf eine Studienreise nach Rom. In der Kapelle Sancta Sanctorum wurden wir über die Geschichte des ›sanctum praeputium‹ aufgeklärt.«

»Eine Reliquie?«

»Ja, die heilige Vorhaut Jesu. Eine wirklich absurde Geschichte. Insgesamt 14 Kirchen hatten den Anspruch, im Besitz der wahren Vorhaut zu sein.«

»Vielleicht hatte ja jede Kirche ein Stück.«

Saranya blickte zu Remmler. Sie hatte schon erfahren, dass er seine Ironie gelegentlich auf die Spitze trieb.

»Jesus war ja noch ein Kleinkind. Aber selbst wenn… es ist genauso absurd. Wenn jede Kirche nur einen Zentimeter hatte – nun, mache dir deine eigenen Schlussfolgerungen.«

Spontan verfiel sie in ein Kichern.

»Papst Innocent III hat sich zwar geweigert, die Echtheit anzuerkennen, es wurden aber bis 1983 noch Prozessionen damit veranstaltet. Als immer mehr Scherze mit garantiertem Lacherfolg darüber kursierten, war es wohl selbst dem Papst zu peinlich. Danach verschwand die Reliquie. Es ist naheliegend, dass das auf Betreiben des Vatikans geschah.«

»Und danach?«

»Es folgte ein Besuch in der Kirche Santa Maria del Popolo, wo die ›Sacro latte‹, die Milch der Gottesmutter, verehrt wird. Später waren wir auch noch im Aachener Dom, um die Windel des kleinen Jesus zu bestaunen. Das hat mir dann doch den Rest gegeben.«

»Und wurde das in den Seminaren diskutiert?«

»Ja, und es gibt durchaus auch Kirchenmänner, die das Ganze humorvoll sehen. Der

Humor hört aber dann auf, wenn man diese Reliquien als Geschäftemacherei der Kirchen anprangert. Anscheinend gibt es immer noch Bevölkerungsschichten, die für so etwas Geld ausgeben. Es sind sicher nicht die Wohlhabendsten. Manchmal unfassbar, wie Kirchen Gläubige für dumm verkaufen. Alles, wie früher bei dem von Luther angeprangerten Ablasshandel.«

»Und buddhistische Reliquien?«

»Auch hier gibt es Fakes, die zum Teil aufgedeckt wurden. Wir wissen, dass Buddha nach seinem Tod in Indien eingeäschert wurde und Gläubige seine Asche und einige unverbrannte Knochenfragmente verschiedenen Stämmen übergeben haben. Alle Überreste wurden in Stupas verwahrt. Nach Jahrhunderten entdeckte man bei einer Ausgrabung in Piprahwa Asche und Schmuckstücke. Von Wissenschaftlern wurden sie nach anfänglichem Verdacht auf Fälschung nachträglich als echt angesehen. Aus politischen Gründen hat die Kolonialregierung Indiens die Knochen und die Asche an Rama V übergeben. Hier wurde also der Reliquienhype nicht ganz so auf die Spitze getrieben. Ich bin nach wie vor Buddhistin, aber nach meiner Arbeit benötigte ich etwas Abstand.«

»Kann ich verstehen. War Rama V nicht der Vater von König Mongkut, dem von Yul Brynner in den 50er Jahren gespielten König in

dem Hollywood-Streifen ›Anna und der König‹?

»Paul, es wird hier sehr missbilligt, einen König mit diesem Hollywood-Mist in Verbindung zu bringen. Wir wissen, dass das westliche Verständnis unserer Kultur eher schlicht ist, und die Medien sind da oft nicht hilfreich. Bei einer Herabsetzung der Rama- Dynastie und ihrer Könige sind nicht nur unsere Behörden humorlos. Beleidigende Äußerungen werden mit langen Haftstrafen geahndet. Der Film wurde als Beleidigung Monkuts aus dem Verkehr gezogen.«

»Nun, Hollywood war noch nie bekannt dafür, sich um historische Korrektheit zu kümmern. Noch heute wird jeder verlorene Krieg der Amerikaner nachträglich auf der Leinwand in einen Sieg umgewandelt.«

»Um auf den Buddhismus zurückzukommen. Ich bin froh als Asiatin geboren zu sein. Das zweitausend Jahre alte Trauma der christlichen Morallehre ist uns glücklicherweise erspart geblieben. Ein Volk, das sich von der Kirche eine Jungfrau als Schutzpatronin der Frauen und Mütter aufschwatzen lässt, hat ein gewaltiges Problem.«

»Da kann ich dir nur beipflichten. Wer sich das Märchen von der ›Unbefleckten Empfängnis‹ ausgedacht hatte, muss ein echter Frauenkenner gewesen sein. Was bedeutet der Buddhismus für dich?«

»Es ist einfacher, zu sterben, wenn man weiß, wiedergeboren zu werden.«

»Du sprichst da anscheinend aus Erfahrung. Wie oft bist du schon wiedergeboren?« Remmler bereute sofort seine provokante Frage.

Saranyas Gesicht blickte ernst, aber ihre Augen verrieten Nachsicht. »Vermutlich schon oft. Meine Wiedergeburt als *Kathoey* war ein Privileg. Mein früheres Leben war offensichtlich ohne Schuld. Du bist Atheist, nicht wahr, Paul? Nur Atheisten stellen solche Fragen. Ihr werdet am Ende in ein dunkles Loch blicken.«

»Auch Atheisten glauben. Wir benötigen nur keine Religion. Wer nicht zwischen Gut und Böse unterscheiden kann, dem fehlt Empathie und nicht Religion. Ich bin auch so unsterblich. Wir gehen dorthin, woher wir kommen. Als Asche in die Erde. Die Religionen dieser Erde, vielleicht mit Ausnahme des Buddhismus, aber die abrahamistischen Religionen, haben seit zweitausend Jahren mehr Unheil angerichtet als Gutes bewirkt. Die meisten Kriege und auch der Sklavenhandel und die Sklaverei waren direkt oder indirekt religiös motiviert beziehungsweise gefördert.«

Saranya parkte ihr Dienstfahrzeug im Ankunftsbereich und begleitete Remmler zu den Checkin-Terminals.

60 Abschied

An den Terminals der Lufthansa des Suvarnabhumi International Airports hatte sich bereits eine lange Schlange gebildet, als die Check-in-Schalter geöffnet wurden.

»Zeit, Abschied zu nehmen.« Saranya zog ein weiches, in ein mit asiatischen Motiven verziertes Papier eingewickeltes Päckchen hervor.

»Für Nora, mit Grüßen von mir.«

Remmler hob zögernd seine Arme.

»Nein, Paul, tu es nicht. Umarmungen in der Öffentlichkeit sind nicht Teil unserer Kultur.«

Remmler ließ die Arme wieder sinken.

»So ganz werde ich das wohl nie verstehen. Ich werde aber nicht vergessen, dass ich einen Freund und eine Freundin hatte. Das ist alles, was zählt.«

»Ich werde bald nur eine Freundin sein.«

»Dazu wünsche ich dir alles Gute. Dein letzter entscheidender Schritt zur Frau wird sicher nicht einfach. Und danke noch einmal für die Hilfe bei meiner Verhaftung. Ich wäre wohl nicht so schnell entlassen worden.«

»Dafür hast du mir das Leben gerettet. Sehr gutes Karma.«

»Also keine Wiedergeburt als Ratte?«

»Nein, vermutlich nicht. Auf Wiedersehen, Paul, ich hoffe, wenn du wieder einmal kommst, kannst du etwas mehr *Sanuk* genießen.«

»*Laa gawn*[1]«, Remmler faltete etwas steif seine Hände zum *Wai*, den sie erwiderte.

Wie typisch für alle Asiaten, hielt sie sich mit Gefühlsäußerungen zurück und verbarg es hinter einem Lächeln.

Ohne weitere Worte drehte sie sich um. Ihre schwarzen Haare verloren sich in der Menge der Passagiere im Abflugbereich. Remmler sah ihr lange hinterher.

In seinen Gedanken tauchte spontan in einer kleinen Abwandlung ein alter Hit auf.

Wie bei Uriah Heep ›Lady in Black‹

Thus, having spoke, she turned away
And though I found no words to say
I stood and watched until I saw
Her black hair disappear

ging es ihm durch den Kopf.

Und jetzt habe ich vergessen sie zu fragen, ob ich überwacht worden bin. Egal, wenn ja, war es hilfreich.

1 Auf Wiedersehen

61 In Hamburg

»Raus damit, du hast dir eine Thai geangelt.«

Schon bei seinem ersten Anruf bei Nora geriet Remmler in einen Rechtfertigungszwang wegen seiner spärlichen Kommunikation.

»Ja, ich habe eine Thai kennengelernt, sorry.«

»Du verd…Weiberheld.«

»Halt, halt, das heißt doch nicht, dass ich etwas mit ihr hatte.«

»Wie sah sie aus, bestimmt hübsch.«

»Ja, kann man so sagen.«

»Ich glaube es nicht. Das erzählst du mir einfach so?«

»Da gibt es eine Kleinigkeit, was du wissen musst.«

»Was?«

»Sie ist eine *Kathoey*.«

»Ist das eine Nutte? Klar, das macht die Sache natürlich besser.«

Ich stelle fest, ich bin in Deutschland.

»Eine *Kathoey* ist eine Transgender. Sie ist Captain der Kriminalpolizei und war mir bei einem kleinen Problem eine große Hilfe.«

»Wie klein war denn das Problem? Dir traue ich inzwischen alles zu.«

»Komm' her, ich koche uns was, dann erzähle ich dir alles. Und ein Geschenk habe ich auch für dich.«

Kurzes Schweigen. »Du…okay, ich komme. Gib dir Mühe beim Kochen, vielleicht räkele ich mich nach dem Essen für dich etwas lasziv

Remmler spürte seine Lebensgeister erwachen und er ahnte, dass der Abend recht entspannt enden könnte.

Nachwort

Das Eingangsmotto von Rudolf Augstein hat mich wegen seiner Einfachheit und Klarheit schon immer fasziniert. Wie bereits bei meinen ersten zwei Romanen gilt das natürlich nicht für die kriminalistische Rahmenhandlung, sondern für den kulturell-historischen Hintergrund, den ich immer versuche einzubeziehen.

Dieser Roman entstand zum größten Teil in einem angemieteten Apartment und in diversen Cafés in Bangkok. Von hier aus habe ich fast alle Handlungsorte recherchiert. Das ist, zugegeben, eine etwas umständliche und teure Art einem Roman Authentizität zu verleihen, beflügelt aber die Phantasie ungemein.

Einen der von mir erwähnten doch recht sonderlichen, Schauplätze des Nachtlebens (Ping-Pong-Bars) habe ich nur nach Internet-Recherchen beschrieben. Das mir selbst anzusehen, dazu konnte ich mich nicht überwinden. Insgesamt ist das Recherchieren vor Ort aber für mich *Sanuk* und darauf kommt es an. Zumindest soweit habe ich das Lebensprinzip der Thais begriffen.

Thailand wird in den Medien hauptsächlich als eines der Zentren für Sex-Dienstleistungen behandelt. Sex sells! TV-Serien, wie ›Villa Germania‹, zeigen das Verhalten deutscher Rentner in Thailand abstoßend. Es ist nicht nur ein verzerrtes Bild von Thailand, es wird auch einem Großteil der Rentner, die sich hier niedergelassen haben, nicht gerecht. Die

meisten Kurzurlauber streifen einmal durch die Rotlichtszene in Bangkok oder in Pattaya und glauben sofort, durchaus nachvollziehbar, in ihren Urteilen bestätigt zu sein. Auch Medienvertreter haben oft kaum Interesse, Thailand etwas differenzierter zu präsentieren.

In Deutschland wird man als Thailand-reisender von Männern mit einem Augenzwinkern belegt, bei Frauen steigt gelegentlich der Blutdruck. Nicht alles ist falsch, aber ausgerechnet Deutschland, das Bordell Europas, sollte nicht mit dem Finger auf andere Länder zeigen. Es ist richtig, der Prostitutionssektor in Thailand weist einen der weltweit höchsten Umsätze aus und lässt selbst Deutschland hinter sich. Anders sieht es in Fällen von Kindesmissbrauch aus. Die in Thailand erfassten Fälle sind (inzwischen) deutlich geringer. Sie werden verfolgt und auch hart bestraft. Diese Szene weicht nach Kambodscha und auf die ach so gottesfürchtigen Philippinen aus, wo sie, im Kindergarten des Vatikans relativ ungehindert ihrem Treiben nachgehen können.

Im Prinzip sind Thais eher konservativ. Dass in bürgerlichen Familien einerseits Sex tabuisiert wird, andererseits der Phallus als Glückssymbol in Holz an so mancher Terrassentür hängt, ist nur scheinbar ein Widerspruch. Das ›Dharma‹ (Lehre Buddhas) billigt den Frauen ein lebhaftes Sexleben zu.

Das heißt aber nicht, dass alle Frauen ansprechbar sind, eher das Gegenteil.

Männer hingegen werden ermahnt, mit ihren Ressourcen sparsam umzugehen, was sie allerdings weitgehend ignorieren. Außerdem ist das Aushalten einer Zweitfrau verboten.

Dass sie in diesem Punkt nicht so ganz die Glaubenslehre verinnerlicht haben, ist offenbar. Wer es sich leisten kann, hält sich eine *Mia Noi* (Zweitfrau).

Für Ausländer ist es nicht einfach mit Thai-Frauen außerhalb der Vergnügungszentren in Kontakt zu treten. Oft liegt es auch an Sprachkenntnissen. Englisch wird an den Schulen gelehrt, aber ohne viel Erfolg, warum auch immer. In manchen Thai-Familien bedeutet es aber geradezu einen Gesichtsverlust, wenn ein Familienmitglied mit einem Ausländer liiert ist.

Trotzdem gibt es solche Verbindungen, nämlich dann, wenn die Frau bereits älter ist, das heißt in Thailand mindestens über dreißig, oder sie alleinstehend ist und Kinder hat. Oft haben sie eine unglückliche Ehe hinter sich, bei der sie nicht nur permanent betrogen wurden, sondern auch noch für die finanziellen Abenteuer ihre Männer aufkommen mussten.

Thai-Männer bevorzugen nicht nur junge Frauen, sondern ganz junge Frauen und mit dem Respekt scheint es mitunter auch nicht so weit her zu sein. Wenn Thai-Frauen Verbindungen mit *Farangs* eingehen, sind sie oft

weitgehend problemlos, liebevoll und haben auch Nachwuchs.

Farangs haben so gut wie nie ein finanzielles Interesse. Aber wie sieht es umgekehrt aus? Meist gibt es ein finanzielles Gefälle und oft heißt es: »Die wollen ja nur an dein Geld.«

Zugegeben, Großfamilien in Thailand haben immer zu wenig Geld. Wenn nur ein Familienmitglied Geld verdient, gilt die Sippenhaft, bis zum Selbstruin. Wenn die Lady des Herzens zuvor mit ihrer Arbeit in einer Nachtbar die Familie unterhalten hat, ist die Pleite vorprogrammiert, denn dafür ist nun der *Farang* zuständig.

Gründe, warum es so viele Ruheständler nach Thailand zieht, gibt es einige. Es ist die Kombination aus Lebenshaltungskosten, dem Klima, der Freundlichkeit seiner Bewohner und der Schönheit des Landes. Dazu kommt, dass im Buddhismus das Alter, nicht wie bei uns, als Krankheit angesehen wird. Dem deutschen Staat mit seinem vielgelobten Rentensystem gefällt es, Rentner nach vierzig Jahren mit tausend Euro nach Hause zu schicken. Auch ein Beamter der unteren Besoldungsstufe ist nicht sonderlich gut ausgestattet, aber er hat in etwa ein Drittel mehr. Mit solchen Zuwendungen, knapp über dem Niveau von Sozialhilfeempfängern, lässt es sich in Thailand durchaus leben, wenn es auch immer schwieriger wird. Pattaya ist dabei nicht nur eines der weltweit größten Ziele für Sex-

Touristen, sondern auch eine der bevorzugten Destinationen für Ruheständler. Es gibt dort ein Überangebot an billigem Wohnraum und ja, auch an Frauen. Es sind Frauen, die sich aufgrund mangelnder Bildung auf diese Jobs eingelassen haben. Gehen diese Herren dann zu ihrem Feierabendbier in eine Bar, sonnen sie sich im Lichte ungeteilter Aufmerksamkeit von Damen, deren monatliches Einkommen dem ihrigen gleichkommt und nicht selten deutlich übersteigt. Sie sind oft gerne bereit, ihr Dasein gegen eine Beziehung einzutauschen, wenn der Unterhalt gesichert ist. Bei Männern mit etwas schlichterem Gemüt und geringen finanziellen Rücklagen, kann das fatale Folgen haben.

Was ansonsten die gegenseitig empfundene Attraktivität betrifft, die zu einer Partnerschaft führt, ist sie, glaube ich, vielschichtig und universell. Die finanzielle Absicherung ist überall ein Teil von mehreren Kriterien, wenn es auch von Kultur zu Kultur andere Prioritäten gibt. In Thailand zählt das ›*care*-Prinzip‹ an erster Stelle und man findet nichts dabei, es auch so zu benennen. Wer das akzeptiert, wird in einer Beziehung erfahren, dass das keine Einbahnstraße ist.

Was man bei uns als ›Liebe‹ bezeichnet, ist auch bei uns immer noch oft genug das ›*care*-Prinzip‹. Wenn nicht, läuft es spätestens bei der Scheidung auf dasselbe hinaus. Im Unterschied achtet bei uns der Staat auf den Ausgleich, während Frauen in Thailand wenig Hilfe

erwarten können, obwohl die Rechtlage es hergäbe.

Thailand gehört zu den sogenannten ›Tigerstaaten‹, die in den letzten Jahrzehnten einen erstaunlichen Aufstieg mit allen positiven und auch negativen Aspekten, gemacht haben. Die ›de facto‹ regierenden Militärs, haben sich gut mit dem Königshaus arrangiert. Fortschritte in der Demokratisierung haben keine Priorität. Allerdings wurde noch nicht über Wahlbetrug berichtet und auch die aktuelle Regierung geht, wenn auch selektiv, gegen Korruption vor. Die Thai-Bevölkerung ist dem Königshaus traditionell positiv zugewandt und, was den Regierenden zugutekommt, Thais sind harmoniesüchtig.

Widerstand regt sich, aber zum Beispiel Majestätsbeleidigung wird, wie gesetzlich geregelt, hart bestraft. In der Presse wird das wenig thematisiert. Viele Thais haben ohnehin kein Verständnis dafür. Es bleibt ungewiss, wohin das Land steuert, ein schönes Land wird es bleiben.

Danksagung

Meinem Freund und ehemaligen Arbeitskollegen Ekkehard von Hoyningen-Huene danke ich für das Lektorat des Manuskriptes. Ebenfalls Dank an Gudrun Frohnert, meine ehemalige Kommilitonin, für die kritische Durchsicht. Willy Schwerdtfeger, Kriminaldirektor a.D., und Jittima, seiner Lebensgefährtin, durch die er schon lange an Thailand gebunden ist und so mit der Kultur vertraut ist, danke ich für wertvolle Hinweise. Den kriminalistischen Teil, dessen Schilderung gelegentlich eher der Dramaturgie als einem realistischen Hergang geschuldet ist, hat er mit professioneller Nachsicht und Augenzwinkern durchgewunken.

Printed in Poland
by Amazon Fulfillment
Poland Sp. z o.o., Wrocław

47361305R00161

ISBN : 978-2-226-49171-8
N° d'édition 25825/01 – N° d'impression : 104664
Dépôt légal : mai 2024
Imprimé en France

Composition : IGS-CP
Impression : Imprimerie Floch, avril 2024
Éditions Albin Michel
22, rue Huyghens, 75014 Paris
www.albin-michel.fr

REMERCIEMENTS

Je tiens à remercier mon éditeur, Gérard de Cortanze, qui en plus de me soutenir et de croire en moi a dû subir toutes mes affres de Gémeaux exigeante.

David Foenkinos pour l'élan littéraire et les mails inspirants au fil des saisons.

Mes parents et mon frère qui, après s'être coltiné mes pseudo-romans à base de feuilles A4 pliées en deux et agrafées quand j'avais huit ans, ont lu ce livre avec le même enthousiasme.

Marie-Madeleine, nos escapades rhétaises en bord de mer et au coin du feu.

Et Maxime, évidemment. Toujours.